季羡林代表作系列

北京记忆

季羡林 著

江苏文艺出版社

图书在版编目（CIP）数据

北京记忆 / 季羡林著. — 南京：江苏文艺出版社，2013.6
（季羡林代表作系列）
ISBN 978-7-5399-5204-8

Ⅰ.①北… Ⅱ.①季… Ⅲ.①散文集—中国—当代 Ⅳ.①I267

中国版本图书馆 CIP 数据核字(2012)第 052996 号

书　　　名	北京记忆
著　　　者	季羡林
责 任 编 辑	赵　阳
出 版 发 行	凤凰出版传媒股份有限公司
	江苏文艺出版社
出版社地址	南京市中央路 165 号，邮编：210009
出版社网址	http://www.jswenyi.com
经　　　销	凤凰出版传媒股份有限公司
印　　　刷	江苏凤凰通达印刷有限公司
开　　　本	880×1230 毫米　1/32
印　　　张	8.625
字　　　数	200 千字
版　　　次	2013 年 6 月第 1 版　2013 年 6 月第 1 次印刷
标 准 书 号	ISBN 978-7-5399-5204-8
定　　　价	25.00 元

（江苏文艺版图书凡印刷、装订错误可随时向承印厂调换）

目 录

上篇　北京旧事

003 | 报考大学
007 | 记北大 1930 年入学考试
009 | 清华大学西洋文学系
018 | 受用终生的两门课
020 | 1930—1932 年的简略回顾
024 | 在北平的准备工作
028 | 师生之间
032 | 我和北大
038 | 我爱北京
042 | 我爱北京的小胡同
045 | 我和北大图书馆
048 | 梦萦未名湖
053 | 梦萦红楼
055 | 梦萦水木清华
059 | 清华梦忆
063 | 北京忆旧

中篇　燕园睹物

- 069　二月兰
- 075　春满燕园
- 078　马樱花
- 083　夹竹桃
- 087　朵朵葵花向太阳
- 092　槐花
- 095　怀念西府海棠
- 099　写作《春归燕园》的前前后后
- 108　园花寂寞红
- 111　人间自有真情在
- 114　幽径悲剧
- 119　老猫
- 130　石榴花

下篇　书斋怀人

- 137　他实现了生命的价值——悼念朱光潜先生
- 143　我记忆中的老舍先生
- 149　为胡适说几句话
- 155　站在胡适之先生墓前
- 168　悼念沈从文先生
- 174　回忆吴宓先生
- 177　怀念丁声树同志
- 178　晚节善终大节不亏——悼念冯芝生（友兰）先生
- 185　哭冯至先生

- 193 | 也谈叶公超先生二三事
- 198 | 怀念乔木
- 206 | 悼组缃
- 212 | 我的朋友臧克家
- 215 | 我眼中的张中行
- 222 | 回忆陈寅恪先生
- 235 | 悼念邓广铭先生
- 240 | 记张岱年先生
- 242 | 国学大师汤用彤先生
- 246 | 赵元任先生
- 258 | 悼念周一良
- 263 | 痛悼钟敬文先生
- 267 | 悼巴老

上篇　北京旧事

报考大学
记北大 1930 年入学考试
清华大学西洋文学系
受用终生的两门课
1930—1932 年的简略回顾
在北平的准备工作
师生之间
我和北大
我爱北京
我爱北京的小胡同
我和北大图书馆
梦萦未名湖
梦萦红楼
梦萦水木清华
清华梦忆
北京忆旧

报考大学

我少无大志，从来没有想到做什么学者。中国古代许多英雄，根据正史的记载，都颇有一些豪言壮语，什么"大丈夫当如是也！"什么"彼可取而代也！"又是什么"燕雀焉知鸿鹄之志哉？"真正掷地作金石声，令我十分敬佩，可我自己不是那种人。

在我读中学的时候，像我这种从刚能吃饱饭的家庭出身的人，唯一的目的和希望就是——用当时流行的口头语来说——能抢到一只"饭碗"。当时社会上只有三个地方能生产"铁饭碗"：一个是邮政局，一个是铁路局，一个是盐务稽核所。这三处地方都掌握在不同国家的帝国主义分子手中。在那半殖民地社会里，"老外"是上帝。不管社会多么动荡不安，不管"城头"多么"变幻大王旗"，"老外"是谁也不敢碰的。他们生产的"饭碗"是"铁"的，砸不破，摔不碎。只要一碗在手，好好干活，不违"洋"命，则终生会有饭吃，无忧无虑，成为羲皇上人。

我的家庭也希望我在高中毕业后能抢到这样一只"铁饭碗"。我不敢有违严命，高中毕业后曾报考邮政局。若考取后，可以当一名邮务生。如果勤勤恳恳，不出娄子，干上十年二十年，也可能熬到一个邮务佐，算是邮局里的一个芝麻绿豆大的小官了；就这样混上一辈子，平平安安，无风无浪。幸乎？不幸乎？我没有考上。大概面试的"老外"看我不像那样一块料，于是我名落孙山了。

在这样的情况下，我才报考了大学。北大和清华都录取了我。我同当时众多的青年一样，也想出国去学习，目的只在"镀金"，并不是想当什么学者。"镀金"之后，容易抢到一只饭碗，如此而已。在出国方面，我以为清华条件优于北大，所以舍后者而取前者。后来证明，我这一宝算是押中了。这是后事，暂且不提。

清华是当时两大名牌大学之一，前身叫留美预备学堂，是专门培养青年到美国去学习的。留美若干年镀过了金以后，回国后多为大学教授，有的还做了大官。在这些人里面究竟出了多少真正的学者，没有人做过统计，我不敢瞎说。同时并存的清华国学研究院，是一所很奇特的机构，仿佛是西装革履中一袭长袍马褂，非常不协调。然而在这个不起眼的机构里却有名闻宇内的四大导师：梁启超、王国维、陈寅恪、赵元任。另外有一名年轻的讲师李济，后来也成了大师，担任了台湾中央研究院的院长。这个国学研究院，与其说它是一所现代化的学堂，毋宁说它是一所旧日的书院。一切现代化学校必不可少的烦琐的规章制度，在这里似乎都没有。师生直接联系，师了解生，生了解师，真正做到了循循善诱，因材施教。虽然只办了几年，梁、王两位大师一去世，立即解体，然而所创造的业绩却是非同小可。我不确切知道究竟毕业了多少人，估计只有几十个人，但几乎全都成了教授，其中有若干位还成了学术界的著名人物。听史学界的朋友说，中国二十世纪三十年代后形成了一个学术派别,名叫"吾师派",大概是由某些人写文章常说的"吾师梁任公"、"吾师王静安"、"吾师陈寅恪"等衍变而来的。从这一件小事也可以看到清华国学研究院在学术界影响之大。

吾生也晚,没有能亲逢国学研究院的全盛时期。我于1930年入清华时,留美预备学堂和国学研究院都已不再存在,清华改成了国立清华大学。清华有一个特点:新生投考时用不着填上报考的系名,录取后,再由学生自己决定入哪一个系;读上一阵,觉得不恰当,还可以转系。转系在其他一些大学中极为困难——比如说现在的北京大学,但在当时的清华,却真易如反掌。可是根据我的经验:世上万事万物都具有双重性。没有入系的选择自由,很不舒服;现在有了入系的选择自由,反而更不舒服。为了这个问题,我还真伤了点脑筋。系科盈目,左右掂量,好像都有点吸引力,究竟选择哪一个系呢?我一时好像变成了莎翁剧中的 Hamlet 碰到了 To be or not to be-That is the question。我是从文科高中毕业的,按理说,文科的系对自己更适宜。然而我却忽然一度异想天开,想入数学系,真是"可笑不自量"。经过长时间的考虑,我决定入西洋文学系(后改名外国语文系)。这一件事也证明我"少无大志",我并没有明确的志向,想当哪一门学科的专家。

当时的清华大学的西洋文学系,在全国各大学中是响当当的名牌。原因据说是由于外国教授多,讲课当然都用英文,连中国教授讲课有时也用英文。用英文讲课,这可真不得了呀!只是这一条就能够发聋振聩,于是就名满天下了。

我当时未始不在被振发之列，又同我那虚无缥缈的出国梦联系起来，我就当机立断，选了西洋文学系。

  从1930年到现在，六十七个年头已经过去了。所有的当年的老师都已经去世了。最后去世的一位是后来转到北大来的美国的温德先生，去世时已经活过了一百岁。我现在想根据我在清华学习四年的印象，对西洋文学系做一点评价，谈一谈我个人的一点看法。我想先从古希腊找一张护身符贴到自己身上："吾爱吾师，吾尤爱真理。"有了这一张护身符，我就可以心安理得，能够畅所欲言了。

记北大 1930 年入学考试

1930年,我高中毕业。当时山东只有一个高中,就是杆石桥山东省立高中,文理都有,毕业生大概有七八十个人。除少数外,大概都要进京赶考的。我之所谓"京"是一个形象的说法,就是指的北京,当时还叫"北平"。山东有一所大学:山东大学,但是名声不显赫,同北京的北大、清华无法并提。所以,绝大部分高中毕业生都进京赶考。

当时北平的大学很多。除了北大、清华以外,我能记得来的还有朝阳大学、中国大学、郁文大学、平民大学、辅仁大学、燕京大学等。还有一些只有校名,没有校址的大学,校名也记不清楚了。

有的同学大概觉得自己底气不足,报了五六个大学的名。报名费每校三元,有几千学生报名,对学校来说是一笔不小的收入。我本来是一个上不得台盘的人,新育小学毕业就没有勇气报考一中。但是,高中一年级时碰巧受到了王寿彭状元的奖励。于是虚荣心起了作用:既然上去,就不能下来!结果三年高中,六次考试,我考了六个第一名。心中不禁"狂"了起来。我到了北平,只报了两个学校:北大与清华。结果两校都录取了我。经过反复的思考,我弃北大而取清华。后来证明我这个判断是正确的。否则我就不会有留德十年。没有留德十年,我以后走的道路会是完全不同的。

那一年的入学考试,北大就在沙滩,清华因为离城太远,借了北大的三院做考场。清华的考试平平常常,没有什么特异之处。北大则极有特色,至今忆念难忘。首先是国文题就令人望而生畏,题目是"何谓科学方法?试分析评论之"。又要"分析",又要"评论之",这究竟是考学生什么呢?我哪里懂什么"科学方法"。幸而在高中读过一年逻辑,遂将逻辑的内容拼拼凑凑,写成了一篇答卷,洋洋洒洒,颇有一点神气。北大英文考试也有特点。每年必出一首旧诗词,令考生译成英文。那一年出的是"别来春半,触目愁肠断。砌下落梅如雪乱,拂了一身还满。"所有的科目都考完以后,又忽然临时加试一场英文 dictation。一个人在上面念,让考生整个记录下来。这玩意儿我们山东可没有搞。我因为英文单词记得多,整个故事我听得懂,大概是英文《伊索寓言》一类书籍抄来的一个罢。总起来,我都写了下来。仓皇中把 suffer 写成了 safer。

我们山东赶考的书生们经过了这几大灾难才仿佛井蛙从井中跃出,大开了眼界,了解到了山东中学教育水平是相当低的。

2003 年 9 月 28 日

清华大学西洋文学系

当时的清华大学的西洋文学系,在全国各大学中是响当当的名牌。原因据说是由于外国教授多,讲课当然都用英文,连中国教授讲课有时也用英文。用英文讲课,这可真不得了呀!只是这一条就能够发聋振聩,于是就名满天下了。我当时未始不在被振发之列,又同我那虚无缥缈的出国梦联系起来,我就当机立断,选了西洋文学系。

从1930年到现在,几十年过去了。所有的当年的老师都已经去世了。最后去世的一位是后来转到北大来的美国的温德先生,去世时已经活过了一百岁。我现在想根据我在清华学习四年的印象,对西洋文学系做一点儿评价,谈一谈我个人的一点看法。我想先从古希腊找一张护身符贴到自己身上:"吾爱吾师,吾尤爱真理。"有了这一张护身符,我就可以心安理得,能够畅所欲言了。

我想简略地实事求是地对西洋文学系的教授阵容作一点分析。我说"实事求是",至少我认为是实事求是,难免有不同的意见,这就是平常所谓的"仁者见仁,智者见智"了。我先从系主任王文显教授谈起。他的英文极好,能用英文写剧本,没怎么听他说过中国话。他是莎士比亚研究的专家,有一本用英文写成的有关莎翁研究的讲义,似乎从来没有出版过。他隔年开一次莎士比亚的课,在课堂上念讲义,一句闲话也没有。下课铃一摇,合上讲义走人。多少年来,都是如此。讲义是否随时修改,不得而知。据老学生说,讲义基本上不做改动。他究竟有多大学问,我不敢瞎说。他留给学生最深的印象是他充当冰球裁判时那种脚踏溜冰鞋似乎极不熟练的战战兢兢如履薄冰的神态。

再来介绍温德教授。他是美国人,怎样到清华来的,我不清楚。他教欧洲文艺复兴文学和第三年法语。他终身未娶,死在中国。据说他读的书很多,但没见他写过任何学术文章。学生中流传着有关他的许多轶闻趣事。他说,在世界上所有的宗教中,他最喜爱的是伊斯兰教,因为伊斯兰教的"天堂"很符合他的口味。学生中流传的轶闻之一就是:他身上穿着五百块大洋买来的大衣(当时东交民巷外国裁缝店的玻璃橱窗中摆出一块呢料,大书"仅此一块"。被某一位冤大头买走后,第二天又摆出同样一块,仍然大书"仅此一块"。价钱比平常同样的呢料要贵上五至十倍),腋下夹着十块钱一册的《万人丛书》(Everyman's Library)(某一国的老外名叫 Vetch,在北京饭店租了一间铺面,专售西书。他把原有的标价剪掉,然后抬高四五倍的价钱卖掉),眼睛上戴着用八十块大洋配好但把镜片装反了的眼镜,徜徉在水木清华的林阴大道上,昂首阔步,醉眼蒙眬。

还有翟孟生教授。他也是美国人,教西洋文学史。听说他原是清华留美预备学堂的理化教员。后来学堂撤销,改为大学,他就留在西洋文学系。他大概是颇为勤奋,确有著作,而且是厚厚的大大的巨册,在商务印书馆出版,书名叫 A

Survey of European Literature。读了可以对欧洲文学得到一个完整的概念。但是,书中错误颇多,特别是在叙述某一部名作的故事内容中,时有张冠李戴之处。学生们推测,翟老师在写作此书时,手头有一部现成的欧洲文学史,又有一本StoryBook,讲一段文学发展的历史事实;遇到名著,则查一查StoryBook,没有时间和可能尽读原作,因此名著内容印象不深,稍一疏忽,便出讹误。不是行家出身,这种情况实在是难以避免的。我们不应苛责翟孟生老师。

吴可读教授。他是英国人,讲授中世纪文学。他既无著作,也不写讲义。上课时他顺口讲,我们顺手记。究竟学到了些什么东西,我早已忘到九霄云外去了。他还讲授当代长篇小说一课。他共选了五部书,其中包括当时才出版不太久但已很有名气的吴尔芙和劳伦斯的书各一部。第一二部谁也不敢说完全看懂。我只觉迷离模糊,不知所云。根据现在的研究水平来看,我们的吴老师恐怕也未必能够全部透彻地了解。

毕莲教授。她是美国人。我也不清楚她是怎样到清华来的。听说她在美国教过中小学。她在清华讲授中世纪英语,也是一无著作,二无讲义。她的拿手好戏是能背诵英国大诗人Chaucer的Canterury Tales开头的几段。听老同学说,每逢新生上她的课,她就背诵那几段,背得滚瓜烂熟,先给学生一个下马威。以后呢? 以后就再也没有什么新花样了。年轻的学生们喜欢品头论足,说些开玩笑的话。我们说:程咬金还能舞上三板斧,我们的毕老师却只能砍上一板斧。

下面介绍两位德国教授。第一位是石坦安,讲授第三年德语。不知道他的专长何在,只是教书非常认真,颇得学生的喜爱。此外我对他便一无所知了。第二位是艾克,字锷风。他算是我的业师。他教我第四年德文,并指导我的学士论文。他在德国拿到过博士学位,主修的好像是艺术史。他精通希腊文和拉丁文,偏爱德国古典派的诗歌,对于其名最初隐而不彰后来却又大彰的诗人薛德林(Holderlin)情有独钟,经常提到他。艾克先生教书并不认真,也不愿费力。有一次我们几个学生请他用德文讲授,不用英文。他便用最快的速度讲了一通,最后问我们:"Verstehen Sie etwas davon?"(你们听懂了什么吗?)我们瞠目结舌,敬谨答曰:"No!"从此天下太平,再也没有人敢提用德文讲授的事。他学问是有的,曾著有一部厚厚的《宝塔》,是用英文写的,利用了很丰富的资料和图片,专门讲中国的塔。这一部书在国外汉学界颇有一些名气。他的另外一部专著是研究中国明代家具的,附了很多图表,篇幅也相当多。由此可见他的研究兴趣之所在。他工资极高,孤身一人,租赁了当时辅仁大学附近的一座王府,他就住在银安殿上,雇了几个听差和厨师。他收藏了很多中国古代名贵字画,坐拥画城,享受王者之乐。1946年,我回到北京时,他仍在清华任教。此时他已成了家,夫人是一位中国女画家,年龄比他小一半,年轻貌美。他们夫妇请我吃过烤肉。北京一解放,他们就流落到夏威夷。锷风老师久已谢世,他的夫人还健在。

我在上面提到过,我的学士论文是在锷风老师指导下写成的,是用英文写的,题目是 The Early Poems of F. Holderlin。英文原稿已经遗失,只保留下来了一份中文译文。一看这题目,就能知道是受到了艾先生的影响。现在回忆起来,我当时的德文水平不可能真正看懂薛德林的并不容易懂的诗句。当然,要说一点儿都不懂,那也不是事实。反正是半懂半不懂,囫囵吞枣,参考了几部《德国文学史》,写成了这一篇论文,分数是 E(excellent,优)。我年轻时并不缺少幻想力,这是一篇幻想力加学术探讨写成的论文。本章的题目是"学术研究的发轫阶段"。如果这就算学术研究的话,说它是"发轫",也未尝不可。但是,这个"轫""发"得并不辉煌,里面并没有什么"天才的火花"。

现在再介绍西洋文学系的老师,先介绍吴宓(字雨僧)教授。他是美国留学生,是美国人文主义大师白璧德的弟子,在国内不遗余力地宣传自己老师的学说。他反对白话文,更反对白话文学。他联合了一些志同道合者,创办了《学衡》杂志,文章一律是文言。他自己也用文言写诗,后来出版了《吴宓诗集》。在中国文坛上,他属于右倾保守集团,没有什么影响。他给我们讲授两门课:一门是"英国浪漫诗人",一门是"中西诗之比较"。在美国,他入的是比较文学系。在中国,他是提倡比较文学的先驱者之一。但是,他在这方面的文章却几乎不见。就以我为例,"比较文学"这个概念当时并没有形成。如果真有文章的话,他并不缺少发表的只是他那些连篇累牍的关于白璧德人文主义的论述文章。在"英国浪漫诗人"这一堂课上,我记得最清楚的是他让我们背诵那些浪漫诗人的诗句,有时候要背得很长很长。理论讲授我一点儿也回忆不起来了。在"中西诗之比较"这一堂课上,除了讲点儿西方的诗和中国的古诗之外，关于理论，我的回忆中也是一片空白。反之，最难忘的却是：他把自己一些新写成的旧诗也铅印成讲义，在堂上散发。他那有名的《空轩诗》就是在这种情况下发到我们手中的。雨僧先生生性耿直，古貌古心，却流传着许多"绯闻"。他似乎爱过、追求过不少女士，最著名的一个是毛彦文。他曾有一首诗，开头两句是："吴宓苦爱○○○，三洲人士共惊闻。"隐含在三个○里面的人名，用押韵的方式呼之欲出。"三洲"指的是亚、欧、美。这虽是诗人的夸大，知道的人确实不少，这却是事实。他的《空轩诗》被学生在小报《清华周刊》上改写为打油诗，给他开了一个不大不小的玩笑。第一首的头两句被译成了"一见亚北貌似花，顺着秫秸往上爬"。"亚北"者，指一个姓欧阳公超先生的散文中写到过，这里不再重复。回头仍然讲吴先生的"中西诗之比较"这一门课。为这一门课我曾写过一篇论文，题目忘记了，是师命或者自愿，我也忘记了。内容依稀记得是把陶渊明同一位英国浪漫诗人相比较，当然不会比出什么东西来的。我在最近几年颇在一些文章和谈话中，对比较文学的"无限可比性"有所指责。X和Y，任何两个诗人或其他作家都可以硬拉过来一比，有人称之为"拉郎配"，是一个很形象的说法。焉知六十多年前自己就是一个"拉郎配"者或始作俑者。自己向天上吐的唾沫最终还是落到自己脸上，岂不尴尬也哉！然而这个事实我却无法否认。如果这样的文章也能算科学研究的"发轫"的话，我的发轫起点实在是很低的。但是，话又说了回来，在西洋文学系教授群中，讲真有学问的，雨僧先生算是一个。

下面介绍叶崇智(公超)教授。他教我们第一年英语,用的课本是英国女作家 Jane Austen 的《傲慢与偏见》。他的教学法非常离奇,一不讲授,二不解释,而是按照学生的座次——我先补充一句,学生的座次是并不固定的——从第一排右手起,每一个学生念一段,依次念下去。念多么长,好像也并没有一定之规,一声令下:Stop! 于是就 Stop 了。他问学生:"有问题没有?"如果没有,就是邻座的第二个学生念下去。有一次,一个同学提了一个问题,他大声喝道:"查字典去!"一声狮子吼,全堂愕然、肃然,屋里静得能听到彼此的呼吸声。从此天下太平,再没有人提任何问题了。就这样过了一年。公超先生英文非常好,对英国散文大概是很有研究的。可惜他惜墨如金,从来没见他写过任何文章。

在文坛上,公超先生大概属于新月派一系。他曾主编过——或者帮助编过一个纯文学杂志《学文》。我曾写过一篇散文《年》,送给了他。他给予这篇文章极高的评价,说我写的不是小思想、小感情,而是"人类普遍的意识"。他立即将文章送《学文》发表。这实出我望外,欣然自喜,颇有受宠若惊之感。为了表示自己的感激之情,兼怀有巴结之意,我写了一篇《我是怎样写起文章来的?》送呈先生。然而,这次却大出我意料,狠狠地碰了一个钉子。他把我叫了去,铁青着脸,把原稿掷给了我,大声说道:"我一个字都没有看!"我一时目瞪口呆,赶快拿着文章开路大吉。个中原因我至今不解。难道这样的文章只有成了名的作家才配得上去写吗?此文原稿已经佚失,我自己是自我感觉极为良好的。平心而论,我在清华四年,只写过几篇散文:《年》、《黄昏》、《寂寞》、

《枸杞树》,一直到今天,还是一片赞美声。清夜扪心,这样的文章我今天无论如何也写不出来了。我一生从不敢以作家自居,而只以学术研究者自命。然而具有讽刺意味的是:如果说我的学术研究起点很低的话,我的散文创作的起点应该说是不低的。

公超先生虽然一篇文章也不写,但是,他并非懒于动脑筋的人。有一次,他告诉我们几个同学,他正考虑一个问题:在中国古代诗歌中人的感觉——或者只是诗人的感觉的转换问题。他举了一句唐诗:"静听松风寒。"最初只是用耳朵听,然而后来却变成了躯体的感受"寒"。虽然后来没见有文章写出,却表示他在考虑一些文艺理论的问题。当时教授与学生之间有明显的鸿沟:教授工资高,社会地位高,存在决定意识,由此就形成了"教授架子"这一个词儿。我们学生只是一群有待于到社会上去抢一只饭碗的碌碌青年。我们同教授们不大来往,路上见了面,也是望望然而去之,不敢用代替西方"早安"、"晚安"一类的致敬词儿的"国礼":"你吃饭了吗?""你到哪里去呀?"去向教授们表示敬意。公超先生后来当了大官:台湾的"外交部长"。关于这一件事,我同我的一位师弟——一位著名的诗人有不同的看法。我曾在香港《大公报·文学副刊》上发表过的一篇文章中提到此事。此文上面已提到。

再介绍一位不能算是主要教授的外国女教授,她是德国人华兰德小姐,讲授法语。她满头银发,闪闪发光,恐怕已经有了一把子年纪,终身未婚。中国人习惯称之为"老姑娘"。也许正因为她是"老姑娘",所以脾气有点变态。用医生的话说,可能就是迫害狂。她教一年级法语,像是教初小一年级的学生。后来我领略到的那种德国外语教学方法,她一点儿都没有。极简单的句子,翻来覆去地教,令人从内心深处厌恶。她脾气却极坏,又极怪,每堂课都在骂人。如果学生的卷子答得极其正确,让她无辫子可抓,她就越发生气,气得简直浑身发抖,面红耳赤,开口骂人,语无伦次。结果是把百分之八十的学生全骂走了,只剩下我们五六个不怕骂的学生。我们商量"教训"她一下。有一天,在课堂上,我们一齐站起来,对她狠狠地顶撞了一番。大出我们所料,她屈服了。从此以后,天下太平,再也没有看到她撒野骂人了。她住在当时燕京大学南面军机处的一座大院子里,同一个美国"老姑娘"相依为命。二人合伙吃饭,轮流每人管一个月的伙食。在这一个月中,不管伙食的那一位就百般挑剔,恶毒咒骂。到了下个月,人变换了位置,骂者与被骂者也颠倒了过来。总之是每月每天必吵。然而二人却谁也离不开谁,好像吵架已经成了生活的必不可缺的内容。

我在上面介绍了清华西洋文学系的大概情况,决没有一句谎言。中国古话:为尊者讳,为贤者讳。这道理我不是不懂。但是为了真理,我不能用撒谎来讳,我只能据实直说。我也决不是说,西洋文学系一无是处。这个系能出像钱钟书和万家宝(曹禺)这样大师级的人物,必然有它的道理。我在这里无法详细推究了。

受用终生的两门课

专就我个人而论，专从学术研究发轫这个角度上来看，我认为，我在清华四年，有两门课对我影响最大：一门是旁听而又因时间冲突没能听全的历史系陈寅恪先生的"佛经翻译文学"，一门是中文系朱光潜先生的"文艺心理学"，是一门选修课。这两门不属于西洋文学系的课程，我可万没有想到会对我终生产生了深刻而悠久的影响，决非本系的任何课程所能相比于万一。陈先生上课时让每个学生都买一本《六祖坛经》。我曾到今天的美术馆后面的某一座大寺庙里去购买此书。先生上课时，任何废话都不说，先在黑板上抄写资料，把黑板抄得满满的，然后再根据所抄的资料进行讲解分析；对一般人都不注意的地方提出崭新的见解，令人顿生石破天惊之感，仿佛酷暑饮冰，凉意遍体，茅塞顿开。听他讲课，简直是最高最纯的享受。这同他写文章的做法如出一辙。当时我对他的学术论文已经读了一些，比如《四声三问》等等。每每还同几个同学到原物理楼南边王静安先生纪念碑前，共同阅读寅恪先生撰写的碑文，觉得文体与流俗不同，我们戏说这是"同光体"。有时在路上碰到先生腋下夹着一个黄布书包，走到什么地方去上课，步履稳重，目不斜视，学生们都投以极其尊重的目光。

朱孟实(光潜)先生是北大的教授，在清华兼课。当时他才从欧洲学成归来。他讲"文艺心理学"，其实也就是美学。他的著作《文艺心理学》还没有出版，也没有讲义，他只是口讲，我们笔记。孟实先生的口才并不好，他不属于能言善辩一流，而且还似乎有点怕学生，讲课时眼睛总是往上翻，看着天花板上的某一个地方，不敢瞪着眼睛看学生。可他一句废话也不说，慢条斯理，操着安徽乡音很重的蓝青官话，讲着并不太容易理解的深奥玄虚的美学道理，句句仿佛都能钻入学生心中。他显然同鲁迅先生所说的那一类，在外国把老子或庄子写成论文让洋人吓了一跳，回国后却偏又讲康德、黑格尔的教授，完全不可相提并论。他深通西方哲学和当时在西方流行的美学流派，而对中国旧的诗词又极娴熟。所以在课堂上引东证西或引西证东，触类旁通，头头是道，毫无扞格牵强之处。我觉得，这才是真正的比较文学，比较诗学。这样的本领，在当时是凤毛麟角，到了今天，也不多见。他讲的许多理论，我终生难忘，比如 Lipps 的"感情移入说"，到现在我还认为是真理，不能更动。

陈、朱二师的这两门课，使我终生受用不尽。虽然我当时还没有敢梦想当什么学者，然而这两门课的内容和精神却已在潜移默化中融入了我的内心深处。如果说我的所谓"学术研究"真有一个待"发"的"韧"的话，那个"韧"就隐藏在这两门课里面。

1930—1932年的简略回顾

1930年夏天,我从山东省立济南高中毕业。当时这是山东全省唯一的一所高中,各县有志上进的初中毕业生,都必须到这里来上高中。俗话说"千军万马独木桥"。济南省立高中就是这样一座独木桥。

一毕业,就算是走过了独木桥。但是,还要往前走的,特别是那些具备经济条件的学生,而这种人占的比例是非常大的。即使是家庭经济条件不够好的,父母也必千方百计拼凑摒挡,送孩子上学。旧社会说:"没有场外的举人。"上大学就等于考举人,父母怎能让孩子留在场外呢?我的家庭就属于这个范畴。旧社会还有一句话,叫"进京赶考"。即指的是考进士。当时举人、进士都已不再存在了,但赶考还是要进京的。那时北京已改为北平,不再是"京"了。可是济南高中文理两科毕业生大约有一百多人,除了经济实在不行的外,有八九十个都赶到北平报考大学。根本没有听说有人到南京上海等地去的。留在山东报考大学的也很少听说。这是当时的时代潮流,是无法抗御的。

当时的北平有十几所大学,还有若干所专科学校。学校既多,难免良莠不齐。有的大学,我只闻其名,却没有看到过,因为,它只有几间办公室,没有教授,也没有学生,有人只要缴足了四年的学费,就发给毕业证书。等而上之,大学又有三六九等。有的有校舍,有教授,有学生,但教授和学生水平都不高,马马虎虎,凑上四年,拿一张文凭,一走了事。在乡下人眼中,他们的地位就等于举人或进士了。列在大学榜首的当然是北大和清华。燕大也不错,但那是一所贵族学校,收费高,享受丰,一般老百姓学生是不敢轻叩其门的。

当时到北平来赶考的学子,不限于山东,几乎全国各省都有,连僻远的云南和贵州也不例外。总起来大概有六七千或者八九千人。那些大学都分头招生,有意把考试日期分开,不让学子们顾此失彼。有的大学,比如朝阳大学,一个暑假就招生四五次。这主要是出于经济考虑。报名费每人大洋三元,这在当时是个不菲的数目,等于一个人半个月的生活费。每年暑假,朝阳大学总是一马当先,先天下之招而招。第一次录取极严,只有极少数人能及格。以后在众多大学考试的空隙中再招考几次。最后则在所有的大学都考完后,后天下之招而招,几乎是一网打尽了。前者是为了报名费,后者则是为了学费了。

北大和清华当然是只考一次的。我敢说,全国到北平的学子没有不报考这两个大学的。即使自知庸陋,也无不想侥幸一试。这是"一登龙门,身价十倍"的事,谁愿意放过呢?但是,两校录取的人数究竟是有限的。在大约五六千或更多的报名的学子中,清华录取了约两百人,北大不及其半,百分比之低,真堪惊人,比现在要困难多了。我曾多次谈到过,我幼无大志,当年小学毕业后,对大名鼎鼎的一中我连报名的勇气都没有,只是凑合着进了"破正谊"。现在大概是高中三年的六连冠,我的勇气大起来了,我到了北平,只报考了北大和清华,偏偏两个学校都取了我。经过了一番考虑,为了想留洋镀金,我把宝压到了清华上。于是我进了清华园。

同北大不一样,清华报考时不必填写哪一个系。录取后任你选择。觉得不妥,还可以再选。我选的是西洋文学系。到了毕业时,我的毕业证书上却写的是外国语言文学系,不知道是什么时候改的。西洋文学系有一个详尽的四年课程表,从古典文学一直到现当代文学,应有尽有。我记得,课程有"古典文学"、"中世纪文学"、"文艺复兴时期文学"、"英国浪漫诗人"、"现当代长篇小说"、"英国散文"、"文学批评史"、"世界通史"、"欧洲文学史"、"中西诗之比较"、"西方哲学史"等等,都是每个学生必修的。还有"莎士比亚",也是每个学生都必修的。讲课基本上都用英文。"第一年英文"、"第一年国文"、"逻辑",好像是所有的文科学生都必须选的。"文学概论"、"文艺心理学",好像是选修课,我都选修过。当时旁听之风甚盛,授课教师大多不以为忤,听之任之。选修课和旁听课带给我很大的好处,比如朱光潜先生的"文艺心理学"和陈寅恪先生的"佛经翻译文学",就影响了我的一生。但也有碰钉子的时候。当时冰心女士蜚声文坛,名震神州。清华请她来教一门什么课。学生中追星族也大有人在,我也是其中之一。我们都到三院去旁听,屋子里面座无虚席,走廊上也站满了人。冰心先生当时不过三十二三岁,头上梳着一个信基督教的妇女王玛丽张玛丽之流常梳的纂,盘在后脑勺上,满面冰霜,不露一丝笑意,一登上讲台,便发出狮子吼:"凡不选本课的学生,统统出去!"我们相视一笑,伸伸舌头,立即弃甲曳兵而逃。后来到了五十年代,我同她熟了,笑问她此事,她笑着说:"早已忘记了。"我还旁听过朱自清、俞平伯等先生的课,只是浅尝辄止,没有听完一个学期过。

西洋文学系还有一个奇怪的规定。上面列的必修课是每一个学生都必须读的;但偏又别出心裁,把全系分为三个专业方向:英文、德文、法文。每一个学生必有一个专业方向,叫 Specialized 的什么什么。我选的是德文,就叫做 Specialized in German,要求是从"第一年德文"经过第二年、第三年一直读到"第四年德文"。英法皆然。我说它奇怪,因为每一个学生英文都能达到四会或五会的水平,而德文和法文则是从字母学起,与英文水平相距悬殊。这一桩怪事,当时谁也不去追问,追问也没有用,只好你怎样规定我就怎样执行,如此而已。

清华还有一个怪现象,也许是一个好现象,为其他大学所无,这就是"每一个学生都必须选修第一年体育,不及格不能毕业"。每一个体育项目,比如百米、二百米、一千米、跳高、跳远、游泳等等,都有具体标准,达不到标准,就算不及格。幸而标准都不高,达到并不困难,所以还没有听说因体育不及格而不能毕业的。

在北平的准备工作

我终于在1935年8月1日离开了家。我留下的是一个破败的家,老亲、少妻、年幼子女。这样一个家和我这一群亲人,他们的命运谁也不知道,正如我自己的命运一样。生离死别,古今同悲。江文通说:"黯然销魂者,唯别而已矣。"他又说:"割慈忍爱,离邦去里,沥泣共诀,抆血相视。"我从前读《别赋》时,只是欣赏它的文采。然而今天自己竟成了赋中人。此情此景实不足为外人道也。

临离家时,我思绪万端。叔父、婶母、德华(妻子),女儿婉如牵着德华的手,才出生几个月的延宗酣睡在母亲怀中,都送我到大门口。娇女、幼子,还不知道什么叫离别,也许还觉得好玩。双亲和德华是完全理解的。我眼里含着泪,硬把大量的眼泪压在肚子里,没有敢再看他们一眼——我相信,他们眼里也一定噙着泪珠——扭头上了洋车,只有大门楼上残砖败瓦的影子在我眼前一闪。

我先乘火车到北平。办理出国手续,只有北平有可能,济南是不行的。到北平以后,我先到沙滩找了一家公寓,赁了一间房子,存放那两只大皮箱。立即赶赴清华园,在工字厅招待所找到了一个床位,同屋的是一位比我高几级的清华老毕业生,他是什么地方保险公司的总经理。夜半联床,娓娓对谈。他再三劝我,到德国后学保险。将来回国,饭碗决不成问题,也许还是一只金饭碗。这当然很有诱惑力,但却同我的愿望完全相违。我虽向无大志,可是对做官、经商,却决无兴趣,对发财也无追求。对这位老学长的盛意,我只有心领了。

此时正值暑假,学生几乎都离校回家了。偌大一个清华园,静悄悄的。但是风光却更加旖旎,高树蔽天,浓阴匝地,花开绿丛,蝉鸣高枝;荷塘里的荷花正迎风怒放,西山的紫气依旧幻奇。风光虽美,但是我心中却感到无边的寂寞。仅仅在一年前,当我还是学生的时候,我那众多的小伙伴都还聚在一起,或临风朗读,或月下抒怀。黄昏时漫步荒郊,回校后余兴尚浓,有时候沿荷塘步月,领略荷塘月色的情趣,其乐融融,乐不可支。然而曾几何时,今天却只剩下我一个人又回到水木清华,睹物思人,对月兴叹,人去楼空,宇宙似乎也变得空荡荡的,令人无法忍受了。

我住的工字厅是清华的中心。我的老师吴宓先生的"藤影荷声之馆"就在这里。他已离校,我只能透过玻璃窗子看室中的陈设,不由忆起当年在这里高谈阔论时的情景,心中黯然。离开这里不远就是那一间临湖大厅,"水木清华"四个大字的匾就挂在后面。这个厅很大,里面摆满了红木家具,气象高雅华贵。平常很少有人来,因此幽静得很。几年前,我有时候同吴组缃、林庚、李长之等几个好友,到这里来闲谈。我们都还年轻,有点不知道天高地厚,说话海阔天空,旁若无人。我们不是粪土当年万户侯,而是挥斥当代文学家。记得茅盾的《子夜》出版时,我们几个人在这里碰头,议论此书。当时意见截然分成两派：一派完全肯定，一派基本否定。大家争吵了个不亦乐乎。我们这种侃大山，一向没有结论，也不需要有结论。各自把自己的话尽量夸大其词地说完，然后再谈别的问题，觉得其乐无穷。今天我一个人来到这间大厅里，睹物思人，又不禁有点伤感了。

在这期间，我有的是空闲。我曾拜见了几位老师。首先是冯友兰先生，据说同德国方面签订合同，就是由于他的斡旋。其次是蒋廷黻先生，据说他在签订合同中也出了力。他恳切劝我说，德国是法西斯国家，在那里一定要谨言慎行，免得惹起麻烦。我感谢师长的叮嘱。我也拜见了闻一多先生。这是我同他第一次见面；不幸的是，也是最后一次见面。等到十一年后我回国时，他早已被国民党反动派暗杀了。他是一位我异常景仰的诗人和学者。当时谈话的内容我已经完全忘记，但是他的形象却永远留在我心中。

有一个晚上，吃过晚饭，孤身无聊，信步走出工字厅，到朱自清先生的《荷塘月色》中所描写的荷塘边上去散步。于时新月当空，万籁无声。明月倒影荷塘中，比天上那一个似乎更加圆明皎洁。在月光下，荷叶和荷花都失去了色彩，变成了灰蒙蒙的一个颜色。但是缕缕荷香直逼鼻管，使我仿佛能看到翠绿的荷叶和红艳的荷花。荷叶丛中闪熠着点点的火花，是早出的萤火虫。小小的火点动荡不定，忽隐忽现，仿佛要同天上和水中的那个大火点，争光比辉。此时，宇宙间仿佛只剩下了我一个人。前面的鹏程万里，异乡漂泊；后面的亲老子幼的家庭，都离开我远远的，远远的，陷入一层薄雾中，望之如蓬莱仙山了。

但是，我到北平来是想办事儿的，不是来做梦的。当时的北平没有外国领馆，办理出国护照的签证，必须到天津去。于是我同乔冠华就联袂乘火车赴天津，到俄、德两个领馆去请求签证。手续决没有现在这样复杂，领馆的俄、德籍的工作人员，只简简单单地问了几句话，含笑握手，并祝我们一路顺风。我们的出国手续就全部办完，只等出发了。

回到北平以后，几个朋友在北海公园为我饯行，记得有林庚、李长之、王锦弟、张露薇等。我们租了两只小船，荡舟于荷花丛中。接天莲叶，映日荷花，在太阳的照射下，红是红，绿是绿，各极其妙。同那天清华园的荷塘月色，完全不同了。我们每个人都兴高采烈，臧否人物，指点时政，意气风发，所向无前，"语不惊人死不休"，我们真仿佛成了主宰沉浮的英雄。玩了整整一天，尽欢而散。

千里凉棚，没有不散的筵席。终于到了应该启程的日子。8月31日，朋友们把我们送到火车站，就是现在的前门老车站。当然又有一番祝福，一番叮嘱。在登上火车的一刹那，我脑海里忽然浮现出一句旧诗："万里投荒第二人。"

师生之间

我前后在北京住了二十多年,前一段是当学生,后一段是当老师。一直当到现在,而且看样子还要当下去。因此,如果有人问我,抚今追昔,在北京什么事情使我感触最深,我首先想到的就是师生之间的关系。

师生之间的关系是古老的关系了。在过去,曾把老师归入五伦;又把老师与天、地、君、亲并列,师道尊严可谓至矣尽矣。至于实际情况究竟怎样,余生也晚,没有亲身赶上,不敢乱说。

等到我上小学的时候,学校已经改成了新式的学校,不是从《百家姓》《三字经》念起,而是念人、手、足、刀、尺了。表面上,学生对老师还是很尊敬的。见了面,老远就鞠躬如也,像避猫鼠似的躲在一旁。从来也不给老师提什么意见,那在当时是不可能想象的。老师对学生是严厉的,"教不严,师之惰",不严还能算是老师吗?结果是学生经常受到体罚,用手拧耳朵,用戒尺打手心,是最常用的方式。学生当然也有受不了的时候。于是,连十二三岁的中小学生也只好铤而走险,起来"革命"了。

我在中小学的时候,曾"革命"两次。一次是对一个图画教员。这人脾气暴烈,伸手就打人。结果我们全班团结一致,把教桌倒翻过来,向他示威。他知难而退,自己辞职不干了。这是一次成功的"革命"。另一次是对一个珠算教员。这人嗜打成性。他有一个规定,打算盘打错一个数打一戒尺。有时候,我们稍不小心就会错上成百的数,那后果就不堪设想了。我们决定全班罢课。可是,因为出了"叛徒",有几个人留在班上上课。我们失败了,每个人的手心被打得肿了好几天。

到了大学,情况也并没有改变。因为究竟是大学生了,再不被打手心。可是老师的威风依然炙手可热。有一位教授专门给学生不及格。每到考试,他先定下一个不及格的指标。不管学生成绩怎样,指标一定要完成。他因此就名扬全校,成了"名教授"了。另一位教授正相反。他考试时预先声明,十题中答五题就及格,多答一题加十分。实际上他根本不看卷子,学生一交卷,他马上打分。无不及格,皆大欢喜。如果有人在他面前多站一会,他立刻就问:"你嫌少吗?"于是大笔一挥,再加十分。

至于教学态度,好像当时根本就没有这样的概念。教学大纲和教案,更是闻所未闻。教授上堂,可以信口开河。谈天气,可以;骂人,可以;讲掌故,可以;扯闲话,可以。总之,他愿意怎样就怎样,天上天下,唯我独尊,谁也管不着。有的老师竟能在课堂上睡着。有的上课一年,不和同学说一句话。有的在八个大学兼课,必须制定一个轮流请假表,才能解决上课冲突的矛盾。当然并不是每一个教授都是这样,勤勤恳恳诲人不倦的也有,但是这种例子是很少的。

老师这样对待学生,学生当然也这样对待老师。师生不是互相利用,就是互相敌对。老师教书为了吃饭,或者升官发财。学生念书为了文凭。师生关系,说穿了就是这样。

终于来了1949年。这是北京师生关系史上划时代的一年,是值得大书特书的一年。

从这一年起,老师在变,学生在变,师生关系也在变。十四年来,我不知道经历过多少令人赞叹感动的事情。我不知道有多少夜因欢喜而失眠。当我听到我平常很景仰的一位老先生在七十高龄光荣地参加中国共产党的时候,我曾喜极不寐。当我听到从前我的一位十分固执倔强的老师受到表扬的时候,我曾喜极不寐。至于我身边的同事和同学,他们踏踏实实地向着新的方向迈进,日新月异;他们身上的旧东西愈来愈少,新东西愈来愈多。我每次出国,住上一两个月,回来后就觉得自己落后了。才知道,我们祖国,我们的老师和学生,是用着多么快速的步伐前进。

现在,老师上课都是根据详细的大纲和教案,这都是事前讨论好的,决不能信口开河。老师们关心同学的学习,有时候还到同学宿舍里去辅导或者了解情况。备课一直到深夜。每当夜深人静我走过校园的时候,就看到这里那里有不少灯光通明的窗子。我知道,老师们正在查阅文献,翻看字典。要想送给同学一杯水,自己先准备下一桶。老师们谁都不愿提着空桶走上课堂。

而学生呢?他们绝大多数都能老师指到哪里,他们做到哪里。他们刻苦学习,认真钻研。我曾在一个黑板报上看到一个学生填的词,其中有两句:"松涛声低,读书声高。"描写学生高声朗读外文的情景,是很生动的,也是能反映实际情况的。今天，老师教书不是为了吃饭，更不是为了升官发财。学生念书，也不是为了文凭。师生有一个共同的伟大的目标。他们既是师生，又是同志。这是几千年的历史上从来没有、也不可能有的现象。

如果有人对同学们谈到我前面写的情况，他们一定会认为是神话，或是笑话，他们决不会相信的。说实话，连我自己回想起那些事情来，都有恍如隔世之感，何况他们从来没有经历过呢？然而，这都是事实，而且还不能算是历史上的事实，它们离开今天并不远。抚今追昔，我想到师生之间的关系的变化而感慨万端，不是很自然吗？

想到这些，也是有好处的。它能使我们更爱新中国，更爱新北京，更爱今天。

我要用无限的热情歌颂新北京的老师，我要用无限的热情歌颂新北京的学生。

1963 年 4 月 7 日

我和北大

北大创建于 1898 年,到明年整整一百年了,称之为"与世纪同龄",是当之无愧的。我生于 1911 年,小北大十三岁,到明年也达到八十七岁高龄,称我为"世纪老人",虽不中不远矣。说到我和北大的关系,在我活在世界上的八十七年中,竟有五十一年是在北大度过的,称我为"老北大"是再恰当不过的。由于自然规律的作用,在现在的北大中,像我这样的"老北大",已寥若晨星了。

在北大五十余年中,我走过的并不是一条阳关大道。有光风霁月,也有阴霾蔽天;有"山重水复疑无路",也有"柳暗花明又一村",而后者远远超过前者。这多一半是人为地造成的,并不能怨天尤人。在这里,我同普天下的老百姓,特别是其中的知识分子,是同呼吸、共命运的,大家彼此彼此,我并没有多少怨气,也不应该有怨气。不管怎样,不知道有什么无形的力量,把我同北大紧紧缚在一起,不管我在北大经历过多少艰难困苦,甚至一度曾走到死亡的边缘上,我仍然认为我这一生是幸福的。一个人只有一次生命,我不相信什么轮回转生。在我这仅有的可贵的一生中,从"春风得意马蹄疾"的少不更事的青年,一直到"高堂明镜悲白发"的耄耋之年,我从未离开过北大。追忆我的一生,怡悦之感,油然而生,"虽九死其犹未悔"。

有人会问:"你为什么会有这样的感觉呢?"这个问题是我必须答复的。

记得前几年,北大曾召开过几次座谈会,探讨的问题是:北大的传统究竟是什么?参加者很踊跃,发言也颇热烈。大家的意见不尽一致,这是很自然的现象。我个人始终认为,北大的优良传统是根深蒂固的爱国主义。有人主张,北大的优良传统是革命。其实真正的革命还不是为了爱国?不爱国,革命干吗呢?历史上那种"你方唱罢我登场"的"以暴易暴"的改朝换代,应该排除在"革命"之外。

讲到爱国主义,我想多说上几句。现在有人一看到"爱国主义",就认为是好事,一律予以肯定。其实,倘若仔细分析起来,世上有两类性质截然不同的爱国主义。被压迫、被迫害、被屠杀的国家或人民的爱国主义是正义的爱国主义,而压迫人、迫害人、屠杀人的国家或人民的"爱国主义"则是邪恶的"爱国主义",其实质是"害国主义"。远的例子不用举了,只举现代的德国的法西斯和日本的军国主义侵略者,就足够了。当年他们把"爱国主义"喊得震天价响,这不是"害国主义"又是什么呢?

而中国从历史一直到现在的爱国主义则无疑是正义的爱国主义。我们虽是泱泱大国,那些皇帝们也曾以"天子"自命而沾沾自喜。实际上从先秦时代起,中国的"边患"就连绵未断。一直到今天,我们也不能说,我们毫无"边患"了,可以高枕无忧了。我们决不能说,中国在历史上没有侵略过别的国家或民族。但是历史事实是,绝大多数时间,我们是处在被侵略的状态中。我们有多少"金龙天子"被围困,甚至被俘虏;我们有多少人民被屠杀,都有史迹可考。在这样的情况下,我们中国在历史上出的伟大的爱国者之多,为世界上任何国家所不及。汉代的苏武,宋代的岳飞和文天祥,明代的戚继光,清代的林则徐,等等,至今仍为全国人民所崇拜。至于戴有"爱国诗人"桂冠的则更不计其数。难道说中国人的诞生基因中就含有爱国基因吗?那样说是形而上学,是绝对荒唐的。唯物主义者主张存在决定意识。我们祖国几千年的历史这个存在,决定了我们的爱国主义。

现在在少数学者中有一种议论说,在中国历史上只有内战,没有外敌侵入,日本、英国等的"八国联军"是例外。而当年的匈奴、突厥、辽、金、蒙、满等族的行动,只是内战,因为这些民族今天都已纳入中华民族大家庭中了。这种说法,我实在不敢苟同。这是把古代史现代化,没有正视当时的历史事实。而且事实上那些民族也并没有都纳入中华民族的大家庭中,一个显著的例子就摆在眼前:蒙古人民共和国赫然存在,你怎么解释呢?如果这种论调被认为是正确的话,中国历史上就根本没有爱国者,只有内战牺牲者。西湖的岳庙,遍布全国许多城市的文丞相祠,为了"民族团结"都应当立即拆掉。这岂不是天下最荒唐的事情!连汉族以外的一些人也不会同意的。我认为,我们今天全国五十六个民族确实团结成了一个中华民族的大家庭,这是空前未有的,这应该归功于中国共产党,归功于我们全体人民。为了建设我们的伟大祖国,我们全国各族人民,都应当像爱护自己的眼球一样,维护我们的安定,维护我们的团结,任何分裂的行动都将冒天下之大不韪。我们都应该向前看，不应当向后看，不应当再抓住历史上的老账不放。

这话说得有点远了；但是，既要讲爱国主义，这些问题都必须弄清楚的。

现在回头来再谈北大与爱国主义。在古代，几乎在所有的国家中，传承文化的责任都落在知识分子肩上。不管工农的贡献多么大，但是传承文化却不是他们所能为。如果硬要这样说，那不是实事求是的态度。传承文化的人的身份和称呼，因国而异。在欧洲中世纪，传承者多半是身着黑色长袍的神父，传承的地方是在教堂中。后来大学兴起，才接过了一些传承的责任。在印度古代，文化传承者是婆罗门，他们高居四姓之首。东方一些佛教国家，古代文化的传承者是穿披黄色袈裟的佛教僧侣，传承地点是在寺庙里。中国古代文化的传承者是"士"。士、农、工、商是社会上主要阶层，而士则同印度的婆罗门一样高居首位。传承的地方是太学、国子监和官办以及私人创办的书院，婆罗门和士的地位，都是他们自定的。这是不是有点过于狂妄自大呢？可能有的；但是，我认为，并不全是这样，而是由客观形势所决定的，不这样也是不行的。

婆罗门、神父、士等等都是知识分子，他们的本钱就是知识，而文化与知识又是分不开的。在世界各国文化传承者中，中国的士有其鲜明的特点。早在先秦，《论语》中就说过："士不可以不弘毅，任重而道远。"士们俨然以天下为己任，天下安危系于一身。在几千年的历史上，中国知识分子的这个传统一直没变，后来发展成"天下兴亡，匹夫有责"。后来又继续发展,一直到了现代,始终未变。

不管历代注疏家怎样解释"弘毅",怎样解释"任重道远",我个人认为,中国知识分子所传承的文化中,其精髓有两个鲜明的特点,一个是我在上面详细论证的爱国主义,一个就是讲骨气,讲气节,换句话说也就是在帝王将相的非正义的行为面前不低头;另一方面,在外敌的斧钺面前不低头,"威武不能屈"。苏武和文天祥等等一大批优秀人物就是例证。这样一来,这两个特点实又有非常密切的联系了,其关键还是爱国主义。

如果我们改一个计算办法的话,那么,北大的历史就不是一百年,而是几千年。因为,北大最初的名称是京师大学堂,而京师大学堂的前身则是国子监。国子监是旧时代中国的最高学府,已有一千多年的历史,其前身又是太学,则历史更长了。从最古的太学起,中经国子监,一直到近代的大学,学生都有以天下为己任的抱负,这也是存在决定意识这个规律造成的。与其他国家的大学不太一样,在中国这样的大学中,首当其冲的是北京大学。在近代史上,历次反抗邪恶势力的运动,几乎都是从北大开始。这是历史事实,谁也否认不掉。五四运动是其中最著名的一次。虽然名义上是提倡科学与民主,骨子里仍然是一场爱国运动。提倡科学与民主只能是手段,其目的仍然是振兴中华,这不是爱国运动又是什么呢?

我在北大这样一所肩负着传承中华民族的优秀文化的、背后有悠久的爱国主义传统的学府,真正是如鱼得水,认为这才真正是我安身立命之地。我曾在一篇文章写过,我身上的优点不多,唯爱国不敢后人。即使我将来变成了灰,我的每一灰粒也都会是爱国的。这是我的肺腑之言。以我这样一个怀有深沉的爱国思想的人,竟能在有悠久爱国主义传统的北大几乎度过了我的一生,我除了有幸福之感外,还有什么呢?还能何所求呢?

1997 年 12 月 13 日

我爱北京

我爱北京!

我不是北京生人,但是前后在北京居住了将近五十年,算得上一个老北京了。六十年前,当我第一次从山东老家来北京的时候,我是一个不满十九岁的乡下人,没有见过大世面。一下火车,听到那些手里拿着布掸子给旅客掸土借以讨得几枚铜元的老妇人,那一口抑扬顿挫嘹亮圆润的京片子,仿佛听到仙乐一般,震撼了我内心深处。我觉得北京真是一个奇妙的好地方,一个有文化有教养的城市。我从此学会了一件事:我爱北京。

在清华园里住了四年,然后回到故乡的一个高级中学里教了一年国文,就到欧洲去了。在那里一住就是将近十一年。1946 年深秋,我终于倦鸟归林,又回到了北京。从那时到现在 住又是四十多年,没有迁移到任何别的城市去。今后我大概也不会移家他处,我要终老于斯了。

我爱北京!

在解放前的二十年中,北京基本上没有变,城垣高耸,宫阙连云,红墙黄瓦,相映生辉,驼铃与电车齐鸣,蓝天共碧水一色,一种古老的情味,弥漫一切。这是北京美的一方面。"无风三尺土,有雨一街泥",这是北京并不怎样美的一方面。

不管美与不美，北京在我心中总是美的。在我离开北京远处异域的那十多年中，我不但经常想到北京，而且经常梦到北京，我是多么想赶快回到北京的怀抱里来呀！

中华人民共和国成立以后，北京，同全国人民一样，走上了一个崭新的发展阶段。城市面貌日新月异，真正达到了一天等于二十年的速度。我记得曾读过老舍先生的一篇文章（也许是亲自听他说的），他说，他这老北京，只要几天不出门，出门就吃一惊：什么地方又起了一座摩天高楼，什么地方街道变了样子，他因此甚至迷路，走不回家来。

变化不是坏事，而是好事。可是人们的思想往往跟不上。50年代的前一半，有几年我是北京市人大代表。我记得最清楚的一件事，是拆除天安门前东西两座牌楼引起了风波。在人大全体会议上，代表们争论激烈，各不相让。最后请出了北京市主管交通的一个处长，到大会上来汇报，历数这两座牌楼造成的交通恶性事故，也举出了伤亡人数。在事实面前，大家终于统一了思想，举手通过拆除方案。市府立即下令执行。我是一个保守思想颇浓的人，我原来也属于反对拆除派。到了今天，天安门广场已经完全变了样子，成为世界上最大的广场。如果当年不拆除那两座牌楼，今天摆在那里，最多像两个火柴盒，在车水马龙中，不但影响交通，而且不也显得十分滑稽吗？

我们常说，看问题要有预见性。但是，说起来容易，做起来难。我们往往囿于眼前的情况，不能自拔。及至时过境迁，才豁然开朗，恍然大悟，狠狠地吃上一服后悔药。我自己不知吃了多少后悔药，头脑才比较清醒一点。我深深知道，今之视昔,亦犹后之视今。但前者易而后者难。我们不应该害怕变化,否则将来还要吃后悔药的。

但是,是不是所有的变化都是好事呢?也不见得。以北京为例。北京不是没有变,而是有的地方变得过了头,在大变中应该保留一点不变,那就好多了。比如北京城内的核心地区,以故宫为中心,就应该比较完整地保留下来。然而这一点我们并没能做到。新建的一些摩天大楼破坏了这个地区的完整性,实在很可惜。从前人们登上景山最高处或者北海白塔,纵目南望,在红墙中的黄琉璃瓦屋顶,在阳光中闪出金光,仿佛在那里波动,宛如一片黄色的海洋。这种景色世界上任何地方都是看不到的,然而现在已经遭到一些破坏,回天无术了。

又比如北京的城墙,完全可以像西安那样,有选择地保留几段,修成城垣公园,供国内外的游人登临欣赏,岂非天下乐事!现在却是完全、彻底、干净、全部地拆掉了。同样是回天无术了。

建设首都,可以允许同建设其他大城市有所不同。这种做法世界上不乏先例。比如说联邦德国的首都波恩,是一座相当小的城市。城内不允许建立重工业,连轻工业据说也只有一个小小的玻璃厂大。城内既无污染,也没有噪音,街道洁净,空气新鲜,交通不拥挤,整个城市宛如一座安静的花园。我们为什么一定要把北京建成一座所谓"生产的"城市呢?我觉得,这也是一个走极端的例子。联邦德国有一个"消费城市"首都波恩,美国有一个"消费城市"首都华盛顿,难道影响了他们生产力的发展吗?

我上面谈到，我初到北京时，觉得北京真是一个有文化的城市，北京人待人接物都彬彬有礼。到了今天，这种风气似乎有点变样了。有一些人，特别是青年人，似乎没有为这种风气所感染，有点"异化"了。我只希望，这只是局部的现象。我希望，所有的新老北京人都想到自己所处的地位，努力把那种优良的风气发扬光大，使我们这个泱泱大国的首都真正成为一个有文化有教养的城市，不但能成为全国各族人民的表率，而且能给国际友人以良好的印象。只有这样，我们才对得起这一个千年古都。

　　我始终认为，北京不仅是中国人民的北京，而且是世界的北京。我曾多次站在天安门广场上，浮想联翩，上天下地，觉得脚下踏的这一块土地，内联五湖，外达四海，上凌牛斗，下镇大地，呼吸与日月相通，颦笑与十亿共享，真是一块了不起的地方。我国各族人民对北京的爱，就是对祖国的爱。世界各国人民来访中国，必须先访北京。北京，在全国人民心中，在全世界人民心中，就占有这样特殊的位置。

　　今天，北京似乎返老还童了。北京已经变化了，正在变化着，而且还将继续变化下去。我以垂暮之年，能生活在这个城市里，真是莫大的幸福。

　　我爱北京！

1989年2月28日

我爱北京的小胡同

我爱北京的小胡同,北京的小胡同也爱我,我们已经结下了永恒的缘分。

六十多年前,我到北京来考大学,就下榻于西单大木仓里面一条小胡同中的一个小公寓里。白天忙于到沙滩北大三院去应试。北大与清华各考三天,考得我焦头烂额,精疲力尽。夜里回到公寓小屋中,还要忍受臭虫的围攻,特别可怕的是那些臭虫的空降部队,防不胜防。

但是,我们这一帮山东来的学生仍然能够苦中作乐。在黄昏时分,总要到西单一带去逛街。街灯并不辉煌,"无风三尺土,有雨一街泥",也会令人不快,我们却甘之若饴。耳听铿锵清脆,悠扬有致的京腔,如闻仙乐。此时鼻管里会蓦地涌入一股幽香,是从路旁小花摊上的栀子花和茉莉花那里散发出来的。回到公寓,又能听到小胡同中的叫卖声:"驴肉!驴肉!""王致和的臭豆腐!"其声悠扬、深邃,还含有一点凄清之意。这声音把我送入梦中,送到与臭虫搏斗的战场上。

将近五十年前,我在欧洲待了十年多以后,又回到了故都。这一次是住在东城的一条小胡同里:翠花胡同,与南面的东厂胡同为邻。我住的地方后门在翠花胡同,前门则在东厂胡同,据说就是明朝的特务机关东厂所在地,是折磨、囚禁、拷打、杀害所谓"犯人"的地方,冤死之人极多,他们的鬼魂据说常出来显灵。我是不相信什么鬼怪的。我感兴趣的不是什么鬼怪显灵,而是这一所大房子本身。它地跨两个胡同,其大可知。里面重楼复阁,回廊盘曲,院落错落,花园重叠,一个陌生人走进去,必然是如入迷宫,不辨东西。

然而,这样重复的内容,无论是从前面的东厂胡同,还是从后面的翠花胡同,都是看不出来的。外面十分简单,里面十分复杂;外面十分平凡,里面十分神奇。这是北京许多小胡同共有的特点。

据说当年黎元洪大总统在这里住过。我住在这里的时候,北大校长胡适住在黎住过的房子中。我住的地方仅仅是这个大院子中的一个旮旯,在西北角上。但是这个旮旯也并不小,是一个三进的院子,我第一次体会到"庭院深深深几许"的意境。我住在最深一层院子的东房中,院子里摆满了汉代的砖棺。这里本来就是北京的一所"凶宅",再加上这些棺材,黄昏时分,总会让人感觉到鬼影憧憧,毛骨悚然。所以很少有人敢在晚上来拜访我。我每日"与鬼为邻",倒也过得很安静。

第二进院子里有很多树木,我最初没有注意是什么树。有一个夏日的晚上,刚下过一阵雨,我走在树下,忽然闻到一股幽香。原来这些是马缨花树,树上正开着繁花,幽香就是从这里散发出来的。

这一下子让我回忆起十几年前西单的栀子花和茉莉花的香气。当时我是一个十九岁的大孩子,现在成了中年人。相距将近二十年的两个我,忽然融合到一起来了。

不管是六十多年，还是五十年，都成为过去了。现在北京的面貌天天在改变，层楼摩天，国道宽敞。然而那些可爱的小胡同，却日渐消逝，被摩天大楼吞噬掉了。看来在现实中小胡同的命运和地位都要日趋消沉，这是不可抗御的，也不一定就算是坏事。可是我仍然执著地关心我的小胡同。就让它们在我心中占一个地位吧，永远，永远。

我爱北京的小胡同，北京的小胡同也爱我。

1993 年 10 月 25 日

我和北大图书馆

　　我对北大图书馆有一种特殊的感情,这种感情潜伏在我的内心深处,从来没有明确地意识到过。最近图书馆的领导同志要我写一篇讲图书馆的文章,我连考虑都没有,立即一口答应。但我立刻感到有点吃惊。我现在事情还是非常多的,抽点时间,并非易事。为什么竟立即答应下来了呢?如果不是心中早就蕴藏着这样一种感情的话,能出现这种情况吗?

　　山有根,水有源,我这种感情的根源由来已久了。

　　1946年,我从欧洲回国。去国将近十一年,在落叶满长安(长安街也)的深秋季节回到了北平,在北大工作,内心感情的波动是难以形容的。既兴奋,又寂寞;既愉快,又惆怅。然而我立刻就到了一个可以安身立命的地方,这就是北大图书馆。当时我单身住在红楼,我的办公室(东语系办公室)是在灰楼。图书馆就介乎其中。承当时图书馆的领导特别垂青,在图书馆里给了我一间研究室,在楼下左侧。窗外是到灰楼去的必由之路。经常有人走过,不能说是很清静。但是在图书馆这一面,却是清静异常。我的研究室左右,也都是教授研究室,当然室各有主,但是颇少见人来。所以走廊里静如古寺,真是念书写作的好地方。我能在奔波数万里扰攘十几年,有时梦想得到一张一尺见方的书桌而渺不可得的情况下,居然有了一间窗明几净的研究室,简直如坐天堂,如享天福了。当时我真想咬一下自己的手,看一看自己是否是做梦。

研究室的真正要害还不在窗明几净——这也是必要的——而是在有没有足够的书。在这一点上,我也得到了意外的满足。图书馆的领导允许我从书库里提一部分必要的书,放在我的研究室里,供随时查用。我当时是东语系的主任,虽然系非常小,没有多少学生;但是,麻雀虽小,五脏俱全,仍然有一些会要开,一些公要办,所以也并不太闲。可是我一有机会,就遁入我的研究室去,"躲进小楼成一统",这地方是我的天下。我一进屋,就能进入角色,潜心默读,坐拥书城,其乐实在是不足为外人道也。我回国以后,由于资料缺乏,在国外时的研究工作无法进行,只能有多大碗,吃多少饭,找一些可以发挥自己的长处而又有利于国计民生的题目,来进行研究。北大图书馆藏书甲全国大学,我需要的资料基本上能找得到,因此还能够写出一些东西来。如果换一个地方,我必如车辙中的鲋鱼那样,什么书也看不到,什么文章也写不出,不但学业上不能进步,长此以往,必将索我于鲍鱼之肆了。

作为全国最高学府的北京大学,我们有悠久的爱国主义的革命历史传统,有实事求是的学术传统,这些都是难能可贵的。但是,我认为,一个第一流的大学,必须有第一流的设备、第一流的图书、第一流的教师、第一流的学者和第一流的管理。五个第一流,缺一不可。我们北大可以说是具备这五个第一流的。因此，我们有充分的基础，可以来弘扬祖国的优秀文化，为我国四化建设培养德才兼备的人才，对外为祖国争光，对内为人民立功，仰不愧于天，俯不怍于地，充满信心地走向光辉的未来。在这五个第一流中，第一流的图书更显得特别突出。北大图书馆是全国大学图书馆的翘楚。这是世人之公言，非我一个之私言。我们为此应该感到骄傲，感到幸福。

但是，我们全校师生员工却不能躺在这个骄傲上、这个幸福上睡大觉。我们必须努力学习，努力工作，像爱护自己的眼球一样，爱护北大，爱护北大的一草一木、一山一石，爱护我们的图书馆。我们图书馆的藏书盈架充栋，然而我们应该知道，一部一册来之不易，一页一张得之维艰。我们全体北大人必须十分珍惜爱护。这样，我们的图书馆才能有长久的生命，我们的骄傲与幸福才有坚实的基础。愿与全校同仁共勉之。

1991 年 11 月 6 日

梦萦未名湖

北京大学正在庆祝九十周年华诞。对一个人来说,九十周年是一个很长的时期,就是所谓耄耋之年。自古以来,能够活到这个年龄的只有极少数的人。但是,对一个大学来说,九十周年也许只是幼儿园阶段。北京大学肯定还要存在下去的,两百年,三百年,一千年,甚至更长的时期。同这样长的时间相比,九十周年难道还不就是幼儿园阶段吗?

我们的校史,还有另外一种计算方法,那就是从汉代的太学算起。这决非我的发明创造,国外不乏先例。这样一来,我们的校史就要延伸到两千来年,要居世界第一了。就算是两千来年吧,我们的北大还要照样存在下去的,也许三千年,四千年,谁又敢说不行呢?同将来的历史比较起来,活了两千年也只能算是如日中天,我们的学校远远没有达到耄耋之年。

一个大学的历史存在于什么地方呢?在书面的记载里,在建筑的实物上,当然是的。但是,它同样也存在于人们的记忆中。相对而言,存在于人们的记忆中,时间是有限的,但它毕竟是存在,而且这个存在更具体、更生动、更动人心魄。在过去九十年中,从北京大学毕业的人数无法统计,每个人都有自己的对母校的回忆。在这些人中,有许多在中国近代史上非常显赫的名字。离开这一些人，中国近代史的写法恐怕就要改变。这当然只是极少数人。其他绝大多数的人，尽管知名度不尽相同，也都在自己的工作岗位上，对祖国的建设事业作出了自己的贡献。他们个人的情况错综复杂，他们的工作岗位五花八门。但是，我相信，有一点却是共同的：他们都没有忘记自己的母校北京大学。母校像是一块大磁石吸引住了他们的心，让他们那记忆的丝缕永远同母校挂在一起：挂在巍峨的红楼上面，挂在未名湖的湖光塔影上面，挂在燕园的四时不同的景光上面。春天的桃杏藤萝，夏天的绿叶红荷，秋天的红叶黄花，冬天的青松瑞雪，甚至临湖轩的修篁，红湖岸边的古松，夜晚大图书馆的灯影，绿茵上飘动的琅琅书声，所有这一切无不挂上校友们回忆的丝缕，他们的梦永远萦绕在未名湖畔。《沙恭达罗》里面有一首著名的诗：

你无论走得多么远也不会走出了我的心，
黄昏时刻的树影拖得再长也离不开树根。

北大校友们不完全是这个样子吗！

至于我自己，我七十多年的一生（我只是说到目前为止，并不想就要做结论），除了当过一年高中国文教员，在国外工作了几年以外，唯一的工作岗位就是北京大学，到现在已经四十多年了，占了我一生的一半还要多。我于1946年深秋回到故都，学校派人到车站去接。汽车行驶在十里长街上，凄风苦雨，街灯昏黄，我真有点悲从中来。我离开故都已经十几年了，身处万里以外的异域，作为一个海外游子经常给自己描绘重逢的欢悦情景。谁又能想到，重逢竟是这般凄苦！我心头不由自主地涌出了两句诗："西风凋碧树，落叶满长安(长安街也)。"我心头有一个比深秋更深秋的深秋。

到了学校以后,我被安置在红楼三层楼上。在日寇占领时期,红楼驻有日寇的宪兵队,地下室就是行刑杀人的地方,传说里面有鬼叫声。我从来不相信有什么鬼神。但是,在当时,整个红楼上下五层,寥寥落落,只住着四五个人,再加上电灯不明,在楼道的薄暗处真仿佛有鬼影飘忽。走过长长的楼道,听到自己的足音回荡,颇疑非置身人间了。

但是,我怕的不是真鬼,而是假鬼,这就是决不承认自己是魔鬼的国民党特务,以及由他们纠集来的当打手的天桥的地痞流氓。当时国民党反动派正处在垂死挣扎阶段,号称北平解放区的北大的民主广场成了他们的眼中钉、肉中刺。红楼又是民主广场的屏障,于是就成了他们进攻的目标。他们白天派流氓到红楼附近来捣乱,晚上还想伺机进攻。住在红楼的人逐渐多起来了。大家都提高警惕,注意动静。我记得有几次甚至想用椅子堵塞红楼主要通道,防备坏蛋冲进来。这样紧张的气氛颇延续了一段时间。

延续了一段时间,恶魔们终于也没能闯进红楼,而北平却解放了。我于此时真正是耳目为之一新。这件事把我的一生明显地分成了两个阶段。从此以后,我的回忆也截然分成了两个阶段:一段是魑魅横行,黑云压城;一段是魑魅现形,天日重明。二者有天渊之别、云泥之分。北大不久就迁至城外有名的燕园中,我当然也随学校迁来,一住就住了将近四十年。我的记忆的丝缕会挂在红楼上面,会挂在截然不同的两个世界上,这是不言自喻的。

一住就是四十年,天天面对未名湖的湖光塔影。难道我还能有什么回忆的丝缕要挂在湖光塔影上面吗？别人认为没有，我自己也认为没有。我住房的窗子正面对未名湖畔的宝塔，一抬头，就能看到高耸的塔尖直刺蔚蓝的天空。层楼栉比，绿树历历，这一切都是活生生的现实，一睁眼，就明明白白能够看到，哪里还用去回忆呢？

然而，世事多变。正如世界上没有一条完全平坦笔直的道路一样，我脚下的道路也不可能是完全平坦笔直的。在魑魅现形、天日重明之后，新生的魑魅魍魉仍然可能出现。我在美丽的燕园中，同一些正直善良的人们在一起，又经历了一场群魔乱舞、黑云压城的特大暴风骤雨。这在中国人民的历史上是空前的（我但愿它也能绝后）！我同一些善良正直的人们被关了起来，一关就是八九个月。但是，终于又像"凤凰涅槃"一般，活了下来。遗憾的是，燕园中许多美好的东西遭到了破坏。许多楼房外面墙上的"爬山虎"，那些有一二百年寿命的丁香花，在北京城颇有一点名气的西府海棠，繁荣茂盛了三四百年的藤萝，都坚决、彻底、干净、全部地被消灭了。为什么世间一些美好的花草树木也竟像人一样成了"反革命"，成了十恶不赦的罪犯呢？我百思不得其解。

我自己总算侥幸活了下来。但是，这一些为人们所深深喜爱的花草树木，却再也不能见到了。如果它们也有灵魂的话（我希望它们有！），这灵魂也决不会离开美丽的燕园。月白风清之夜，它们也会流连于未名湖畔湖光塔影中吧！如果它们能回忆的话，它们回忆的丝缕也会挂在未名湖上吧！可惜我不是活神仙，起死无方，回生乏术。它们消逝了，永远消逝了。这里用得上一句旧剧的戏词："要相会，除非是梦里团圆。"

到了今天,这场噩梦早已逍逝得无影无踪。我又经历了一次魑魅现形,天日重明的局面。我上面说到,将近四十年来,我一直住在燕园中、未名湖畔,我那记忆的丝缕用不着再挂在未名湖上。然而,那些被铲除的可爱的花草时来入梦。我那些本来应该投闲置散的回忆的丝缕又派上了用场。它挂在苍翠繁茂的爬山虎上,芳香四溢的丁香花上,红绿皆肥的西府海棠上,葳蕤茂密的藤萝花上。这样一来,我就同那些离开母校的校友一样,也梦萦未名湖了。

尽管我们目前还有这样那样的困难,但是我们未来的道路将会越走越宽广。我们今天回忆过去,决不仅仅是发思古之幽情。我们回忆过去是为了未来。愿普天之下的北大校友:国内的、海外的、男的、女的、老的、少的,什么时候也不要割断你们对母校的回忆的丝缕,愿你们永远梦萦未名湖,愿我们大家在十年以后都来庆祝母校的百岁华诞。"但愿人长久,千里共婵娟!"

1988 年 1 月 3 日

梦萦红楼

沙滩的红楼时来入梦,我同它有一段颇不寻常的因缘。

1946年深秋,我从上海乘船到了秦皇岛,又从那里乘火车到了北京,当时叫做北平。为什么绕这样大的弯子呢?当时全国正处在第二次革命战争中,津浦铁路中断,从上海或南京到北京,除了航空以外,只能走上面说的这一条路。

我们从前门外的旧车站下车。时已黄昏,街灯惨黄,落叶满街。我这个从远方归来的游子,心中又欢悦,又惆怅,一时说不清是什么滋味,忽然吟出了两句诗:秋风吹古殿,落叶满长安(长安街也)。迎接我们的人,就先把我们安置在沙滩红楼。

提起红楼,真是大大的有名,这里是五四运动的发源地。遥忆当年全盛时期,中国近代学术史和文学史上的许多显赫人物,都曾在这里上过课。而今却是人去楼空。五层大楼,百多间房子,漆黑一片,只有我们新住进去的这几间房子给红楼带来了一点光明。日寇占领期间,这里是他们的一个什么司令部,地下室就是日寇刑讯甚至杀害中国人民的地方。现在日寇虽已垮台,逃回本国,传说地下室里时闻鬼哭声。我虽不信什么鬼神,但是,如今处在这样昏黄惨淡凄凉荒漠的气氛中,不由得不毛骨悚然,似见凄迷的鬼影。

但是,我们真正怕的不是鬼,而是人。当时中国革命形势正处在转折关头。北京市民传说,在北京有两个解放区:一在北大民主广场,一在清华园。红楼正是民主广场的屏障,学生游行示威,都从这里出发,积久遂成为国民党市党部、军统北京站,还有什么宪兵团之类组织的眼中钉,他们经常从天桥一带收买一批地痞、流氓、无赖、混混,手持木棒,来红楼挑衅、捣乱、见人便打。我常从红楼上看到这一批雇来的打手,横七竖八地躺在原有的那一条臭水沟边,待命出击。我们住在楼上的人,白天日子还好过一点。我们最怕晚上。这一批暴徒,在光天化日之下,还敢手挥木棒,行凶肆虐,到了晚上,不更会肆无忌惮为所欲为吗?有一段时间,楼上住的不多的人,天天晚上把楼内东头和西头的楼梯道用椅子堵塞,只留中间的楼梯,供我们上下之用,夜里轮流把守这楼道,在椅子群中,大有一夫当关,万夫莫开之势。但是,暴徒们终究没有进入红楼。当时传说,这应该归功于胡适校长,他同北平的国民党的最高头子约定:不许暴徒进北大。

这一段镇守红楼的壮举,到了今天,已经过去了半个多世纪,但是仍常有红楼梦。我逐渐悟出一个道理:凡是反动的政权,比如张作霖、段祺瑞、国民党等等,无不视北大如眼中钉、肉中刺。这是北大的光荣,这是北大的骄傲,很值得大书特书的。

1998 年 3 月 4 日

梦萦水木清华

离开清华园已经五十多年了,但是我经常想到她。我无论如何也忘不掉清华的四年学习生活。如果没有清华母亲的哺育,我大概会是一事无成的。

在三十年代初期,清华和北大的门槛是异常高的。往往有几千学生报名投考,而被录取的还不到十分甚至二十分之一。因此,清华学生的素质是相当高的,而考上清华,多少都有点自豪感。

我当时是极少数的幸运儿之一,北大和清华我都考取了。经过了一番艰苦的思考,我决定入清华。原因也并不复杂,据说清华出国留学方便些。我以后没有后悔。清华和北大各有其优点,清华强调计划培养,严格训练;北大强调兼容并包,自由发展,各极其妙,不可偏执。

在校风方面,两校也各有其特点。清华校风我想以八个字来概括:清新、活泼、民主、向上。我只举几个小例子。新生入学,第一关就是"拖尸",这是英文字 toss 的音译。意思是,新生在报到前必须先到体育馆,旧生好事者列队在那里对新生进行"拖尸"。办法是,几个彪形大汉把新生的两手、两脚抓住,举了起来,在空中摇晃几次,然后抛到垫子上,这就算是完成了手续,颇有点像《水浒传》上提到的杀威棍。墙上贴着大字标语:"反抗者入水!"游泳池的门确实在敞开着。我因为有同乡大学篮球队长许振德保驾,没有被"拖尸"。至今回想起来,颇以为憾:这个终生难遇的机会轻轻放过,以后想补课也不行了。

这个从美国输入的"舶来品",是不是表示旧生"虐待"新生呢?我不认为是这样。我觉得,这里面并无一点敌意,只不过是对新伙伴开一点玩笑,其实是充满了友情的。这种表示友情的美国方式,也许有人看不惯,觉得洋里洋气的。我的看法正相反。我上面说到清华校风清新和活泼,就是指的这种"拖尸",还有其他一些行动。

我为什么说清华校风民主呢?我也举一个小例子。当时教授与学生之间有一条鸿沟,不可逾越。教授每月薪金高达三四百元大洋,可以购买面粉二百多袋,鸡蛋三四万个。他们的社会地位极高,往往目空一切,自视高人一等。学生接近他们比较困难。但这并不妨碍学生开教授的玩笑,开玩笑几乎都在《清华周刊》上。这是一份由学生主编的刊物,文章生动活泼,而且图文并茂。现在著名的戏剧家孙浩然同志,就常用"古巴"的笔名在《周刊》上发表漫画。有一天,俞平伯先生忽然大发豪兴,把脑袋剃了个精光,大摇大摆,走上讲台,全堂为之愕然。几天以后,《周刊》上就登出了文章,讽刺俞先生要出家当和尚。

第二件事情是针对吴雨僧(宓)先生的。他正教我们"中西诗之比较"这一门课。在课堂上,他把自己的新作十二首《空轩》诗印发给学生。这十二首诗当然意有所指,究竟指的是什么?我们说不清楚。反正当时他正在多方面地谈恋爱,这些诗可能与此有关。他热爱毛彦文是众所周知的。他的诗句"吴宓苦爱（毛彦文），三洲人士共惊闻"，是夫子自道。《空轩》诗发下来不久，校刊上就刊出了一首七律今译，我只记得前一半：

> 一见亚北貌似花，
> 顺着秋秸往上爬。
> 单独进攻忽失利，
> 跟踪盯梢也挨刷。

最后一句是："椎心泣血叫妈妈。"诗中的人物呼之欲出，熟悉清华今典的人都知道是谁。

学生同俞先生和吴先生开这样的玩笑，学生觉得好玩，威严方正的教授也不以为忤。这种气氛我觉得很和谐有趣。你能说这不民主吗？这样的琐事我还能回忆起一些来，现在不再啰唆了。

清华学生一般都非常用功，但同时又勤于锻炼身体。每天下午四点以后，图书馆中几乎空无一人，而体育馆内则是人山人海，著名的"斗牛"正在热烈进行。操场上也挤满了跑步、踢球、打球的人。到了晚饭以后，图书馆里又是灯火通明，人人伏案苦读了。

根据上面谈到的各方面的情况，我把清华校风归纳为八个字：清新、活泼、民主、向上。

我在这样的环境中生活、学习了整整四个年头，其影响当然是非同小可的。至于清华园的景色，更是有口皆碑，而且四时不同：春则繁花烂漫，夏则藤影荷声，秋则枫叶似火，冬则白雪苍松。其他如西山紫气，荷塘月色，也令人忆念难忘。

  现在母校八十周年了。我可以说是与校同寿。我为母校祝寿,也为自己祝寿。我对清华母亲依恋之情,弥老弥浓。我祝她长命千岁,千岁以上。我祝自己长命百岁,百岁以上。我希望在清华母亲百岁华诞之日,我自己能参加庆祝。

1988 年 7 月 22 日

清华梦忆

人有人格,国有国格,校也有校格。

就以北大和清华而论,两校同为全国最高学府,共同之处当然很多;但是不同之处也颇突出。这就是所谓两校校格不同。

不同之处究竟何在呢?

这是一个大题目,恐怕开上几次国际研讨会,也难以说得明白的。我现在不揣谫陋,聊陈己见。

整整七十年前,在1930年,我从山东到北京(平)来考大学。来自五湖四海的五六千学生,心目中最高的目标就是北大和清华。但是这两所大学门槛是异常高的,往往是几十个学生中才能录取一个。我有幸两所大学都录取了。由于我幻想把自己这一个渺小粗陋的身躯镀上一层不管是多么薄的金子,好以此吓唬人,抢得一只好饭碗。而镀金只能出国留学,留学的机会清华比北大多一些。所以我就舍北大而取清华。

在清华住了一段时间以后,对清华的校格逐渐明确了,最后形成了初步的看法。我在北大有不少朋友,言谈之间,也了解到了北大的一些情况,于是对北大的校格也逐渐形成了一个明确的概念。我恍然小悟:两所大学的校格原来竟是有许多不同之处的。

　　我从小处谈起,先举一个小例子。在清华,呼唤服务的工人,一般都叫做工友。在北大,据说是叫听差。而在朝阳大学则是茶房。在清华,工人和教师、学生处于平等的地位上。在北大则处于主仆的地位。而在朝阳大学则是处于雇客与旅馆杂役的地位。这是一件十分细微的末节;然而却是多么生动,多么清楚,又多么耐人寻味。

　　其中原因,我认为,并不复杂。清华建立的基础是美国退还的庚子赔款,完全受美国的影响,受资本主义的影响,身上没有封建的包袱。而北大则是由京师大学堂转变成的,身上背着几千年的封建传统。好的方面是文化基础雄厚,坏的方面是封建主义严重。我听人说到过据说这并不是笑话,北大初建时,学习西方,有体操一门课,聘请了专门的体操教员,这些人当然都是平头老百姓。而被他们训练的学生则很多都是世荫的二三品大员。教员发口令时,不敢明目张胆地喊出立正!稍息!于是想出了一个奇妙的办法,改变舶来的口令,大喊:老爷们立正!老爷们稍息!从这些小事儿也可以看出来,清华多的是资本主义,北大多的是封建主义。

　　但是,稍有一点辩证法常识的人都会知道,世间事物都是一分为二的。北大的封建主义也能产生好的效果,如果北大没有这样浓重的封建传统或者气氛,五四运动,即使是注定要爆发,也决不会是在北大。你能够想象清华会爆发反封建的五四运动吗?即使1919年清华已经建成了大学,而不是留美预备学校,这样的事情也决不会出现的。人们常说,坏事变好事,北大的封建传统促成了改变中国面貌的启蒙运动,不正证实了这一句话吗?

五四运动对中国,特别是对中国学界,更特别是对北大,留下了深远的影响。北大学生继承了自东汉太学生起就有了的关心国家大事,天下兴亡,匹夫有责的爱国主义传统,对政治动向特别敏感,到了五四运动,达到了一个高潮。从那以后,历届学生运动几乎都从北大开始就是一个证明。在这方面,清华并不落后,一二·九运动就是一个生动的例证。在这一点上,清华与北大是有相同之处的。

我在清华待了四年,而在北大则已经待了五十四年,是清华的十几倍。我一直到今天还在不断考虑两校同异的问题。我一向不赞成西方那种以分析的思维模式为基础的一、二、三、四,A、B、C、D的分析方法,而垂青于中国的以综合的思维模式为基础的评断方法。中国古代月旦人物,品评艺术,都不采用分析的方法,而是选用几个简单的、生动的、形象的,看似模糊而实则内涵极为丰富的词语,形神毕具,给人以无量的暗示能力,给人以无限的想象活动的余地。根据这一条准则,我用四个字来表示清华的校格,这四个字是:清新俊逸。给北大的则是:凝重深厚。二者各有千秋,无所轩轾于其间。但二者是能够,也是必须互相学习的。这样做是互补的,两利的。谁要是想成为老子天下第一,那就必然会是可怜无补费精神。

以上是我对北大和清华两校校格的看法,也是我对两校的希望和祝福。

在母校将庆祝成立九十年华诞之际,《清华大学学报》(哲社版)的副主编刘石教授写信给我,要我写点纪念文字。

这是我义不容辞的。但是，可写的东西真是太多太多了。想来想去，终于决定了写上面这一番怪论。我自己说它是怪论，这是我以退为进的手法，我是一点也不觉得它有什么怪的。如果我真正认为它怪，我就决不会写出来出自己的丑。我认为，这是我一家之言，是长期思考的结果。我希望能够在北大、清华两校找到一些知音。

2000 年 11 月 7 日

北京忆旧

我不是北京人,但是先后在北京住了四十六年之久,算得上一个老北京了。讲到回忆北京旧事,我自觉是颇有一些资格的。

可是,回忆并不总是愉快的。俗话说:"一部二十四史,不知从何处说起。"我遇到的也是这个困难,不是无可回忆,而是要回忆的东西实在太多了。一想到四十六年的北京生活,脑海里就像开了幻灯铺,一幕一幕,倏忽而过。论建筑则有楼台殿阁,佛寺尼庵,阳关大道,独木小桥,无穷无尽的影像。论人物则有男女老幼,国内国外,黑眼黑发,碧眼黄发,无穷无尽的面影。再加上自然风光,春花秋月,夏雨冬雪,延庆密林,西山红叶,混搅成一团,简直像是七宝楼台,海市蜃楼,五光十色,迷离模糊。到了此时,我自己几乎不知置身何地了。

现在先从小事回忆起吧。

我想回忆一下中关村电子一条街。

在我居京的四十六年中,有四十年我住在清华园和燕园,都同今天的电子一条街是近邻。自从我国政府决定在海淀区成立一种经济特区以来,电子一条街就名扬四海。今天,在这里,几乎日夜车水马龙,熙熙攘攘,街两旁店铺鳞次栉比,如雨后春笋,经营的几乎都是先进技术。敏感之士已经感到,将来仅有的几家不是经营先进技术的铺子,比如说饭馆、服装店之类,将会逐渐被挤走,而代之以有能力付特高租金的店铺,将来在海淀区吃饭穿衣都要遇到困难了。我佩服这些人的先见之明。我这个人虽然也还算敏感,但还没有达到这样高的水平,我还没有这样的杞忧。我只是有时候回忆起几十年前的这个地方,心中憬然若有所悟。可惜今天有我这种感觉的人恐怕很少很少了。今天的青年,甚至中年,看到的只是眼前的繁华景象,他们想的是跃跃欲试,逐鹿于电子战场,成为胜利者,手挥微机,头戴桂冠。至于此地过去如何,确定与他们无关,何必去伤这一份脑筋呢?

我生也早,现在已近耄耋之年。早生有早生的好处,但也有早生的包袱。我现在背的就是这样的包袱。我看电子一条街,同中青年们不完全一样。我既看到现在热闹的一面,又看到过去与热闹截然相反的一面。有时候这两面在我眼前重叠起来,我很自然地就起流光如驶之感,不禁大为慨叹。这种慨叹有什么用处吗?我说不出,看来恐怕不会有多大用处。明知没有多大用处,又何苦去回忆呢?我是身不由己,无能为力。既然生早了,亲眼看到这个地方原先的情况,就无法抑制自己不去回忆。这就是我现在的包袱。

将近六十年前,当我住在清华园读书的时候,晚饭之后,有时候偕一两好友漫步出校南门,边走边谈,忘路之远近,间或走得颇远。留给我印象最深的是在深秋时分,我们往往走到一处人迹罕至的地方,衰草荒烟,景象萧森,举目四望,不见人家。但见野坟数堆,暮鸦几点,上下相映,益增荒寒,回望西天,残阳如血,余晖闪熠在枯草叶上。此时我感到鬼气森森,赶快收住脚步,转身回到清华园,仿佛又回到了人间。

计算地望,我当年到的那个地方,应该就是今天的中关村、电子一条街一带。这一点我认为是可以肯定的。我离开清华以后,再也没有到这里来过。一九四六年回到北平,也没有来过。一九五二年从城里搬到燕园,时过境迁,我对这个地方,早已忘得干干净净了。我在蓝旗营一公寓住了十年。初来时,门前的马路还没有。现在电子一条街修马路更在以后。这里修马路时,我当时的想法是,修这样宽的马路干嘛呀!到了今天,马路扩展了一倍,仍然时有堵塞。仅仅三十几年,这里的变化竟如此巨大,我们的脑筋跟上时代的步伐竟如此困难。古人说沧海桑田,确有其事;论到速度,又是今非昔比了。

我从前读杨衒之《洛阳伽蓝记》、唐段成式《寺塔记》、刘肃《大唐新语》等等书籍,常作遐想。书中描绘洛阳、长安等城市升沉衍变的情况,作者一腔思古之幽情,流露于楮墨之间,读来异常亲切感人。我原以为这是古人的事,于今渺矣茫矣。但是,现在看来,我自己亲身经历的类似电子一条街这样的变迁,岂非同古人一模一样吗?唯一的区别只在于,我只经历了六七十年,而古人经历的比较长而已。六七十年在人类历史上不能算太长,但也不能说太短,中国历史上有一些朝代也不过如此。我个人的经历应该算得上一部短短的历史了。

人是非常容易怀旧的,怀旧往往能带来某一种愉快。但是,到了我这样的年龄,我看到的经历过的已经太多太多了,

"悲欢离合总无情",有时候我连怀旧都有点懒怠了。今天写这一篇短文,一非想怀旧,二非想思古。不过偶尔想到,觉得别人未必知道,所以就写了下来。这绝不会影响电子一条街的人士发财致富,也不会帮助他们财运亨通。当他们饱饮可口可乐之余,对他们来说,这样琐细的回忆足资谈助而已。

1988 年 6 月 11 日

中篇　燕园睹物

二月兰
春满燕园
马樱花
夹竹桃
朵朵葵花向太阳
槐花
怀念西府海棠
写作《春归燕园》的前前后后
园花寂寞红
人间自有真情在
幽径悲剧
老猫
石榴花

二月兰

一转眼,不知怎样一来,整个燕园竟成了二月兰的天下。

二月兰是一种常见的野花。花朵不大,紫白相间。花形和颜色都没有什么特异之处。如果只有一两棵,在百花丛中,决不会引起任何人的注意。但是它却以多胜,每到春天,和风一吹拂,便绽开了小花;最初只有一朵,两朵,几朵。但是一转眼,在一夜间,就能变成百朵,千朵,万朵。大有凌驾百花之上的势头了。

我在燕园里已经住了四十多年。最初我并没有特别注意到这种小花。直到前年,也许正是二月兰开花的大年,我蓦地发现,从我住的楼旁小土山开始,走遍了全园,眼光所到之处,无不有二月兰在。宅旁,篱下,林中,山头,土坡,湖边,只要有空隙的地方,都是一团紫气,间以白雾,小花开得淋漓尽致,气势非凡,紫气直冲云霄,连宇宙都仿佛变成紫色的了。

我在迷离恍惚中,忽然发现二月兰爬上了树,有的已经爬上了树顶,有的正在努力攀登,连喘气的声音似乎都能听到。我这一惊可真不小:莫非二月兰真成了精了吗?再定睛一看,原来是二月兰丛中的一些藤萝,也正在开着花,花的颜色同二月兰一模一样,所差的就仅仅只缺少那一团白雾。我实在觉得我这个幻觉非常有趣。带着清醒的意识,我仔细观察起来:除了花形之外,颜色真是一般无二。反正我知道了这是两种植物,心里有了底,然而再一转眼,我仍然看到二月兰往枝头爬。这是真的呢?还是幻觉?一由它去吧。

自从意识到二月兰存在以后,一些同二月兰有联系的回忆立即涌上心头。原来很少想到的或根本没有想到的事情,现在想到了;原来认为十分平常的琐事,现在显得十分不平常了。我一下子清晰地意识到,原来这种十分平凡的野花竟在我的生命中占有这样重要的地位。我自己也有点吃惊了。

我回忆的丝缕是从楼旁的小土山开始的。这一座小土山,最初毫无惊人之处,只不过二三米高,上面长满了野草。当年歪风狂吹时,每次"打扫卫生",全楼住的人都被召唤出来拔草,不是"绿化",而是"黄化"。我每次都在心中暗恨这小山野草之多。后来不知由于什么原因,把山堆高了一两米。这样一来,山就颇有一点山势了。东头的苍松,西头的翠柏,都仿佛恢复了青春,一年四季,郁郁葱葱。中间一棵榆树,从树龄来看,只能算是松柏的曾孙,然而也枝干繁茂,高枝直刺入蔚蓝的晴空。

我不记得从什么时候起我注意到小山上的二月兰。这种野花开花大概也有大年小年之别的。碰到小年,只在小山前后稀疏地开上那么几片。遇到大年,则山前山后开成大片。二月兰仿佛发了狂。我们常讲什么什么花"怒放",这个"怒"字用得真是无比地奇妙。二月兰一"怒",仿佛从土地深处吸来一股原始力量,一定要把花开遍大千世界,紫气直冲云霄,连宇宙都仿佛变成紫色的了。

东坡的词说："月有阴晴圆缺，人有悲欢离合，此事古难全。"但是花们好像是没有什么悲欢离合。应该开时，它们就开；该消失时，它们就消失。它们是"纵浪大化中"，一切顺其自然，自己无所谓什么悲与喜。我的二月兰就是这个样子。

然而，人这个万物之灵却偏偏有了感情，有了感情就有了悲欢。这真是多此一举，然而没有法子。人自己多情，又把情移到花，"泪眼问花花不语"，花当然"不语"了。如果花真"语"起来，岂不吓坏了人！这些道理我十分明白。然而我仍然把自己的悲欢挂到了二月兰上。

当年老祖还活着的时候，每到春天二月兰开花的时候，她往往拿一把小铲，带一个黑书包，到成片的二月兰旁青草丛里去搜挖荠菜。只要看到她的身影在二月兰的紫雾里晃动，我就知道在午餐或晚餐的餐桌上必然弥漫着荠菜馄饨的清香。当婉如还活着的时候，她每次回家，只要二月兰正在开花，她离开时，她总穿过左手是二月兰的紫雾，右手是湖畔垂柳的绿烟，匆匆忙忙走去，把我的目光一直带到湖对岸的拐弯处。当小保姆杨莹还在我家时，她也同小山和二月兰结上了缘。我曾套宋词写过三句话："午静携侣寻野菜，黄昏抱猫向夕阳，当时只道是寻常。"我的小猫虎子和咪咪还在世的时候，我也往往在二月兰丛里看到她们：一黑一白，在紫色中格外显眼。

所有这些琐事都是寻常到不能再寻常了。然而，曾几何时，到了今天，老祖和婉如已经永远永远地离开了我们。小莹也回了山东老家。至于虎子和咪咪也各自遵循猫的规律，不知钻到了燕园中哪一个幽暗的角落里，等待死亡的到来。

老祖和婉如的走，把我的心都带走了。虎子和咪咪我也忆念难忘。如今，天地虽宽，阳光虽照样普照，我却感到无边的寂寥与凄凉。回忆这些往事，如云如烟，原来是近在眼前，如今却如蓬莱灵山，可望而不可即了。

对于我这样的心情和我的一切遭遇，我的二月兰一点也无动于衷，照样自己开花。今年又是二月兰开花的大年。在校园里，眼光所到之处，无不有二月兰在。宅旁，篱下，林中，山头，土坡，湖边，只要有空隙的地方，都是一团紫气，间以白雾，小花开得淋漓尽致，气势非凡，紫气直冲霄汉，连宇宙都仿佛变成紫色的了。

这一切都告诉我，二月兰是不会变的，世事沧桑，于它如浮云。然而我却是在变的，月月变，年年变。我想以不变应万变，然而办不到。我想学习二月兰，然而办不到。不但如此，它还硬把我的记忆牵回到我一生最倒霉的时候。在十年浩劫中，我自己跳出来反对北大那一位"老佛爷"，被抄家，被打成了"反革命"。正是在二月兰开花的时候，我被管制劳动改造。有很长一段时间，我每天到一个地方去捡破砖碎瓦，还随时准备着被红卫兵押解到什么地方去"批斗"，坐喷气式，还要挨上一顿揍，打得鼻青脸肿。可是在砖瓦缝里二月兰依然开放，怡然自得，笑对春风，好像是在嘲笑我。

我当时日子实在非常难过。我知道正义是在自己手中，可是是非颠倒，人妖难分，我呼天天不应，叫地地不答，一腔义愤，满腹委屈，毫无人生之趣。在很长一段时间内，我成了"不可接触者"，几年没接到过一封信，很少有人敢同我打个招呼。我虽处人世，实为异类。

然而我一回到家里,老祖、德华她们,在每人每月只能得到恩赐十几元钱生活费的情况下,殚思竭虑,弄一点好吃的东西,希望能给我增加点营养;更重要的恐怕还是,希望能给我增添点生趣。婉如和延宗也尽可能地多回家来。我的小猫憨态可掬,偎依在我的身旁。她们不懂哲学,分不清两类不同性质的矛盾。人视我为异类,她们视我为好友,从来没有表态,要同我划清界限。所有这一些极其平常的琐事,都给我带来了无量的安慰。窗外尽管千里冰封,室内却是暖气融融。我觉得,在世态炎凉中,还有不炎凉者在。这一点暖气支撑着我,走过了人生最艰难的一段路,没有堕入深涧,一直到今天。

我感觉到悲,又感觉到欢。

到了今天,天运转动,否极泰来,不知怎么一来,我一下子成为"极可接触者",到处听到的是美好的言辞,到处见到的是和悦的笑容。我从内心里感激我这些新老朋友,他们绝对是真诚的。他们鼓励了我,他们启发了我。然而,一回到家里,虽然德华还在,延宗还在,可我的老祖到哪里去了呢?我的婉如到哪里去了呢?还有我的虎子和咪咪一世到哪里去了呢?世界虽照样朗朗,阳光虽照样明媚,我却感觉异样的寂寞与凄凉。

我感觉到欢,不感觉到悲。

我年届耄耋,前面的路有限了。几年前,我写过一篇短文,叫《老猫》,意思很简明,我一生有个特点:不愿意麻烦人。了解我的人都承认。难道到了人生最后一段路上我就要改变这个特点吗?不,不,不想改变。我真想学一学老猫,到了大限来临时，钻到一个幽暗的角落里，一个人悄悄地离开人世。

　　这话又扯远了。我并不认为眼前就有制定行动计划的必要。我还有很多事情要做，而且我的健康情况也允许我去做。有一位青年朋友说我忘记了自己的年龄。这话极有道理。可我并没有全忘。有一个问题我还想弄弄清楚哩。按说我早已到了"悲欢离合总无情"的年龄，应该超脱一点了。然而在离开这个世界以前，我还有一件心事：我想弄清楚，什么叫"悲"？什么又叫"欢"？是我成为"不可接触者"时悲呢？还是成为"极可接触者"时欢？如果没有老祖和婉如的逝世，这问题本来是一清二白的，现在却是悲欢难以分辨了。我想得到答复。我走上了每天必登临几次的小山，我问苍松，苍松不语；我问翠柏，翠柏不答。我问三十多年来亲眼目睹我这些悲欢离合的二月兰，这也沉默不语，兀自万朵怒放，笑对春风，紫气直冲霄汉。

1993年6月11日写完

春满燕园

燕园花事渐衰。桃花、杏花早已开谢。一度繁花满枝的榆叶梅现在已经长出了绿油油的叶子。连几天前还开得像一团锦绣一样的西府海棠也已落英缤纷,残红满地了。丁香虽然还在盛开,灿烂满园,香飘十里,但已显出疲惫的样子。北京的春天本来就是短的,"雨横风狂三月暮,门掩黄昏,无计留春住。"看来春天就要归去了。

但是人们心头的春天却方在繁荣滋长。这个春天,同在大自然里一样,也是万紫千红、风光旖旎的。但它却比大自然里的春天更美、更可爱、更真实、更持久。郑板桥有两句诗:"闭门只是栽兰竹,留得春光过四时。"我们不栽兰,不种竹,我们就把春天栽种在心中,它不但能过今年的四时,而且能过明年、后年不知道多少年的四时,它要常驻在我们心中,成为永恒的春天了。

昨天晚上,我走过校园,四周一片寂静,只有远处的蛙鸣划破深夜的沉寂,黑暗仿佛凝结了起来,能摸得着,捉得住。我走着走着,蓦地看到远处有了灯光,是从一些宿舍的窗子里流出来的。我心里一愣,我的眼仿佛有了佛经上叫做天眼通的那种神力,透过墙壁,就看了进去。我看到一位年老的教师在那里伏案苦读。他仿佛正在写文章,想把几十年的研究心得写下来,丰富我们文化知识的宝库。他又仿佛是在备课,想把第二天要讲的东西整理得更深刻、更生动,让青年学生获得更多的滋养。他也可能是在看青年教师的论文,想给他们提些意见,共同切磋琢磨。他时而低头沉思,时而抬头微笑。对他说来,这时候,除了他自己和眼前的工作以外,宇宙万物都似乎不再存在。他完完全全陶醉于自己的工作中了。

今天早晨,我又走过校园。这时候,晨光初露,晓风未起。浓绿的松柏,淡绿的杨柳,大叶的杨树,小叶的槐树,成行并列,相映成趣。未名湖绿水满盈,不见一条皱纹,宛如一面明镜。还见不到多少人走路,但从绿草湖畔,丁香丛中,杨柳树下,土山高尖却传来一阵阵朗诵外语的声音。倾耳细听,俄语、英语、梵语、阿拉伯语等等,依稀可辨。在很多地方,我只是闻声而不见人。但是仅仅从声音里也可以听出那种如饥似渴的迫切吸收知识学习技巧的炽热心情。这一群男女大孩子仿佛想把知识像清晨的空气和芬芳的花香那样一口气吸了下去。我走进大图书馆,又看到一群男女青年挤坐在里面,低头做数学或物理化学的习题。也都是全神贯注,鸦雀无声。

我很自然地把昨天夜里的情景同眼前的情景联系了起来。年老的一代是那样,年轻的一代又是这样。还能有比这更动人的情景吗?我心里陡然充满了说不出的喜悦。我仿佛看到春天又回到园中:繁花满枝,一片锦绣。不但已经开过的桃树和杏树又开出了粉红色的花朵,连根本不开花的榆树和杨柳也是满树红花。未名湖中长出了车轮般的莲花。

正在开花的藤萝颜色更显得格外鲜艳。丁香也是精神抖擞，一点也不显得疲惫。总之是万紫千红，春色满园。

这难道仅仅是我一个人的幻象吗？不是的。这是我心中那个春天的反映。我相信，住在这个园子里的绝大多数的教师和同学心中都有这样一个春天，眼前也都看到这样一个春天。这个春天是不怕时间的。即使到了金风送爽，霜林染醉的时候，到了大雪漫天，一片琼瑶的时候，它也会永留心中，永留园内。它是一个永恒的春天。

1962 年 5 月 11 日

马樱花

曾经有很长的一段时间,我孤零零一个人住在一个很深的大院子里。从外面走进去,越走越静,自己的脚步声越听越清楚,仿佛从闹市走向深山。等到脚步声成为空谷足音的时候,我住的地方就到了。

院子不小,都是方砖铺地,三面有走廊。天井里遮满了树枝,走到下面,浓荫匝地,清凉蔽体。从房子的气势来看,从梁柱的粗细来看,依稀还可以看出当年的富贵气象。

这富贵气象是有来源的。在几百年前,这里曾经是明朝的东厂。不知道有多少忧国忧民的志士曾在这里被囚禁过,也不知道有多少人在这里受过苦刑,甚至丧掉性命。据说当年的水牢现在还有迹可寻哩。

等到我住进去的时候,富贵气象早已成为陈迹,但是阴森凄苦的气氛却是原封未动。再加上走廊上陈列的那一些汉代的石棺石椁,古代的刻着篆字和隶字的石碑,我一走回这个院子里,就仿佛进入了古墓。这样的环境,这样的气氛,把我的记忆提到几千年前去;有时候我简直就像是生活在历史里,自己俨然成为古人了。

这样的气氛同我当时的心情是相适应的,我一向又不相信有什么鬼神,所以我住在这里,也还处之泰然。

但是也有紧张不泰然的时候。往往在半夜里,我突然听到推门的声音,声音很大,很强烈。我不得不起来看一看。那时候经常停电,我只能在黑暗中摸索着爬起来,摸索着找门,摸索着走出去。院子里一片浓黑,什么东西也看不见,连树影子也仿佛同黑暗粘在一起,一点都分辨不出来。我只听到大香椿树上有一阵窸窸窣窣的声音,然后咪噢的一声,有两只小电灯似的眼睛从树枝深处对着我闪闪发光。

这样一个地方,对我那些经常来往的朋友们来说,是不会引起什么好感的。有几位在白天还有兴致来找我谈谈,他们很怕在黄昏时分走进这个院子。万一有事,不得不来,也一定在大门口向工友再三打听,我是否真在家里,然后才有勇气,跋涉过那一个长长的胡同,走过深深的院子,来到我的屋里。有一次,我出门去了,看门的工友没有看见,一位朋友走到我住的那个院子里。在黄昏的微光中,只见一地树影,满院石棺,我那小窗上却没有灯光。他的腿立刻抖了起来,费了好大力量,才拖着它们走了出去。第二天我们见面时,谈到这点经历,两人相对大笑。

我是不是也有孤寂之感呢?应该说是有的。当时正是"万家墨面没蒿莱"的时代,北京城一片黑暗。白天在学校里的时候,同青年同学在一起,从他们那蓬蓬勃勃的斗争意志和生命活力里,还可以汲取一些力量和快乐,精神十分振奋。但是,一到晚上,当我孤零一个人走回这个所谓家的时候,我仿佛遗世而独立。没有人声,没有电灯,没有一点活气。在煤油灯的微光中,我只看到自己那高得、大得、黑得惊人的身影在四面的墙壁上晃动,仿佛是有个巨灵来到我的屋内。寂寞像毒蛇似的偷偷地袭来,折磨着我,使我无所逃于天地之间。

在这样无可奈何的时候,有一天,在傍晚的时候,我从外面一走进那个院子,蓦地闻到一股似浓似淡的香气。我抬头一看,原来是遮满院子的马缨花开花了。在这以前,我知道这些树都是马缨花,但是我却没有十分注意它们。今天它们用自己的香气告诉了我它们的存在。这对我似乎是一件新事。我不由得就站在树下,仰头观望:细碎的叶子密密地搭成了一座天棚,天棚上面是一层粉红色的细丝般的花瓣,远处望去,就像是绿云层上浮上了一团团的红雾。香气就是从这一片绿云里洒下来的,洒满了整个院子,洒满了我的全身,使我仿佛游泳在香海里。

花开也是常有的事,开花有香气更是司空见惯。但是,在这样一个时候,这样一个地方,有这样的花,有这样的香,我就觉得很不寻常;有花香慰我寂寞,我甚至有一些近乎感激的心情了。

从此,我就爱上了马缨花,把它当成了自己的知心朋友。

北京终于解放了。1949年的10月1日给全中国带来了光明与希望,给全世界带来了光明与希望。这一个具有重大意义的日子在我的生命里画上了一道鸿沟,我仿佛重新获得了生命。可惜不久我就搬出了那个院子,同那些可爱的马缨花告别了。

时间也过得真快,到现在,才一转眼的工夫,已经过去了十三年。这十三年是我生命史上最重要、最充实、最有意义的十三年。我看了许多新东西,学习了很多新东西,走了很多新地方。我当然也看了很多奇花异草。我曾在亚洲大陆最南端科摩林海角看到高凌霄汉的巨树上开着大朵的红花；我曾在缅甸的避暑胜地东枝看到开满了小花园的火红照眼的不知名的花朵；我也曾在塔什干看到长得像小树般的玫瑰花。这些花都是异常美妙动人的。

然而使我深深地怀念的却仍然是那些平凡的马缨花，我是多么想见到它们呀！

最近几年来，北京的马缨花似乎多起来了。在公园里，在马路旁边，在大旅馆的前面，在草坪里，都可以看到新栽种的马缨花。细碎的叶子密密地搭成了一座座的天棚，天棚上面是一层粉红色的细丝般的花瓣。远处望去，就像是绿云层上浮上了一团团的红雾。这绿云红雾飘满了北京，衬上红墙、黄瓦，给人民的首都增添了绚丽与芬芳。

我十分高兴，我仿佛是见了久别重逢的老友。但是，我却隐隐约约地感觉到，这些马缨花同我回忆中的那些很不相同。叶子仍然是那样的叶子，花也仍然是那样的花；在短短的十几年以内，它绝不会变了种。它们不同之处究竟何在呢？

我最初确实是有些困惑，左思右想，只是无法解释。后来，我扩大了我回忆的范围，不把回忆死死地拴在马缨花上面，而是把当时所有同我有关的事物都包括在里面。不管我是怎样喜欢院子里那些马缨花，不管我是怎样爱回忆它们，回忆的范围一扩大，同它们联系在一起的不是黄昏，就是夜雨，否则就是迷离凄苦的梦境。我好像是在那些可爱的马缨花上面从来没有见到哪怕是一点点阳光。

然而，今天摆在我眼前的这些马缨花，却仿佛总是在光天化日之下。即使是在黄昏时候，在深夜里，我看到它们，它们也仿佛是生气勃勃，同浴在阳光里一样。它们仿佛想同灯光竞赛，同明月争辉。同我回忆里那些马缨花比起来，一个是照相的底片，一个是洗好的照片；一个是影，一个是光。影中的马缨花也许是值得留恋的，但是光中的马缨花不是更可爱吗？

我从此就爱上了这光中的马缨花，而且我也爱藏在我心中的这一个光与影的对比。它能告诉我很多事情，带给我无穷无尽的力量，送给我无限的温暖与幸福；它也能促使我前进。我愿意马缨花永远在这光中含笑怒放。

1962 年 10 月 1 日

夹竹桃

夹竹桃不是名贵的花，也不是最美丽的花；但是，对我来说，她却是最值得留恋最值得回忆的花。

不知道由于什么缘故，也不知道从什么时候起，在我故乡的那个城市里，几乎家家都种上几盆夹竹桃，而且都摆在大门内影壁墙下，正对着大门口。客人一走进大门，扑鼻的是一阵幽香，入目的是绿蜡似的叶子和红霞或白雪似的花朵，立刻就感觉到仿佛走进自己的家门口，大有宾至如归之感了。

我们家的大门内也有两盆，一盆红色的，一盆白色的。我小的时候，天天都要从这下面走出走进。红色的花朵让我想到火，白色的花朵让我想到雪。火与雪是不相容的；但是这两盆花却融洽地开在一起，宛如火上有雪，或雪上有火。我顾而乐之，小小的心灵里觉得十分奇妙，十分有趣。

只有一墙之隔，转过影壁，就是院子。我们家里一向是喜欢花的；虽然没有什么非常名贵的花，但是常见的花却是应有尽有。每年春天，迎春花首先开出黄色的小花，报告春的消息。以后接着来的是桃花、杏花、海棠、榆叶梅、丁香等等，院子里开得花团锦簇。到了夏天，更是满院葳蕤。凤仙花、石竹花、鸡冠花、五色梅、江西腊等等，五彩缤纷，美不胜收。夜来香的香气熏透了整个的夏夜的庭院,是我什么时候也不会忘记的。一到秋天,玉簪花带来凄清的寒意,菊花报告花事的结束。总之,一年三季,花开花落,没有间歇;情景虽美,变化亦多。

然而,在一墙之隔的大门内,夹竹桃却在那里悄悄地一声不响,一朵花败了,又开出一朵;一嘟噜花黄了,又长出一嘟噜;在和煦的春风里,在盛夏的暴雨里,在深秋的清冷里,看不出什么特别茂盛的时候,也看不出什么特别衰败的时候,无日不迎风弄姿,从春天一直到秋天,从迎春花一直到玉簪花和菊花,无不奉陪。这一点韧性,同院子里那些花比起来,不是形成一个强烈的对照吗?

但是夹竹桃的妙处还不止于此。我特别喜欢月光下的夹竹桃。你站在它下面,花朵是一团模糊;但是香气却毫不含糊,浓浓烈烈地从花枝上袭了下来。它把影子投到墙上,叶影参差,花影迷离,可以引起我许多幻想。我幻想它是地图,它居然就是地图了。这一堆影子是亚洲,那一堆影子是非洲,中间空白的地方是大海。碰巧有几只小虫子爬过,这就是远渡重洋的海轮。我幻想它是水中的荇藻,我眼前就真的展现出一个小池塘。夜蛾飞过映在墙上的影子就是游鱼。我幻想它是一幅墨竹,我就真看到一幅画。微风乍起,叶影吹动,这一幅画竟变成活画了。

有这样的韧性,能这样引起我的幻想,我爱上了夹竹桃。

好多好多年,我就在这样的夹竹桃下面走出走进。最初我的个儿矮,必须仰头才能看到花朵。后来,我逐渐长高了,夹竹桃在我眼中也就逐渐矮了起来。等到我眼睛平视就可以看到花的时候,我离开了家。

我离开了家,过了许多年,走过许多地方。我曾在不同的地方看到过夹竹桃,但是都没有留下深刻的印象。

两年前,我访问了缅甸,在仰光开过几天会以后,缅甸的许多朋友热情地陪我们到缅甸北部古都蒲甘去游览。这地方以佛塔著名,有"万塔之城"的称号。据说,当年确有万塔。到了今天,数目虽然没有那样多了,但是,纵目四望,嶙嶙峋峋,群塔簇天,一个个从地里涌出,宛如阳朔群山,又像是云南的石林,用"雨后春笋"这一句老话,差堪比拟。虽然花草树木都还是绿的,但是时令究竟是冬天了,一片萧瑟荒寒气象。

然而就在这地方,在我们住的大楼前,我却意外地发现了老朋友夹竹桃。一株株都跟一层楼差不多高,以至我最初竟没有认出它们来。花色比国内的要多,除了红色的和白色的以外,记得还有黄色的。叶子比我以前看到的更绿得像绿蜡,花朵开在高高的枝头,更像片片的红霞、团团的白雪、朵朵的黄云。苍郁繁茂,浓翠逼人,同荒寒的古城形成了强烈的对比。

我每天就在这样的夹竹桃下走出走进。晚上同缅甸朋友们在楼上凭栏闲眺,畅谈各种各样的问题,谈蒲甘的历史,谈中缅文化交流,谈中缅两国人民同胞般的友谊。在这时候,远处的古塔逐渐隐入暮霭中,近处的几个古塔上却给电灯照得通明,望之如灵山幻境。我伸手到栏外,就可以抓到夹竹桃的顶枝。花香也一阵一阵地从下面飘上楼来,仿佛把中缅友谊熏得更加芬芳。

就这样,在对于夹竹桃的婉美动人的回忆里,又涂上了一层绚烂夺目的中缅人民友谊的色彩。我从此更爱夹竹桃。

1962 年 10 月 17 日

朵朵葵花向太阳

我们生活在有几百万人口的大城市里,天天在这里活动。只要一出门,就会遇到成百上千的人。在公共汽车上,在电车上,在大街上,在商店里,在公园里,在卖菜的市场里,你都会遇到提着篮子买菜的阿姨,都会遇到领着孙子孙女出来游玩的老奶奶,都会遇到梳着两条大辫子的卖票姑娘,都会遇到忙忙碌碌的街道干部。这些人,你随时见到,随地见到。有的面孔你看过不止一次,你觉得十分熟悉了。她们都是平平常常的人,面带笑容,心平气和;她们似乎再也不会引起你的任何幻想:你看她们已经看得习惯到不能再习惯了。

但是,如果有人问:你真熟悉这些人了吗?你知道,她们想的是什么,爱的是什么,恨的又是什么吗?你知道她们的憧憬和愿望是什么吗?

这样一问,恐怕就将了你的军,你恐怕就要交白卷。

我自己正是一个要交白卷的人。

对我来说,这确是一件新鲜事儿,自己过去从没有想到这个问题。我天天遇到这些人,看惯了这些人。我只觉得她们平平常常,和和气气,我对她们什么都没有想过。

但是我最近参加了一些对城市居民进行宣传的工作。我天天见到的正是这些人。这一次不是在公共汽车上、电车上、大街上,不是在商店里、公园里、卖菜的市场里,而是在她们家里。我不仅仅见到她们,而且向她们说明一些事情,同她们谈话。天天在一起,她们也就不再把我当作外人;她们对我谈她们想的是什么,爱的是什么,恨的又是什么。她们对我谈她们的憧憬和愿望。这使我大吃一惊,原来这一些平平常常和和气气的人们,心里面竟有这样多的事情,竟有这样复杂艰苦的经历,竟有这样多的爱和恨。我蓦地发现:原来我认为十分熟悉的人,竟是十分陌生,我仿佛走到一个新天地里去了。

在小组会上,她们争先恐后地告诉我她们自己过去的经历和今天的感受。有的人说:她七岁给地主当丫头,三年只挣了一件短褂子。临走的时候,地主连这一件短褂子也不给她,把她扒得浑身精光,赶出了门。有的人说:她丈夫参加了抗日游击队,给鬼子逮住,十冬腊月,脱得一丝不挂,用鞭子抽;浑身流血,他们就铺上麻,等干了的时候,再往下揭,连皮都揭掉一层。有的人说:小时候穷,住的是地主的房子。人家是下雨往屋里跑,我们是下雨往屋外跑,怕房子塌了砸死。后来给地主家去当丫头,地主婆每天夜里来打她。她每次上床的时候,心里就想:不知道明天还能不能活着看到太阳出来。她亲眼看到,地主婆活活地打死一个十六七岁的丫头,用席子一包就拖了出去,脸上的汗毛也不动一动。有的人说:她从小被父母卖给地主家当丫头。夜里地主和地主婆吸大烟,要她在旁边侍候。她一打盹,地主婆就用大烟扦子扎她的嘴,扎她的手,把一只手扎成了残废。有一天,她的父母来看她,地主不让见。据说父母留下了两方小手巾,上面写着她的姓名和生辰八字,她才知道自己姓什么。她父母以后就没有再见面,至今死活不知。就连她这姓,她也有些怀疑;地主那样说,她也就只好那样信了。她就像是孙悟空一样,从石头缝里蹦出来的……

大家边说边哭,有时候引得全场流泪,会都不得不暂时中止。正在大家谈得十分热烈的时候,一个六十多岁的老大娘霍地站了起来,啜泣了一阵,就开了言。她说,她不善于说话,一说心里就哆嗦;她不愿意提过去的事,一提就哭。但是,今天非提一提不行了。小时候到地主家去要饭,地主放出狗来,咬烂了她的腿。地主拿出来几张煎饼,她以为是给自己的呢。可是地主用煎饼擦了擦她腿上的血就丢给狗吃了。十来岁就帮母亲给挑水的工人洗补衣服,仍挣不上吃,母亲又叫她要饭。父亲受了人的骗,把她许给一个比她大二十多岁的男人当老婆。这个人不务正业,只知道赌钱。头一胎生了一个女孩,饿死了。第二胎生了一个男孩,第三胎又是一个女孩。家里穷得揭不开锅,她还没有出月子,就锯木头卖钱。坐在洋灰地上,整宿拉锯,又硬又凉。好容易挣了几个钱,丈夫偷去押宝输了。男孩子三岁的时候,有一天晚上,她已经睡下,丈夫回家,掐着她的脑袋说:"我给你商议一件事。我们把男孩子卖了吧,一百块大洋。"她一听就生了气,说道:"你爱咋办就咋办吧。反正我从娘家什么也没有带来,孩子都是你的。"她出去赊了半斤烧酒、五盒洋火,泡了泡就喝了下去。孩子不懂事,看到花花绿绿的洋火盒,喜欢得了不得,伸手抓过来玩,她自己想:"再过半小时,我就看不到我的孩子了!"心里简直像尖刀割滚油浇。别人用胰子水灌她，幸而没死，丈夫拿起两床被子，卷了卷，走了，从此再没有回来。她千辛万苦，拉巴两个孩子。受中国有钱人的气，还要受日本人的气。她公公和舅舅都给日本人打死了。好容易熬到解放，她算是从地狱里一步登上了天堂。现在儿女和儿媳都是国家干部，楼上楼下，电灯电话，吃穿不愁。没有共产党，没有毛主席，她的骨头早就烂在土里了。她经常把过去的苦处讲给儿孙听，告诉他们不能忘本。如果她年轻二十岁，她还想学一学产科，当一名助产士哩。

她一提到"解放"这个词儿，大伙儿立刻振奋起来。仿佛这个词儿有大神通力，它仿佛是暗夜的灯光、严冬的太阳、绝望中的希望。大家脸上的愁苦为之一扫，立刻拨云雾见青天，转寒秋为阳春。原来"单轨制"进行的谈话，一下子变成多轨制了。大家异口同声地说："没有共产党，没有毛主席，也就没有我们的今天。"有一个老太太说："从现在到共产主义，路还远着哩。没有指南针，一定会迷路。共产党就是我们的指南针。"另一个老太太说："从前我自杀过，现在我倒不想死哩。"又有一个老太太说："解放前的日子过一天就够了，现在却是越过越想过。"一位四川口音的老太太站起来，兴奋地说："我们今天的日子来得不容易，谁要想搞乱，我们一定阶级斗争他！"她把"阶级斗争他"说了三遍。

在一刹那间，我有点呆了。难道这些人就是我平常看惯了的那些提着篮子买菜的阿姨、领着孙子孙女出来游玩的老奶奶吗？我原来认为十分熟悉的人一下子变得陌生起来。然而我是多么喜欢这些暂时间似乎是陌生的人啊！她们心里埋藏着对于旧社会的无比强烈的恨，宛如汪洋大海，深不可测。她们恨民族敌人和阶级敌人，决不允许他们复辟。同时，她们心里也埋藏着对于新社会的无比强烈的爱，也宛如汪洋大海，深不可测。她们用火热的心爱着我们伟大的党和伟大的领袖。这是她们的命根子，决不允许人碰一碰。正因为她们恨旧社会，所以才更爱新社会。也可以说，正因为她们爱新社会，所以才更恨旧社会。这爱与恨都是达到顶点的、不可调和的。这样的人民是伟大的，有着这样人民的国家是伟大的。我感到振奋与骄傲。

通过她们嘴里说出来的话，我蓦地仿佛看到了她们的心。在我眼中，她们的心都变成了向日葵；每一颗心是一朵，我眼前就有上百朵向日葵，而且还不是一般的向日葵，花朵特别大，颜色特别美，开得光彩焕发，兴会淋漓，在骀荡的东风中，怡然自得。我的眼睛透过了墙壁，看到了全国，我眼前就有六亿五千万朵向日葵。所有这一些向日葵都向着一轮巨大无比的太阳开放。这一轮太阳赤红如炽炭，威猛如火龙，辉辉煌煌，高悬在宇宙之中，吸引住了朵朵的葵花，照亮了人类前进的道路，光芒直上三千大千世界。

1964 年 2 月 12 日

槐　花

自从移家朗润园,每年在春夏之交的时候,我一出门向西走,总是清香飘拂,溢满鼻官。抬眼一看,在流满了绿水的荷塘岸边,在高高低低的土山上面,就能看到成片的洋槐,满树繁花,闪着银光;花朵缀满高树枝头,开上去,开上去,一直开到高空,让我立刻想到新疆天池上看到的白皑皑的万古雪峰。

这种槐树在北方是非常习见的树种。我虽然也陶醉于氤氲的香气中,但却从来没有认真注意过这种花树——惯了。

有一年,也是在这样春夏之交的时候,我陪一位印度朋友参观北大校园。走到槐花树下,他猛然用鼻子吸了吸气,抬头看了看,眼睛瞪得又大又圆。我从前曾看到一幅印度人画的人像,为了夸大印度人眼睛之大,他把眼睛画得扩张到脸庞的外面。这一回我真仿佛看到这一位印度朋友瞪大了的眼睛扩张到了面孔以外来了。

"真好看呀!这真是奇迹!"

"什么奇迹呀?"

"你们这样的花树。"

"这有什么了不起呢?我们这里多得很。"

"多得很就了不起了吗?"

我无言以对,看来辩论下去已经毫无意义了。可是他的话却对我起了作用:我认真注意槐花了,我仿佛第一次见到它,非常陌生,又似曾相识。我在它身上发现了许多新的以前从来没有发现的东西。

在沉思之余,我忽然想到,自己在印度也曾有过类似的情景。我在海德拉巴看到耸入云天的木棉树时,也曾大为惊诧。碗口大的红花挂满枝头,殷红如朝阳,灿烂似晚霞,我不禁大为慨叹:

"真好看呀!简直神奇极了!"

"什么神奇?"

"这木棉花。"

"这有什么神奇呢?我们这里到处都有。"

陪伴我们的印度朋友满脸迷惑不解的神气。我的眼睛瞪得多大,我自己看不到,现在到了中国,在洋槐树下,轮到印度朋友(当然不是同一个人)瞪大眼睛了。

在我们的日常生活中,我们都有这样一个经验:越是看惯了的东西,便越是习焉不察,美丑都难看出。这种现象在心理学上是容易解释的:一定要同客观存在的东西保持一定的距离,才能客观地去观察。难道我们就不能有意识地去改变这种习惯吗?难道我们就不能永远用新的眼光去看待一切事物吗?

我想自己先试一试看,果然有了神奇的效果。我现在再走过荷塘看到槐花,努力在自己的心中制造出第一次见到的幻想,我不再熟视无睹,而是尽情地欣赏。槐花也仿佛是得到了知己,大大小小、高高低低的洋槐,似乎在喃喃自语,又对我讲话。周围的山石树木,仿佛一下子活了起来,一片生机,融融氤氲。荷塘里的绿水仿佛更绿了;槐树上的白花仿佛更白了;人家篱笆里开的红花仿佛更红了。风吹,鸟鸣,都洋溢着无限生气。一切眼前的东西联在一起,汇成了宇宙的大欢畅。

怀念西府海棠

暮春三月,风和日丽。我偶尔走过办公楼前面,在盘龙石阶的两旁,一边站着一棵翠柏,浑身碧绿,扑人眉宇,仿佛是从地心深处涌出来的两股青色的力量,喷薄腾越,顶端直刺蔚蓝色的晴空,其气势虽然比不上杜甫当年在孔明祠堂前看到的那一些古柏:"苍皮溜雨四十围,黛色参天二千尺。"然而看到它,自己也似乎受到了感染,内心里溢满了力量。我顾而乐之,流连不忍离去。

然而,我的眼前蓦地一闪,就在这两棵翠柏站立的地方出现了两棵西府海棠,正开着满树繁花,已经绽开的花朵呈粉红色,没有绽开的骨朵呈鲜红色,粉红与鲜红,纷纭交错,宛如天半的粉红色彩云。成群的蜜蜂飞舞在花朵丛中,嗡嗡的叫声有如春天的催眠曲。我立刻被这色彩和声音吸引住,沉醉于其中了。眼前再一闪,翠柏与海棠同时站立在同一个地方,两者的影子重叠起来,翠绿与鲜红纷纭交错起来了。

这是怎么一回事呢?

我一时有点茫然、懵然;然而不需要半秒钟,我立刻就意识到,眼前的翠柏与海棠都是现实,翠柏是眼前的现实,海棠则是过去的现实,它确曾在这个地方站立过,而今这两个现实又重叠起来,可是过去的现实早已化为灰烬,随风飘零了。

事情就发生在十年浩劫期间。一时忽然传说：养花是修正主义，最低的罪名也是玩物丧志。于是"四人帮"一伙就在海内名园燕园大肆"斗私、批修"，先批人，后批花木，几十年上百年的老丁香花树砍伐殆尽，屡见于清代笔记中的几架古藤萝也被斩草除根，几座楼房外面墙上爬满了的"爬山虎"统统拔掉，办公楼前的两棵枝干繁茂绿叶葳蕤的西府海棠也在劫难逃。总之，一切美好的花木，也像某一些人一样，被打翻在地，身上踏上了一千只脚，永世不得翻身了。

这两棵西府海棠在老北京是颇有一点名气的。据说某一个文人的笔记中还专门讲到过它。熟悉北京掌故的人，比如邓拓同志等，生前每到春天都要来园中探望一番。我自己不敢说对北京掌故多么熟悉，但是，每当西府海棠开花时，也常常自命风雅，到树下流连徘徊，欣赏花色之美，听一听蜜蜂的鸣声，顿时觉得人间毕竟是非常可爱的，生活毕竟是非常美好的，胸中的干劲陡然腾涌起来，我的身体好像成了一个蓄电瓶，看到了西府海棠，便仿佛蓄满了电，能够在自己所从事的工作中精神抖擞地驰骋一气了。

中国古代的诗人中，喜爱海棠者颇不乏人。大家欣赏海棠之美，但颇以海棠无香为憾。在古代文人的笔记和诗话中，有很多地方谈到这个问题，可见文人墨客对海棠的关心。宋代著名的爱国大诗人陆游有几首《花时遍游诸家园》的诗，其中之一是讲海棠的：

    为爱名花抵死狂，
    只愁风日损红芳。
    绿章夜奏通明殿，

乞借春阴护海棠。

　　陆游喜爱海棠达到了何等疯狂的地步啊！稍有理智的人都应当知道，海棠与人无争，与世无忤，决不会伤害任何人的；它只能给人间增添美丽，给人们带来喜悦，能让人们热爱自然，热爱祖国。然而，就连这样天真无邪的海棠也难逃"四人帮"的毒手。燕园内的两棵西府海棠现在已经不知道消逝到什么地方去了，这也算是一种"含冤逝世"吧。代替它站在这里的是两棵翠柏。翠柏也是我所喜爱的，它也能给人们带来美感享受，我毫无贬低翠柏的意思。但是以燕园之大，竟不能给海棠留一点立足之地，一定要铲除海棠，栽上翠柏，一定要争这方尺之地，翠柏而有知，自己挤占了海棠的地方，也会感到对不起海棠吧！

　　"四人帮"要篡党夺权，有一些事情容易理解；但是砍伐花木，铲除海棠，仿佛这些花木真能抓住他们那罪恶的黑手，令人百思不得其解。宋代苏洵在《辨奸论》中说："凡事之不近人情者，鲜不为大奸慝。"砍伐西府海棠之不近人情，一望而知。爱好美好的东西是人类的天性，任何人都有权利爱好美好的东西，花木当然也包括在里面。然而"四人帮"却偏要违反人性，必欲把一切美好的东西铲除净尽而后快。他们这一伙人是大奸慝，已经丝毫无可怀疑了。

　　事情已经过去了将近二十年，为什么西府海棠的影子今天又忽然展现在我的眼前呢？难道说是名花有灵，今天向我"显圣"来了么？难道说它是向我告状来了么？可惜我一非包文正，二非海青天，更没有如来佛起死回生的神通，我所有的能耐至多也只能一洒同情之泪，我还有什么话可说呢？

我从来不相信什么神话。但是现在我真想相信起来,我真希望有一个天国。可是我知道,须弥山已经为印度人所独占,他们把自己的天国乐园安放在那里。昆仑山又为中国人所垄断,王母娘娘就被安顿在那里。我现在只能希望在辽阔无垠的宇宙中间还能有那么一块干净的地方,能容得下一个阆苑乐土。那里有四时不谢之花、八节长春之草,大地上一切花草的魂魄都永恒地住在那里,随时、随地都是花团锦簇,五彩缤纷。我们燕园中被无端砍伐了的西府海棠的魂灵也遨游其间。我相信,它决不会忘记了自己待了多年的美丽的燕园,每当三春繁花盛开之际,它一定会来到人间,驾临燕园,风前月下,凭吊一番。"环珮空归月下魂",明妃之魂归来,还有环珮之声。西府海棠之魂归来时,能有什么迹象呢?我说不出,我只能时时来到办公楼前,在翠柏影中,等候倩魂。我是多么想为海棠招魂啊!结果恐怕只能是"上穷碧落下黄泉,两处茫茫皆不见"了。奈何,奈何!

在这风和日丽的三月,我站在这里,浮想联翩,怅望晴空,眼睛里流满了泪水。

1987年4月26日写于上海华东师范大学专家招待所。行装甫卸,倦意犹存。在京构思多日的这篇短文,忽然躁动于心中,于是悚然而起,援笔立就,如有天助,心中甚喜。

写作《春归燕园》的前前后后

自己也是一个喜欢舞笔弄墨的人,常常写点所谓散文。古人说:"文章是自己的好。"我也并不能例外。但是有一点差堪自慰的是,我多少有点自知之明,我并不认为自己所有的文章都好。大概估算起来,我喜欢的只不过有十分之一左右而已。为什么有的喜欢有的不喜欢呢?是好是坏自己什么时候才知道呢?自己喜欢的同读者喜欢的是否完全一致呢?这是每一个写文章的人都会碰到的问题。

为了解答这些问题,我举一篇散文:《春归燕园》来说明一下。

这是一篇自己比较喜欢的东西,是在1978年秋末冬初写成的。为了说明问题,必须回到十六年前去。在这一年春天,我写了一篇《春满燕园》。这一篇短文刊出后,获得了意料之中又似乎出乎意料的好评和强烈的反应。我的学生写信给我,称赞这一篇东西。许多中学和大学课本中选了它当教材。以后有几年的时间,每年秋天招待新生入学时,好多学生告诉我,他们在中学里读过这篇东西。

这一篇东西是在什么心情支配下写成的呢?

这就必须了解当时的政治环境。从1957年所谓反右开始,极左思潮支配一切,而且是越来越"左"。在那以后两年内,拔白旗、反右倾,搞得乌烟瘴气,一塌糊涂。同时浮夸风大肆猖獗。关于粮食产量,夸大到惊人的程度,而且还号召大家迎接共产主义的来临。接着来的是无情的惩罚:三年饥馑。我不愿意用"自然灾害"这个常用的词,明明绝大部分是人为的浮夸风造成的灾害,完全推到自然身上,是不公正的。到了1962年,人们的头脑似乎清醒了一点,政策改变了一点,对知识分子的政策也开始有点落实。广州会议,周总理和陈毅副总理脱帽加冕的讲话像是一阵和煦的春风,吹到了知识分子心坎里,知识分子仿佛久旱逢甘霖,仿佛是在狂风暴雨之后雨过天晴,心里感到异常的喜悦,觉得我们国家前途光明,个个人如处春风化雨之中。

我算是知识分子之一,这种春风化雨之感也深深地抓住了我,在我的灵魂深处萌动、扩散,让我感到空前的温暖。这一年春天我招待外宾的任务特别繁重,每隔几天,总要到北大临湖轩去一趟。当时大厅的墙上挂着一张水墨印的郑板桥的竹子,上面题着一首诗:

　　日日红桥斗酒卮
　　家家桃李艳芳姿
　　闭门只是栽兰竹
　　留得春光过四时

我非常喜欢这最后两句诗,我有时到早了,外宾还没有来,我坐在客厅的沙发上细味诗意,悠然神往,觉得真是春色满寰宇,和风吹万里。而且这个春光还不是转瞬即逝的,而是常在的。我又想到天天早晨在校园里看到学生读书的情景,结果情与景会,有动于衷,就写成了那一篇《春满燕园》。这是我比较喜欢的一篇东西,一写出来,我就知道,我个人感觉,它的优点就在一个"真"字。

但是,还没有等我的喜悦之情消逝,社会上又开始折腾起来了。极左的东西又开始抬头。到了1966年就出现了人类历史上独一无二、空前绝后的悲剧:所谓"文化大革命"。有不少的一部分人,人类的理智丧尽了,荒谬绝伦的思想方式和逻辑推理主宰了一切,中国历史上最糟糕的糟粕:深文周纳、断章取义、造谣污蔑、罗织诬罔的刀笔吏习气成了正统。古人说"黄钟毁弃,瓦釜雷鸣",大概就是这种情况吧!不知道是哪一个"天才"(更确切地说是绝大的蠢才)发明了,只要是"春"字就代表的是资本主义。春天是万物萌生的时期,喜欢而且歌颂春天是人类正常的感情,现在却视"春天"为蛇蝎,可见这一场"革命"违背人情,扰乱天理到了什么程度!谁要是歌颂春天,谁就是歌颂资本主义。谁要是希望春光常在,谁就是想搞资本主义复辟。我不但歌颂了春天,而且还要"春满燕园",还要春光永在,这简直是大逆不道,胆大包天,胡作非为,十恶不赦。1966年6月4日我从四清的基地奉召回到北大参加"革命"。第一张批判我的大字报,就是批判《春满燕园》的,内容是我上面说的这一些。我当时的政治觉悟是非常低的,我是拥护"文化大革命"的。即使是这样,当我看到这一份大字报的时候,我心里真是觉得十分别扭,仿佛吃了一肚子苍蝇似的,直想作呕。为什么最美好的季节春天竟成了资本主义的象征呢?我那一篇短文的"罪状"还不仅仅是这一点。我里面提到学生的晨读。在"英雄们"的词汇中,这叫做"业务挂帅"、"智育第一",这是地地道道的"修正主义"。我也完全不能理解,学校之所以要开办,就是让人们来念书,来研究,在学校里为什么一提倡念书就成了修正主义呢?我站在那里看大字报,百思不得其解,不由得"哼"了一声。然而就是这发生在十分之一秒钟内的一"哼",也没有逃过"革命小将"的注意,他们给我记下了一笔账,把这一"哼"转变为继续批判我的弹药。我这个人属于"死不改悔"那一类。等到我自己跳出来反对那一位臭名昭著的"第一张马列主义大字报"的作者的时候,我的罪名就更多了。所有的"文化大革命"使用的帽子,几乎都给我戴上。从那以后,经过了上百次的批斗,我的罪名多如牛毛,但是宣传资本主义复辟和业务挂帅成了药中的甘草,哪一次批斗也缺不了它。

以后是漫长的黑暗的十年。在这期间,我饱经忧患,深深地体会到古人所谓世态炎凉的情况,我几乎成了一个印度式的"不可接触者"。我在牛棚里住过八个月,放出来后,扫过厕所,掏过大粪,看过电话,当过门房,生活介于人与非人之间,革命与反革命之间,党员与非党员之间,人民与非人民之间,我成了一个地地道道的"中间人物",这样的人物我还没有在任何文学作品中读到过(印度神话中的陀哩商古也只能算是有近似之处),他是我们"史无前例的"什么"革命"制造成的,是我们的"发明创造",对我们伟大的民族来说,是并不光彩的。这种滋味没有亲身尝过的是无论如何也不能理解的。我亲身尝过了,而且尝了几年之久,我总算是"不虚此生"了。我希望有朝一日能有一个伟大的作家能写上一部百万字的长篇小说,把"中间人物"这个典型,描绘出来,这必然会大大地丰富世界文学。

我是不是完全绝望了呢？也不是的。有一度曾经绝望过,但不久就改变了主意。我只是迷惑不解,为什么有那么一些人,当然不是全体,竟然疯狂卑劣到比禽兽还要低的水平呢？

我说没有完全绝望,是针对全国而言的。对于我自己,我的希望已经不多。我常常想:我这一生算是玩完了。将来到农村里一个什么地方去劳动改造,以了此一生。但是对于我们国家,我眼前还有点光明,我痴心妄想,觉得这样一个民族决不会就这样堕落下去。在极端困难的时候,我嘴里往往低声念着雪莱的诗:

既然冬天到了,
春天还会远吗？

我为了歌颂春天,吃够了苦头,但是我是一个"死不改悔"的"死硬派",即使我处在"中间状态",我想到的仍然是春天,不管多少"人"讨厌它,它总是每年一度来临大地,决不迟到,更不请假。我仍然相信雪莱的话,我仍然相信,春天是会来到的。

到了1976年,晴天一声霹雳,"四人帮"垮台了。这一群人中败类终于成为人民的阶下囚。昔日炙手可热的威风一扫而尽。有道是人民大众开心之日,就是反革命分子难受之时。男女老少拍手称快,买酒相庆。当时正是深秋时分,据说城里面卖螃蟹的人,把四个螃蟹用草绳拴在一起,三公一母。北京全城的酒,不管好坏,抢购一空。人人喜形于色,个个兴致勃勃。我深深体会到,人心向背,是任何人也改变不了的。

解放以后，中国人民有过不少乐事，但像"四人帮"倒台时的快乐，我还没有经历过。我们的人民不一定都知道"四人帮"的内幕，但是他们那种倒行逆施，荒谬绝伦的行径，人民是看在眼里的。当时社会上流传着许多谣言、流言或者传说，不一定都是事实，但是其中肯定有一部分是真实的。即使不真实，也反映了人民的真实情绪。有一条古今中外普遍能应用的真理：人民不可侮。可惜，"四人帮"同一切反动分子一样，是决不可能理解这个真理的。古今中外一切反动派都难免最后的悲剧，其根源就在这里。

至于我自己，"四人帮"垮台的时候，我那种中间状态逐渐有所改变，但是没有哪一个领导人曾对我说明"文化大革命"究竟是怎么一回事，我只能从整个社会的气氛上，从人们对我的态度上，从人们逐渐有的笑容上，我感觉到自己的地位有点变了，或者正在改变中。

从1976年一直到1978年，是我国从不安定团结慢慢到安定团结的过程。对我自己来说，还不可能一下子改变，还有一些障碍需要清除。我正处在从反革命到革命，从非党员到党员，从非人民到人民，从非人到人的非常缓慢转变的过程中，一句话，是我摆脱中间状态的过程。"文化大革命"流行着一句话，叫做"重新做人"，意思是一个反革命分子、黑帮分子、资产阶级反动学术权威等等，等等，同旧我决裂变成新我，也可以说是从坏人向好人转变，也可以叫做迷途知返吧。我现在感到自己确实是重新做人了，但并不是"文化大革命"中的含义，而是我自己理解的含义。从不可接触者转变为可以接触者,从非人转变为一个人,我觉察到,一切都在急剧地变化着,过去的作威作福者下了台;过去的受压者抬起了头,人们对我的态度也从凉到炎。但也有过去打砸抢的所谓"革命小将",摇身一变,成了革命的接班人,我暗暗捏一把汗。

不管怎样,一切都变了,让我最高兴的是,我又有了恣意歌颂春天的权利,歌颂学生学习的权利,歌颂一切美好的东西的权利,总之一句话,一个正常人的权利。

这个权利我无论如何也不能舍弃,我那内心激荡的情绪也不允许我舍弃,我终于写成了《春归燕园》。

《春归燕园》是1978年深秋写成的。此时,十一届三中全会还没有召开,但是全国的气氛已经有了更大的改变。凭我的直觉,我感到春天真正来临了。

可是眼前真正的季节却是深秋。姹紫嫣红的景象早已绝迹,连"接天莲叶无穷碧"的夏天都已经过去,眼里看到的是黄叶满山,身上感到的是西风劲吹,耳朵里听到的是长空雁唳。但是我心中却溢满了春意,我无论如何也抑制不住自己。我有意再走一遍写《春满燕园》时走过的道路。我绕未名湖走了一周,看到男女大孩子们在黄叶林中,湖水岸边,认真地读着书,又能听到琅琅的读书声在湖光塔影中往复回荡。当年连湖光塔影也被贴上了荒谬绝伦的修正主义的标签,今天也恢复了名誉,显得更加美丽动人。我想到"四人帮"其性与人殊,凡是人间美好的东西,比如鲜花等等,他们都憎恨,有的简直令人难解。此时这一群丑类垮台了,人间又恢复了美好的面目。此时我心旷神怡,不但想到中国,而且想到世界;不但想到今天,而且想到未来。我走呀,走呀,大有"春风得意马蹄疾,一日看遍长安花"之慨。我眼前的秋天一下子变为春天,"霜叶红于二月花",大地春意盎然。我抑制不住,我要歌唱,我要高呼,我要跳跃,我要尽情地歌颂春天了。

我自己感觉到,写《春归燕园》时的激情要大大地超过写《春满燕园》时,其中道理是非常简单明了的。写《春满燕园》时,虽然已经尝了一点点苦头,但是总起来说,是微不足道的,快乐大大超过苦恼。到了写《春归燕园》时,我可以说是已经饱经忧患,九死余生,突然又看到光明,看到阳关大道,其激情之昂扬,不是很自然的吗?

我在本文开始时,提出来的那几个问题,现在通过十几年我的两篇短文的命运,都完全得到了答复。我们喜欢写点东西的人大概都有这样一个经验:在酝酿阶段,自己大概都觉得文章一定会很好,左思右想,梦寐求之,心里思潮腾涌,越想越觉得美妙无穷,于是拿起笔来,把心里酝酿的东西写在纸上。在写的过程中,有的顺利,有的不顺利,有的甚至临时灵感一来,想到许多以前从没有想到的东西,所谓神来之笔,大概指的就是这个吧。有的却正相反,原来想得很好,写起来却疙里疙瘩,文思涩滞。这样的文章写完了以后,自己决不会喜欢。在大多数的情况下,刚写完的文章,往往都觉得不错,有意放上几天之后,再拿出来一看,有的仍然觉得好,有的就觉得不怎么样。以上两篇文章都是属于当时自己觉得好的那一类。要问什么时候知道,我的答复是,一写出来就知道。写文章的人大概也都有这样的经验:自己认为好的,读者也会认为是好的。换句话说,作者和读者的评价是完全一致的。古人说:"文章千古事,得失寸心知。"根据我的经验,恐怕不完全是这个样子。寸心之外,还有广大的人民之心,他们了解得更深刻,更细致,更客观,更可靠。

上面我虽然写了这样多,但我决不是认为这两篇东西都是什么了不起的好文章。不说别人,就拿我自己来说,我心里有一个文章的标准。我追求了一辈子这个标准,到现在还是没有达到。比如山色,远处看着很美妙,到了跟前,却仍然是平淡无奇。我虽已年过古稀,但追求的心不敢或弛。我希望将来有朝一日能写出自己比较满意的文章。

1986年7月29日于庐山

| 北京记忆

园花寂寞红

楼前右边,前临池塘,背靠土山,有几间十分古老的平房,是清代保卫八大园的侍卫之类的人住的地方。整整四十年以来,一直住着一对老夫妇:女的是德国人,北大教员;男的是中国人,钢铁学院教授。我在德国时,已经认识了他们,算起来到今天已经将近六十年了,我们算是老朋友了。三十年前,我们的楼建成,我是第一个搬进来住的。从那以后,老朋友又成了邻居。有些往来,是必然的。逢年过节,互相拜访,感情是融洽的。

我每天到办公室去,总会看到这个个子不高的老人,蹲在门前临湖的小花园里,不是除草栽花,就是浇水施肥;再就是砍几竿门前屋后的竹子,扎成篱笆。嘴里叼着半只雪茄,笑眯眯的。忙忙碌碌,似乎乐在其中。

他种花很有一些特点。除了一些常见的花以外,他喜欢种外国种的唐菖蒲,还有颜色不同的名贵的月季。最难得的是一种特大的牵牛,比平常的牵牛要大一倍,宛如小碗口一般。每年春天开花时,颇引起行人的注目。据说,此花来头不小。在北京,只有梅兰芳家里有,齐白石晚年以画牵牛花闻名全世,临摹的就是梅府上的牵牛花。

我是颇喜欢一点花的,但是我既少空闲,又无水平。买几盆名贵的花,总养不了多久,就呜呼哀哉。因此,为了满足自己的美感享受,我只能像北京人说的那样看"蹭"花。现在有这样神奇的牵牛花,绚丽夺目的月季和唐菖蒲,就摆在眼前,我焉得不"蹭"呢?每到下班或者开会回来,看到老友在侍弄花,我总要停下脚步,聊上几句,看一看花。花美,地方也美,湖光如镜,杨柳依依,说不尽的旖旎风光,人在其中,顿觉尘世烦恼,一扫而光,仿佛遗世而独立了。

但是,世事往往有出人意料者。两个月前,我忽然听说,老友在夜里患了急病,不到几个小时,就离开了人间。我简直不敢相信,然而这又确是事实。我年届耄耋,阅历多矣,自谓已能做到"悲欢离合总无情"了。事实上并不是这样。我有情,有多得超过了需要的情,老友之死,我焉能无动于衷呢?"当时只道是寻常"这一句浅显而实深刻的词,又萦绕在我心中。

几天来,我每次走过那个小花园,眼前总仿佛看到老友的身影,嘴里叼着半根雪茄,笑眯眯的,蹲在那里,侍弄花草。这当然只是幻象。老友走了,永远永远地走了。我抬头看到那大朵的牵牛花和多姿多彩的月季花,她们失去了自己的主人。朵朵都低眉敛目,一脸寂寞相,好像"溅泪"的样子。她们似乎认出了我,知道我是自己主人的老友,知道我是自己的认真入迷的欣赏者,知道我是自己的知己。她们在微风中摇曳,仿佛向我点头,向我倾诉心中郁积的寂寞。

现在才只是夏末秋初。即使是寂寞吧,牵牛和月季仍然能够开花的。一旦秋风劲吹,落叶满山,牵牛和月季还能开下去吗?再过一些时候,冬天还会降临人间的。到了那时候,牵牛们和月季们只能被压在白皑皑的积雪下面的土里,做着春天的梦,连感到寂寞的机会都不会有了。

明年,春天总会重返大地的。春天总还是春天,她能让万物复苏,让万物再充满了活力。但是,这小花园的月季和牵牛花怎样呢?月季大概还能靠自己的力量长出芽来,也许还能开出几朵小花。然而护花的主人已不在人间。谁为她们施肥浇水呢?等待她们的不仅仅是寂寞,而是枯萎和死亡。至于牵牛花,没有主人播种,恐怕连幼芽也长不出来。她们将永远被埋在地中了。

我一想到这里,不禁悲从中来。眼前包围着月季和牵牛花的寂寞,也包围住了我。我不想再看到春天,我不想看到春天来时行将枯萎的月季,我不想看到连幼芽都冒不出来的牵牛。我虔心默祷上苍,不要再让春天降临人间了。如果非降临不行的话,也希望把我楼前池边的这一个小花园放过去,让这一块小小的地方永远保留夏末秋初的景象,就像现在这样。

1992 年 8 月 30 日

人间自有真情在

前不久,我写了一篇短文《园花寂寞红》,讲的是楼右前方住着的一对老夫妇,男的是中国人,女的是德国人。他们在德国结婚后,移居中国,到现在已将近半个世纪了。哪里想到,一夜之间,男的突然死去。他天天侍弄的小花园,失去了主人。几朵仅存的月季花,在秋风中颤抖,挣扎,苟延残喘,浑身凄凉、寂寞。

我每天走过那个小花园,也感到凄凉、寂寞。我心里总在想:到了明年春天,小花园将日益颓败,月季花不会再开。连那些在北京只有梅兰芳家才有的大朵的牵牛花,在这里也将永远永远地消逝了。我的心情很沉重。

昨天中午,我又走过这个小花园,看到那位接近米寿的德国老太太在篱笆旁忙活着。我走近一看,她正在采集大牵牛花的种子。这可真是件新鲜事儿。我在这里住了三十年,从来没有见到过她侍弄过花。我曾满腹疑团:德国人一般都是爱花的,这老太太真有点个别。可今天她为什么也忙着采集牵牛花的种子呢?她老态龙钟,罗锅着腰,穿一身黑衣裳,瘦得像一只螳螂。虽然采集花种不是累活,她干起来也是够呛的。我问她,采集这个干什么?她的回答极简单:"我的丈夫死了,但是他爱的牵牛花不能死!"

111

我心里一亮,一下子顿悟出来了一个道理。她男人死了,一儿一女都在德国。老太太在中国可以说是举目无亲。虽然说是入了中国籍,但是在中国将近半个世纪,中国话说不了十句,中国饭吃不惯。她好像是中国社会水面上的一滴油,与整个社会格格不入,平常只同几个外国人和中国留德学生来往,显得很孤单。我常开玩笑说:她是组织上入了籍,思想上并没有入。到了此时,老头已去,儿女在外,返回德国,正其时矣,然而她却偏偏不走。道理何在呢?我百思不得其解。现在,一个非常偶然的机会让我看到她采集大牵牛花的种子。我一下子明白了:这一切都是为了死去的丈夫。

丈夫虽然走了,但是小花园还在,十分简陋的小房子还在。这小花园和小房子拴住了她那古老的回忆,长达半个世纪的甜蜜的回忆。这是他俩共同生活过的地方。为了忠诚于对丈夫的回忆,她不肯离开,不忍离开。我能够想象,她在夜深人静时,独对孤灯。窗外小竹林的簌窣声,穿窗而入。屋后土山上草丛中秋虫哀鸣。此外就是一片寂静。丈夫在时,她知道对面小屋里还睡着一个亲人,使自己不会感到孤独。然而现在呢,那个人突然离开自己,走了,永远永远地走了。茫茫天地,好像只剩下自己孤零一人。人生至此,将何以堪!设身处地,如果我处在她的位置上,我一定会马上离开这里,回到自己的祖国,同儿女在一起,度过余年。

然而,这一位瘦得像螳螂似的老太太却偏偏不走,偏偏死守空房,死守这一个小花园。我知道:这一切都是为了死去的丈夫。

这一位看似柔弱实则极坚强的老太太,已经走到了人生的尽头。这一点恐怕她比谁都明白,然而她并未绝望,并未消沉。她还是浑身洋溢着生命力,在心中对未来还充满了希望。她还想到明年春天,她还想到牵牛花,她眼前一定不时闪过春天小花园杂花竞芳的景象。谁看到这种情况会不受到感动呢?我想,牵牛花若有知,到了明年春天,虽然男主人已经不在了,但它一定会精神抖擞,花朵一定会开得更大,更大,颜色一定会更鲜,更艳。

1992 年 9 月 20 日

幽径悲剧

出家门,向右转,只有二三十步,就走进一条曲径。有二三十年之久,我天天走过这一条路,到办公室去。因为天天见面,也就成了司空见惯,对它有点漠然了。

然而,这一条幽径却是大大有名的。记得在50年代,我在故宫的一个城楼上,参观过一个有关《红楼梦》的展览。我看到由几幅山水画组成的组画,画的就是这一条路。足证这一条路是同这一部伟大的作品有某一些联系的。至于是什么联系,我已经记忆不清。留在我记忆中的只是一点印象:这一条平平常常的路是有来头的,不能等闲视之。

这一条路在燕园中是极为幽静的地方。学生们称之为"后湖",他们是很少到这里来的。我上面说它平平常常,这话有点语病,它其实是颇为不平常的。一面傍湖,一面靠山,蜿蜒曲折,实有曲径通幽之趣。山上苍松翠柏,杂树成林。无论春夏秋冬,总有翠色在目。不知名的小花,从春天开起,过一阵换一个颜色,一直开到秋末。到了夏天,山上一团浓绿,人们仿佛是在一片绿雾中穿行。林中小鸟,枝头鸣蝉,仿佛互相应答。秋天,枫叶变红,与苍松翠柏,相映成趣,凄清中又饱含浓烈。几乎让人不辨四时了。

小径另一面是荷塘,引人注目主要是在夏天。此时绿叶接天,红荷映日。仿佛从地下深处爆发出一股无比强烈的生命力,向上,向上,向上,欲与天公试比高,真能使懦者立怯者强,给人以无穷的感染力。

不管是在山上,还是在湖中,一到冬天,当然都有白雪覆盖。在湖中,昔日潋滟的绿波为坚冰所取代。但是在山上,虽然落叶树都把叶子落掉,可是松柏反而更加精神抖擞,绿色更加浓烈,意思是想把其他树木之所失,自己一手弥补过来,非要显示出绿色的威力不行。再加上还有翠竹助威,人们置身其间,绝不会感到冬天的萧索了。

这一条神奇的幽径,情况大抵如此。

在所有的这些神奇的东西中,给我印象最深,让我最留恋难忘的是一株古藤萝。藤萝是一种受人喜爱的植物。清代笔记中有不少关于北京藤萝的记述。在古庙中,在名园中,往往都有几棵寿达数百年的藤萝,许多神话故事也往往涉及藤萝。北大现住的燕园,是清代名园,有几棵古老的藤萝,自是意中事。我们最初从城里搬来的时候,还能看到几棵据说是明代传下来的藤萝。每到春天,紫色的花朵开得满棚满架,引得游人和蜜蜂猬集其间,成为春天一景。

但是,根据我个人的评价,在众多的藤萝中,最有特色的还是幽径的这一棵。它既无棚,也无架,而是让自己的枝条攀附在邻近的几棵大树的干和枝上,盘曲而上,大有直上青云之概。因此,从下面看,除了一段苍黑古劲像苍龙般的粗干外,根本看不出是一株藤萝。每到春天,我走在树下,眼前无藤萝,心中也无藤萝。然而一股幽香蓦地闯入鼻官,嗡嗡的蜜蜂声也袭入耳内,抬头一看,在一团团的绿叶中——根本分不清哪是藤萝叶,哪是其他树的叶子——隐约看到一朵朵紫红色的花,颇有万绿丛中一点红的意味。直到此时,我才清晰地意识到这一棵古藤的存在,顾而乐之了。

经过了史无前例的十年浩劫,不但人遭劫,花木也不能幸免。藤萝们和其他一些古丁香树等等,被异化为"修正主义",遭到了无情的诛伐。六院前的和红二三楼之间的那两棵著名的古藤,被坚决、彻底、干净、全部地消灭掉。是否也被踏上一千只脚,没有调查研究,不敢瞎说;永世不得翻身,则是铁一般的事实了。

茫茫燕园中,只剩下了幽径的这一棵藤萝了。它成了燕园中藤萝界的鲁殿灵光。每到春天,我在悲愤、惆怅之余,唯一的一点安慰就是幽径中这一棵古藤。每次走在它下面,闻到淡淡的幽香,听到嗡嗡的蜂声,顿觉这个世界还是值得留恋,人生还不全是荆棘丛。其中情味,只有我一个人知道,不足为外人道也。

然而,我快乐得太早了。人生毕竟还是一个荆棘丛,绝不是到处都盛开着玫瑰花。今年春天,我走过长着这棵古藤的地方,我的眼前一闪,吓了一大跳:古藤那一段原来凌空的虬干,忽然成了吊死鬼,下面被人砍断,只留上段悬在空中,在风中摇曳。再抬头向上看,藤萝初绽出来的一些淡紫的成串的花朵,还在绿叶丛中微笑。它们还没有来得及知道,自己赖以生存的树干已经被砍断了,脱离了地面,再没有水分供它们生存了。它们仿佛成了失掉了母亲的孤儿,不久就会微笑不下去,连痛哭也没有地方了。

我是一个没有出息的人。我的感情太多,总是供过于求,经常为一些小动物、小花草惹起万斛闲愁。真正的伟人们是绝不会这样的。反过来说,如果他们像我这样的话,也绝不能成为伟人。我还有点自知之明,我注定是一个渺小的人,也甘于如此,我甘于为一些小猫小狗小花小草流泪叹气。这一棵古藤的灭亡在我心灵中引起的痛苦,别人是无法理解的。

从此以后,我最爱的这一条幽径,我真有点怕走了。我不敢再看那一段悬在空中的古藤枯干,它真像吊死鬼一般,让我毛骨悚然。非走不行的时候,我就紧闭双眼,疾趋而过。心里数着数:一、二、三、四,一直数到十,我估摸已经走到了小桥的桥头上,吊死鬼不会看到了,我才睁开眼走向前去。此时,我简直是悲哀至极,哪里还有什么闲情逸致来欣赏幽径的情趣呢?

但是,这也不行。眼睛虽闭,但耳朵是关不住的。我隐隐约约听到古藤的哭泣声,细如蚊蝇,却依稀可辨。它在控诉无端被人杀害。它在这里已经待了二三百年,同它所依附的大树一向和睦相处。它虽阅尽人间沧桑,却从无害人之意。每到春天,就以自己的花朵为人间增添美丽。焉知一旦毁于愚氓之手。它感到万分委屈,又投诉无门。它的灵魂死守在这里。每到月白风清之夜,它会走出来"显圣"的。在大白天,只能偷偷地哭泣。山头的群树、池中的荷花是对它深表同情的,然而又受到自然的约束,寸步难行,只能无言相对。在茫茫人世中,人们争名于朝,争利于市,哪里有闲心来关怀一棵古藤的生死呢?于是,它只有哭泣,哭泣……

世界上像我这样没有出息的人,大概是不多的。古藤的哭泣声恐怕只有我一个能听到。在浩茫无际的大千世界上，在林林总总的植物中，燕园的这一棵古藤，实在渺小得不能再渺小了。你倘若问一个燕园中人，绝不会有任何人注意到这一棵古藤的存在的，绝不会有任何人关心它的死亡的，绝不会有任何人为之伤心的。偏偏出了我这样一个人，偏偏让我住到这个地方，偏偏让我天天走这一条幽径，偏偏又发生了这样一个小小的悲剧；所有这一些偶然性都集中在一起，压到了我的身上。我自己的性格制造成的这一个十字架，只有我自己来背了。奈何，奈何！

但是，我愿意把这个十字架背下去，永远永远地背下去。

1992 年 9 月 13 日

老　猫

　　老猫虎子蜷曲在玻璃窗外窗台上一个角落里,缩着脖子,眯着眼睛,浑身一片寂寞、凄清、孤独、无助的神情。

　　外面正下着小雨,雨丝一缕一缕地向下飘落,像是珍珠帘子。时令虽已是初秋,但是隔着雨帘,还能看到紧靠窗子的小土山上丛草依然碧绿,毫无要变黄的样子。在万绿丛中赫然露出一朵鲜艳的红花。古诗"万绿丛中一点红",大概就是这般光景吧。这一朵小花如火似燃,照亮了浑茫的雨天。

　　我从小就喜爱小动物。同小动物在一起,别有一番滋味。它们天真无邪,率性而行;有吃抢吃,有喝抢喝;不会说谎,不会推诿;受到惩罚,忍痛挨打;一转眼间,照偷不误。同它们在一起,我心里感到怡然、坦然、安然、欣然;不像同人在一起那样,应对进退、谨小慎微、斟酌词句、保持距离,感到异常地别扭。

　　十四年前,我养的第一只猫,就是这个虎子。刚到我家来的时候,比老鼠大不了多少。蜷曲在窄狭的室内窗台上,活动的空间好像富富有余。它并没有什么特点,仅只是一只最平常的狸猫,身上有虎皮斑纹,颜色不黑不黄,并不美观。但是异于常猫的地方也有,它有两只炯炯有神的眼睛,两眼一睁,还真虎虎有虎气,因此起名叫虎子。它脾气也确实暴烈如虎。它从来不怕任何人。谁要想打它,不管是用鸡毛掸子,还是用竹竿,它从不回避,而是向前进攻,声色俱厉。得罪过它的人,它永世不忘。我的外孙打过一次,从此结仇。只要他到我家来,隔着玻璃窗子,一见人影,它就做好准备,向前进攻,爪牙并举,吼声震耳。他没有办法,在家中走动,都要手持竹竿,以防万一,否则寸步难行。有一次,一位老同志来看我,他显然是非常喜欢猫的。一见虎子,嘴里连声说着:"我身上有猫味,猫不会咬我的。"他伸手想去抚摩它,可万万没有想到,我们虎子不懂什么猫味,回头就是一口。这位老同志大惊失色。总之,到了后来,虎子无人不咬,只有我们家三个主人除外,它的"咬声"颇能耸人听闻了。

但是,要说这就是虎子的全面,那也是不正确的。除了暴烈咬人以外,它还有另外一面,这就是温柔敦厚的一面。我举一个小例子。虎子来我们家以后的第三年,我又要了一只小猫。这是一只混种的波斯猫,浑身雪白,毛很长,但在额头上有一小片黑黄相间的花纹。我们家人管这只猫叫洋猫,起名咪咪;虎子则被尊为土猫。这只猫的脾气同虎子完全相反:胆小、怕人,从来没有咬过人。只有在外面跑的时候,才露出一点儿野性。它只要有机会溜出大门,但见它长毛尾巴一摆,像一溜烟似的立即窜入小山的树丛中,半天不回家。这两只猫并没有血缘关系。但是,不知道是由于什么原因,一进门,虎子就把咪咪看作是自己的亲生女儿。它自己本来没有什么奶,却坚决要给咪咪喂奶,把咪咪搂在怀里,让它咂自己的干奶头,它眯着眼睛,仿佛在享着天福。我在吃饭的时候,有时丢点儿鸡骨头、鱼刺,这等于猫们的燕窝、鱼翅。

但是,虎子却只蹲在旁边,瞅着咪咪一只猫吃,从来不同它争食。有时还"咪噢"上两声,好像是在说:"吃吧,孩子!安安静静地吃吧!"有时候,不管是春夏还是秋冬,虎子会从西边的小山上逮一些小动物,麻雀、蚱蜢、蝉、蛐蛐之类,用嘴叼着,蹲在家门口,嘴里发出一种怪声。这是猫语,屋里的咪咪,不管是睡还是醒,耸耳一听,立即跑到门后,馋涎欲滴,等着吃母亲带来的佳肴,大快朵颐。我们家人看到这样母子亲爱的情景,都由衷地感动,一致把虎子称作"义猫"。有一年,小咪咪生了两个小猫。大概是初做母亲,没有经验,正如我们圣人所说的那样:"未有学养子而后嫁者也。"人们能很快学会,而猫们则不行。咪咪丢下小猫不管,虎子却大忙特忙起来,觉不睡,饭不吃,日日夜夜把小猫搂在怀里。但小猫是要吃奶的,而奶正是虎子所缺的。于是小猫暴躁不安,虎子眉头一皱,计上心来,叼起小猫,到处追着咪咪,要它给小猫喂奶。还真像一个姥姥样子,但是小咪咪并不领情,依旧不给小猫喂奶。有几天的时间,虎子不吃不喝,瞪着两只闪闪发光的眼睛,嘴里叼着小猫,从这屋赶到那屋;一转眼又赶了回来。小猫大概真是受不了啦,便辞别了这个世界。

我看了这一出猫家庭里的悲剧又是喜剧,实在是爱莫能助,惋惜了很久。

我同虎子和咪咪都有深厚的感情。每天晚上,它们俩抢着到我床上去睡觉。在冬天,我在棉被上面特别铺上了一块布,供它们躺卧。我有时候半夜里醒来,神志一清醒,觉得有什么东西重重地压在我身上,一股暖气仿佛透过了两层棉被,扑到我的双腿上。我知道,小猫睡得正香,即使我的双腿由于僵卧时间过久,又酸又痛,但我总是强忍着,决不动一动双腿,免得惊了小猫的轻梦。它此时也许正梦着捉住了一只耗子。只要我的腿一动,它这耗子就吃不成了,岂非大煞风景吗?

这样过了几年,小咪咪大概有八九岁了。虎子比它大三岁,十一二岁的光景,依然威风凛凛,脾气暴烈如故,见人就咬,大有死不改悔的神气。而小咪咪则出我意料地露出了下世的光景,常常到处小便,桌子上,椅子上,沙发上,无处不便。如果到医院里去检查的话,大夫在列举的病情中一定会有一条的:小便失禁。最让我心烦的是,它偏偏看上了我桌子上的稿纸。我正写着什么文章,然而它却根本不管这一套,跳上去,屁股往下一蹲,一泡猫尿流在上面,还闪着微弱的光。说我不急,那不是真的。我心里真急,但是,我谨遵我的一条戒律:决不打小猫一掌,在任何情况之下,也不打它。此时,我赶快把稿纸拿起来,抖掉了上面的猫尿,等它自己干。心里又好气,又好笑,真是哭笑不得。家人对我的嘲笑,我置若罔闻,"全等秋风过耳边"。

我不信任何宗教,也不皈依任何神灵。但是,此时我却有点儿想迷信一下。我期望会有奇迹出现,让咪咪的病情好转。可世界上是没有什么奇迹的,咪咪的病一天一天地严重起来。它不想回家,喜欢在房外荷塘边上石头缝里待着,或者藏在小山的树木丛里。它再也不在夜里睡在我的被子上了。每当我半夜里醒来,觉得棉被上轻飘飘的,我惘然若有所失,甚至有点儿悲伤了。我每天凌晨起来,第一件事情就是拿着手电到房外塘边山上去找咪咪。它浑身雪白,是很容易找到的。在薄暗中,我眼前白白地一闪,我就知道是咪咪。见了我,"咪噢"一声,起身向我走来。我把它抱回家,给它东西吃,它似乎根本没有口味。我看了直想流泪。有一次,我拖着疲惫的身子,走几里路,到海淀的肉店里去买猪肝和牛肉。拿回来,喂给咪咪,它一闻,似乎有点儿想吃的样子;但肉一沾唇,它立即又把头缩回去,闭上眼睛,不闻不问了。

有一天傍晚,我看咪咪神情很不妙,我预感要发生什么事情。我唤它,它不肯进屋。我把它抱到篱笆以内,窗台下面。我端来两只碗,一只盛吃的,一只盛水。我拍了拍它的脑袋,它偎依着我,"咪噢"叫了两声,便闭上了眼睛。我放心进屋睡觉。第二天凌晨,我一睁眼,三步并作一步,手里拿着手电,到外面去看。哎呀不好!两碗全在,猫影顿杳。我心里非常难过,说不出是什么滋味。我手持手电找遍了塘边、山上、树后、草丛、深沟、石缝。有时候,眼前白光一闪。"是咪咪!"我狂喜。走近一看,是一张白纸。我嗒然若丧,心头仿佛被挖掉了点儿什么。"屋前屋后搜之遍,几处茫茫皆不见。"从此我就失掉了咪咪,它从我的生命中消逝了,永远永远地消逝了。我简直像是失掉了一个好友,一个亲人。至今回想起来,我内心里还颤抖不止。

在我心情最沉重的时候,有一些通达世事的好心人告诉我,猫们有一种特殊的本领,能知道自己什么时候寿终。到了此时此刻,它们决不待在主人家里,让主人看到死猫,感到心烦,或感到悲伤。它们总是逃了出去,到一个最僻静、最难找的角落里,地沟里,山洞里,树丛里,等候最后时刻的到来。因此,养猫的人大都在家里看不见死猫的尸体。只要自己的猫老了,病了,出去几天不回来,他们就知道,它已经离开了人世,不让举行遗体告别的仪式,永远永远不再回来了。

我听了以后,憬然若有所悟。我不是哲学家,也不是宗教家,但却读过不少哲学家和宗教家谈论生死大事的文章。这些文章多半有非常精辟的见解,闪耀着智慧的光芒,我也想努力从中学习一些有关生死的真理。结果却是毫无所得。那些文章中,除了说教以外,几乎没有什么有用的东西。大半都是老生常谈,不能解决什么实际问题,没能给我留下深刻的印象。现在看来,倒是猫们临终时的所作所为,即使仅仅是出于本能吧,却给了我很大的启发。人们难道就不应该向猫们学习这一点经验吗?有生必有死,这是自然规律,谁都逃不过。中国历史上的赫赫有名的人物,秦皇、汉武,还有唐宗,想方设法,千方百计,想求得长生不老。到头来仍然是竹篮子打水一场空,只落得黄土一抔,"西风残照汉家陵阙"。我辈平民百姓又何必煞费苦心呢?一个人早死几个小时,或者晚死几个小时,甚至几天,实在是无所谓的小事,决影响不了地球的转动,社会的前进。再退一步想,现在有些思想开明的人士,不想长生不老,不想在大地上再留黄土一抔;甚至开明到不要遗体告别,不要开追悼会。但是仍会给后人留下一些麻烦:登报,发讣告,还要打电话四处通知,总得忙上一阵。何不学一学猫们呢?它们这样处理生死大事,干得何等干净利索呀!一点儿痕迹也不留,走了,走了,永远地走了,让这花花世界的人们不见猫尸,用不着落泪,照旧做着花花世界的梦。

我忽然联想到我多次看过的敦煌壁画上的西方净土变。

所谓"净土",指的就是我们常说的天堂、乐园,是许多宗教信徒烧香念佛,查经祷告,甚至实行苦行,折磨自己,梦寐以求想到达的地方。据说在那里可以享受天福,得到人世间万万得不到的快乐。我看了壁画上画的房子、街道、树木、花草,以及大人、小孩,林林总总,觉得十分热闹。可我觉得没有什么出奇之处。只有一件事给我留下了永不磨灭的印象,那就是,那里的人们都是笑口常开,没有一个人愁眉苦脸,他们的日子大概过得都很惬意。不像在我们人间有这样许多不如意的事情,有时候办点儿事,还要找后门,钻空子。在他们的商店里——净土里面还实行市场经济吗?他们还用得着商店吗?——售货员大概都很和气,不给人白眼,不训斥"上帝",不扎堆闲侃,不给人钉子碰。这样的天堂乐园,我也真是心向往之的。但是给我印象最深,使我最为吃惊或者羡慕的还是他们对待要死的人的态度。那里的人,大概同人世间的猫们差不多,能预先知道自己寿终的时刻。到了此时,要死的老嬷嬷或者老头,健步如飞地走在前面,身后簇拥着自己的子子孙孙、至亲好友,个个喜笑颜开,全无悲戚的神态,仿佛是去参加什么喜事一般,一直把老人送进坟墓。后事如何,壁画不是电影,是不能动的。然而画到这个程序,以后的事尽在不言中。如果一定要画上填土封坟,反而似乎是多此一举了。我觉得,净土中的人们给我们人类争了光。他们这一手比猫们又漂亮多了。知道必死,而又兴高采烈,多么豁达!多么聪明!猫们能做得到吗?这证明,净土里的人们真正参透了人生奥秘,真正参透了自然规律。人为万物之灵,他们为我们人类在同猫们对比之下真真增了光!真不愧是净土!

　　上面我胡思乱想得太远了,还是回到我们人世间来吧。我坦白承认,我对人生的奥秘参透得还不够,我对自然规律参透得也还不够。我仍然十分怀念我的咪咪。我心里仿佛有一个空白,非填起来不行。我一定要找一只同咪咪一模一样的白色波斯猫。后来果然朋友又送来了一只,浑身长毛,洁白如雪,两只眼睛全是绿的,亮晶晶像两块绿宝石。为了纪念死去的咪咪,我仍然为它命名"咪咪",见了它,就像见到老咪咪一样。过了大约又有一年的光景,友人又送了我一只据说是纯种的波斯猫,两只眼睛颜色不同,一黄一蓝。在太阳光下,黄的特别黄,蓝的特别蓝,像两颗黄蓝宝石,闪闪发光,竞妍争艳。这只猫特别调皮,简直是胆大无边,然而也因此就更特别可爱。这一下子又忙坏了虎子,它认为这两只小猫都是自己的亲生女儿,硬逼着它们吮吸自己那干瘪的奶头。只要它走出去,不知在什么地方弄到了小鸟、蚱蜢之类,就带回家来,给两只小猫吃。好久没有听到的"咪噢"唤小猫的声音,现在又听到了。我心里漾起了一丝丝甜意。这大大地减轻了我对老咪咪的怀念。

　　可是岁月不饶人,也不会饶猫的。这一只"土猫"虎子已经活到十四岁。据通达世情的人们说,猫的十四岁,就等于人的八九十岁。这样一来,我自己不是成了虎子的同龄"人"了吗?这个虎子却也真怪。有时候,颇现出一些老相。两只炯炯有神的眼睛里忽然被一层薄膜蒙了起来;嘴里流出了哈喇子,胡子上都沾得亮晶晶的;不大想往屋里来,日日夜夜趴在阳台上蜂窝煤堆上,不吃,不喝。我有了老咪咪的经验,知道它快不行了。我也跑到海淀,去买来牛肉和猪肝,想让它不要饿着肚子离开这个世界。我随时准备着:第二天早晨一睁眼,虎子不见了。结果虎子并没有这样干。我天天凌晨第一件事就是来看虎子;隔着窗子,依然黑糊糊的一团,卧在那里。我心里感到安慰。有时候,它也起来走动了。我在本文开头时写的就是去年深秋一个下雨天我隔窗看到的虎子的情况。

到了今天,半年又过去了。虎子不但没有走,而且顽健胜昔,仍然是天天出去。有时候在晚上,窗外的布帘子的一角蓦地被掀了起来,一个丑角似的三花脸一闪。我便知道,这是虎子回来了,连忙开门,放它进来。大概同某一些老年人一样——不是所有的老年人——到了暮年就改恶向善,虎子的脾气大大地改变了。几乎再也不咬人了。我早晨摸黑起床,写作看书累了,常常到门外湖边山下去走一走。此时,我冷不防脚下忽然踢着了一团软乎乎的东西。这是虎子。它在夜里不知道在什么地方待了一夜,现在看到了我,一下子蹿了出来,用身子蹭我的腿,在我身前和身后转悠。它跟着我,亦步亦趋,我走到哪里,它就跟到哪里,寸步不离。我有时故意爬上小山,以为它不会跟来了,然而一回头,虎子正跟在身后。猫是从来不跟人散步的,只有狗才这样干。有时候碰到过路的人,他们见了这情景,都大为吃惊。"你看猫跟着主人散步哩!"他们说,露出满脸惊奇的神色。最近一个时期,虎子似乎更精力旺盛了,它返老还童了。有时候竟带一个它重孙辈的小公猫到我们家阳台上来。"今夜我们相识。"虎子用不着介绍就相识了。看样子,虎子一去不复返的日子遥遥无期了。我成了拥有三只猫的家庭的主人。

　　我养了十几年猫，前后共有四只。猫们向人们学习什么，我不通猫语，无法询问。我作为一个人却确实向猫学习了一些有用的东西。上面讲过的对处理死亡的办法，就是一个例子。我自己毕竟年纪已经很大了，常常想到死的问题。鲁迅五十多岁就想到了，我真是瞠乎后矣。人生必有死，这是无法抗御的。而且我还认为，死也是好事情。如果世界上的人都不死，连我们的轩辕老祖和孔老夫子今天依然峨冠博带，坐着奔驰车，到天安门去遛弯儿，你想人类世界会成一个什么样子！人是百代的过客，总是要走过去的，这决不会影响地球的转动和人类社会的进步。每一代人都只是一场没有终点的长途接力赛的一环。前不见古人，后不见来者，是宇宙常规。人老了要死，像在净土里那样，应该算是一件喜事。老人跑完了自己的一棒，把棒交给后人，自己要休息了，这是正常的。不管快慢，他们总算跑完了一棒，总算对人类的进步做出了贡献，总算尽上了自己的天职。年老了要退休，这是身体精神状况所决定的，不是哪个人能改变的。老人们会不会感到寂寞呢？我认为，会的。但是我却觉得，这寂寞是顺乎自然的，从伦理的高度来看，甚至是应该的。我始终主张，老年人应该为青年人活着，而不是相反。青年人有接力棒在手，世界是他们的，未来是他们的，希望是他们的。吾辈老年人的天职是尽上自己仅存的精力，帮助他们前进，必要时要躺在地上，让他们踏着自己的躯体前进，前进。如果由于害怕寂寞而学习《红楼梦》里的贾母，让一家人都围着自己转，这不但是办不到的，而且从人类前途利益来看是犯罪的行为。我说这些话,也许有人怀疑,我是不是碰到了什么不如意的事,才说出这样令某些人骇怪的话来。不,不,决不。我现在身体顽健,家庭和睦,在社会上广有朋友,每天照样读书、写作、会客、开会不辍。我没有不如意的事情,也没有感到寂寞。不过自己毕竟已逾耄耋之年,面前的路有限了,不免有时候胡思乱想。而且,我同猫们相处久了,觉得它们有些东西确实值得我们学习,我们这些万物之灵应该屈尊一下,学习学习。即使只学到猫们处理死亡大事这一手,我们社会上会减少多少麻烦呀!

"那么,你是不是准备学习呢?"我仿佛听到有人这样质问了。是的,我心里是想学习的。不过也还有些困难。我没有猫的本能,我不知道自己的大限何时来到。而且我还有点儿担心。如果我真正学习了猫,有一天忽然偷偷地溜出了家门,到一个旮旯里、树丛里、山洞里、河沟里,一头钻进去,藏了起来,这样一来,我们人类社会可不像猫社会那样平净,有些人必然认为这是特大新闻,指手画脚,喊喊喳喳。如果是在旧社会里或者在今天的香港等地的话,这必将成为头版头条的爆炸性新闻,不亚于当年的杨乃武和小白菜。我的亲属和朋友也必将派人出去寻找,派的人也许比寻找彭加木的人还要多。这是多么可怕的事呀!因此我就迟疑起来。至于最后究竟何去何从?我正在考虑、推敲、研究。

1992 年 2 月 17 日

|北京记忆

石榴花

  我喜爱石榴，但不是它的果，而是它的花。石榴花，红得铿亮，红得耀眼，同宇宙间任何红颜色，都不一样。古人诗："五月榴花照眼明。"著一"照"字，著一"明"字，而境界全出。谁读了这样的诗句，而不兴会淋漓的呢？

  在中国，确有大片土地上栽种石榴的地方，比如陕西的秦始皇陵一带。从陵下一直到小山似的陵顶上，到处长满了一棵棵的石榴树，气势恢宏，绿意满天。可惜我到的时候，已经过了开花的季节。只见树上结满了个头极大的石榴，累累垂垂，盈树盈陵。可惜红花一朵也没有看到，实为莫大憾事。遥想旧历五月时节，花照眼明，满陵开成一片亮红，仿佛连天空都给染红了。那样的风光，现在只能意会神领了。

  在我居住最久的两座城市里，在济南和北京，石榴却不是一种常见的植物。济南南关佛山街的老宅子，是一所典型的四合院。西屋是正房，房外南北两侧，各有一棵海棠花，早已高过了屋脊，恐怕已是百年旧树。春天满树繁花，引来了成群的蜜蜂，嗡嗡成一团。北屋门前左侧有一棵石榴树。石榴树本来就长不太高的，从来没有见过参天的石榴树。我们这一棵也不过丈八高，但树龄恐怕也有几十年了。每年夏初开花时，翠叶红花，把小院子照得一片亮红。

院子是个大杂院。我们家住北屋。南屋里住的是一家姓田的木匠。他有两个女儿,大的乳名叫小凤,小的叫小华。我决不迷信,但是我相信缘分,因为它确实存在,不相信是不行的。缘分的存在小华和我的关系就能证明。她那时还不到两岁,路走不全,话也说不全。可是独独喜欢我。每次见到我,即使是正在母亲的怀抱里,也必挣扎出母亲的怀抱,张开小手,让我来抱。按流传的说法,她应该叫我"大爷";但是两字相连,她发不出音来,于是缩减为一个"爷"字。抱在我怀里,她满嘴"爷"、"爷",乐不可支。

这时正是夏初季节,石榴花开得正欢。有一天,吃过午饭,我躺在石榴树下一张躺椅上睡午觉。大概是睡得十分香甜。"大梦谁先觉?平生我自知。"可惜,诸葛亮知道,我却不知道。不知道睡了多久,我蒙眬醒来。睁眼一看,一个不满三块豆腐干高的小玩意儿,正站在我的枕旁,一声不响,大气不出,静静地等我醒来。一见我睁开惺忪的眼睛,立即活跃起来,一头扎在我的怀中,要我抱她,嘴里"爷!爷!"喊个不停。不是别人,正是小华。我又惊又喜,连忙把她抱了起来。抬头看到透过层层绿叶正开得亮红的石榴花。

以后,我出了国。在欧洲待了十一年以后,又回到祖国来,住在北京大学中关园第一公寓的一个单元里。我床头壁上挂着著名画家溥心畬画的一个条幅,上面画的是疏疏朗朗的一枝石榴,有一个果和一枝花,那一枝花颇能流露出石榴花特有的照眼明的神采。旁边题着两句诗:"只为归来晚,开花不及春。"多么神妙的幻想!石榴原来不是中原的植物,大约是在汉代从中亚安国等国传进来的,所以又叫"安石榴"。

这情况到了诗人笔下,就被诗意化了。因为来晚了,所以没有赶得上春天开花,而是在夏历五月。等到百花都凋谢以后,石榴才一枝独秀,散发出亮红的光芒。

  我那时候很忙,难得有睡懒觉的时间。偶尔在星期天睡上一次。躺在床上,抬眼看到条幅上画的榴花,思古之幽情,不禁油然而发。并没有古到汉代,只古到了二十几年前在佛山街住的时候。当时北屋前的那一棵石榴树是确确实实的存在物,而今却杳如黄鹤早已不存在了。而眼前画中的石榴,虽不是真东西却实实在在地存在着。世事真如电光石火,倏忽变化万端。我尤其忆念不忘的是当年只会喊"爷"的小华子。隔了二十多年,恐怕她早已是绿叶成荫子满枝了。奈之何哉!奈之何哉!

  整整四十年前,我移家燕园内的朗润园。门前有小片隙地,遂圈以篱笆,辟为小小的花园,栽种了一些花木。十几年前,一位同事送给我了一棵小石榴树。只有尺把高。我就把它栽在小花园里,绿叶滴翠,极惹人爱。我希望它第二年初夏能开出花来。但是,我失望了。又盼第三年,依然是失望。十几年下来,树已经长得很高,却仍然是只见绿叶,不见红花。我没有研究过植物学;但是听说,有的树木是有性别的。由树的性别,我忽然联想到了语言的性别。在现代语言中,法文名词有阴、阳二性;德文名词有阴、阳、中三性。古代梵文也有三性。在某些佛典中偶尔也有讲到语言的地方。一些译经的和尚把中性译为"黄的","黄的"者,太监也,非男非女之谓也。我惊叹这些和尚之幽默。却忽然想到,难道我们这一棵石榴树竟会是"黄的"吗?

然而,到了今年,奇迹却出现了。一天早晨,我站在阳台上看池塘中的新荷,我的眼前忽然一亮,"万绿丛中一点红"。我连忙擦了擦昏花的老眼,发现石榴树的绿叶丛中有一个亮红的小骨朵儿。我又惊又喜;我们的石榴树有喜了,它不是黄的了。我在大喜之余,遍告诸友。有人对我说:"你要走红运了!"我对张铁嘴、王半仙之流的讲运气的话,一向不信。但是,运气,同缘分一样,却是不能不信的。说白了是运气,说文了就是机遇。你能不相信机遇吗?

说老实话,今年确是有一些连做梦都想不到的怪事出现在我的身边。求全之毁,根本没有。不虞之誉却纷至沓来。难道我真交了好运了吗?我从来不认为自己有什么了不起。现在是收获得太多,而给予得太少,时有愧怍之感。我已经九十晋二,富贵于我真如浮云了。我只希望能壮壮实实地再活上一些年,再做一点对人有益的事情,以减少自己的愧怍之感。我尤其希望,在明年此时,榴花能再照亮我的眼睛。

2002 年 6 月 10 日

下篇　书斋怀人

他实现了生命的价值——悼念朱光潜先生
我记忆中的老舍先生
为胡适说几句话
站在胡适之先生墓前
悼念沈从文先生
回忆吴宓先生
怀念丁声树同志
晚节善终大节不亏——悼念冯芝生（友兰）先生
哭冯至先生
也谈叶公超先生二三事
怀念乔木
悼组缃
我的朋友臧克家
我眼中的张中行
回忆陈寅恪先生
悼念邓广铭先生
记张岱年先生
……

他实现了生命的价值
——悼念朱光潜先生

听到孟实先生逝世的消息,我的心情立刻沉重起来。这消息对我并不突然,因为他毕竟是快九十岁的人了,而且近几年来,身体一直不好。但是,如果他能再活上若干年,对我国的学术界,对我自己,不是更有好处吗?

现在,在北京大学内外,还颇有一些老先生可以算作我的师辈。因为,我当学生的时候,他们已经是教授了。但是,我真正听过课的老师,却只剩下孟实先生一人。按旧日的习惯,我应该称他为业师。在今天的新社会中,师生关系内容和意义都有了一些改变。但是,尊师重道仍然是我们要大力提倡的。我对于我这一位业师,一向怀有深深的敬意。而今而后,这敬意的接受者就少掉重要的一个了。

五十多年前,我在清华大学西洋文学系念书。我那时是二十岁上下。孟实先生是北京大学的教授,在清华大学兼课,年龄大概三十四五岁吧。他只教一门文艺心理学,实际上就是美学,这是一门选修课。我选了这一门课,认真地听了一年。当时我就感觉到,这一门课非同凡响,是我最满意的一门课,比那些英、美、法、德等国来的外籍教授所开的课好到不能比的程度。朱先生不是那种口若悬河的人,他的口才并不好,讲一口带安徽味的蓝青官话,听起来并不"美"。

看来他不是一个演说家,讲课从来不看学生,两只眼向上翻,看的好像是天花板上或者窗户上的某一块地方。然而却没有废话,每一句话都清清楚楚。他介绍西方各国流行的文艺理论,有时候举一些中国旧诗词作例子,并不牵强附会,我们一听就懂。对那些古里古怪的理论,他确实能讲出一个道理来,我听起来津津有味。我觉得,他是一个有学问的人,一个在学术上诚实的人,他不哗众取宠,他不用连自己都不懂的"洋玩意儿"去欺骗、吓唬年轻的中国学生。因此,在开课以后不久,我就爱上了这一门课,每周盼望上课,成为我的乐趣了。

孟实先生在课堂上介绍了许多欧洲心理学家和文艺理论家的新理论,比如李普斯的感情移入说,还有什么人的距离说等等。他们从心理学方面,甚至从生理学方面来解释关于美的问题。其中有不少理论我觉得是有道理的,一直到今天我仍然记忆不忘。要说里面没有唯心主义成分,那是不能想象的。但是资产阶级的科学家,只要是一个有良心、不存心骗人的人,他总是会在不同程度上正视客观实际的,他的学说总会有合理成分的。我们倒洗澡水不应该连婴儿一起倒掉。达尔文和爱因斯坦难道不是资产阶级的科学家吗?但是,你能说,他们的学说完全不正确吗?我们过去有一些人习惯于用贴标签的办法来处理学术问题,把极其复杂的学术问题过分地简单化了。这不利于学术的发展。这种倾向到了"十年浩劫"期间,在"四人帮"的煽动下,达到了骇人听闻的荒谬的程度。"四人帮"竟号召对相对论一窍不通的人来批判爱因斯坦,成为千古笑谈。孟实先生完全不属于这一类人。他老老实实，本本分分，自己认识到什么程度，就讲到什么程度，一步一个脚印，无形中影响了学生。

离开清华以后，我出国一住就是十年。在这期间，国内正在奋起抗日，国际上则是第二次世界大战。"烽火连八年，家书抵亿金。"在一段相当长的时间内，我完全同祖国隔离，什么情况也不知道，1946年回国，立即来北大工作。那时孟实先生也转来北大。他正编一个杂志，邀我写文章。我写了一篇介绍《五卷书》的文章，发表在那个杂志上。他住的地方离我的住处不远。他的办公室（他当时是西方语言文学系主任，我是东方语言文学系主任）和我的办公室相隔也不远。但是我无论如何也回忆不起来，我曾拜访过他。说起来似乎是件怪事，然而却是事实。现在恐怕有很多人认为我是什么"社会活动家"。其实我的性格毋宁说是属于孤僻一类，最怕见人。我的老师和老同学很多，我几乎是谁都不拜访。天性如此，无可奈何，而今就是想去拜访孟实先生，也完全不可能了。

我因为没有在重庆或者昆明呆过，对于抗战时期那里的情况完全不了解。对于朱先生当时的情况也完全不清楚。到了北平以后，听了三言两语，我有时候也同几个清华的老同学窃窃私议过。到了1949年北平解放前夕，按朱先生的地位，他完全有资格乘南京派来的专机离开中国大陆的。然而他没有这样做，他毅然留了下来，等待北平的解放。其中过程细节，我完全不清楚。然而这件事却给我留下了深刻的印象：朱先生毕竟是经受住了考验，选择了一条唯一正确的道路。

我常常想,在新中国成立前,中国的知识分子大概分为三类:先知先觉的、后知后觉的、不知不觉的。第一类是少数,第三类也是少数。孟实先生(还有我自己),在政治上不是先知先觉;但又决非不知不觉。爱国无分少长,革命难免先后,这恐怕是一条规律。孟实先生同一大批旧社会来的知识分子一样,经过了几十年的观察与考验、前进和停滞,既走过阳关大道,也走过独木小桥,最终还是认识了真理,认为共产党指出的道路是唯一正确的,因而坚定不移地在这一条路上走下去。孟实先生有一些情况我原来并不清楚。只是到了前几年,我读到他在抗战期间从重庆给周扬同志写的一封信,我才知道,他对国民党并不满意,他也向往延安。我心中暗自谴责:我没有能全面了解孟实先生。总之,我认为,孟实先生一生是大节不亏的。他走的道路是一切正直的中国知识分子都应该走的道路。

这一条道路当然也决不会是平坦的。三十多年来,风风雨雨,几乎所有的老知识分子都在风雨中经受磨练。最突出的例子当然是"十年浩劫"。孟实先生被关进了牛棚。我是自己"跳"出来的,一跳也就跳进了牛棚。想不到几十年前的师生现在成了"同棚"。牛棚生活不是二言两语所能说清的。在这里暂且不谈。孟实先生在棚里的一件小事,我却始终忘记不了。他锻炼身体有一套方术,大概是东西均备,佛道沟通。在那种阴森森的生活环境中,他居然还在锻炼身体,我实在非常吃惊,而且替他捏一把汗。晚上睡下以后,我发现他在被窝里胡折腾,不知道搞一些什么名堂。早晨他还偷跑到一个角落里去打太极拳一类的东西。有一次被"监改人员"发现了,大大地挨了一通批。在这些"大老爷"眼中,我们锻炼身体是罪大恶极的。这是一件微不足道的小事,然而它的意义却不小。从中可以看出,孟实先生对自己的前途没有绝望,对我们的事业也没有绝望,他执著于生命,坚决要活下去。否则的话,他尽可以像一些别的难兄难弟一样,破罐子破摔算了。说老实话,我在当时的态度实在比不上他。这一件事,我从来没有同他谈起过,只是暗暗地记在心中。

"四人帮"垮台以后,天日重明,孟实先生以古稀之年,重又精神抖擞,从事科研、教学和社会活动。他的生活异常地有规律。每天早晨,人们总会看到一个瘦小的老头在大图书馆前漫步。在工作方面,他抓得非常紧,他确实达到了壮心不已的程度。他译完了黑格尔的美学,又翻译维柯的著作。这些著作内容深奥,号称难治,能承担这种翻译工作的,并世没有第二人,孟实先生以他渊博的学识和湛深的外语水平,兢兢业业,勤勤恳恳,争分夺秒,锲而不舍,"焚膏油以继晷,恒兀兀以穷年",终于完成了这项艰巨的工作,给我们留下了宝贵的财富,得到了学术界普遍的赞扬。

孟实先生学风谨严,一丝不苟,谦虚礼让,不耻下问。他曾多次问到我关于古代印度宗教的问题。他对中外文学都有精湛的研究,这是学术界公认的。他的文笔又流利畅达,这也是学者中间少有的。思想改造运动时,有人告诉我说是喜欢读朱先生写的自我批评的文章。我当时觉得非常可笑:这是什么时候呀,你居然还有闲情逸致来欣赏文章!然而这却是事实,可见朱先生文章感人之深。他研究中外文艺理论,态度同样严肃认真。他翻译外国名著,也是句斟字酌,不轻易下笔。严复说："一名之立，旬月踟蹰。"我在朱先生身上也发现了这种认真负责的态度。解放后，他努力学习辩证唯物主义和历史唯物主义，并以此指导自己的研究工作，给我们树立了榜样。

现在，孟实先生离开了我们。他一生执著追求，没有偷懒。将近九十年的漫长的道路，走过来并不容易。峰回路转，柳暗花明，他都碰到过。顺利与挫折，他都经受过。但是，他在千辛万苦之后，毕竟找到了真理，热爱祖国，热爱社会主义，找到了一个中国知识分子的最好的归宿。现在人们常谈生命的价值；我认为，孟实先生是实现了生命的价值的。

听到孟实先生逝世的消息时，我并没有流泪，但是在写这篇短文时，却几次泪如泉涌。生生死死，自然规律，任何人也改变不了。古人说："大块劳我以生，息我以死。"孟实先生，安息吧！你的形象将永远留在你这一个年迈而不龙钟的学生的心中。

1986 年 3 月

我记忆中的老舍先生

老舍先生含冤逝世已经二十多年了。在这一段相当长的时间内,我经常想到他,想到的次数远远超过我认识他以后直至他逝世的三十多年。每次想到他,我都悲从中来。我悲的是中国失去一个热爱祖国、热爱人民的正直的大作家,我自己失去一位从年龄上来看算是师辈的和蔼可亲的老友。目前,我自己已经到了晚年,我的内心再也承受不住这一份悲痛,我也不愿意把它带着离开人间。我知道,原始人是颇为相信文字的神秘力量的,我从来没有这样相信过。但是,我现在宁愿做一个原始人,把我的悲痛和怀念转变成文字,也许这悲痛就能突然消逝掉,还我心灵的宁静,岂不是天大的好事吗?

我从高中时代起,就读老舍先生的著作,什么《老张的哲学》、《赵子曰》、《二马》,我都读过。到了大学以后,以及离开大学以后,只要他有新作出版,我一定先睹为快,什么《离婚》、《骆驼祥子》等等,我都认真读过。最初,由于水平的限制,他的著作我不敢说全都理解。可是我总觉得,他同别的作家不一样。他的语言生动幽默,是地道的北京话,间或也夹上一点山东俗语。他没有许多作家那种忸怩作态让人读了感到浑身难受的非常别扭的文体,一种新鲜活泼的力量跳动在字里行间。他的幽默也同林语堂之流的那种着意为之的幽默不同。总之，老舍先生成了我毕生最喜爱的作家之一，我对他怀有崇高的敬意。

但是，我认识老舍先生却完全出于一个偶然的机会。30年代初，我离开了高中，到清华大学来念书。当时老舍先生正在济南齐鲁大学教书。济南是我的老家，每年暑假我都回去。李长之是济南人，他是我的唯一的一个小学、中学、大学"三连贯"的同学。有一年暑假，他告诉我，他要在家里请老舍先生吃饭，要我作陪。在旧社会，大学教授架子一般都非常大，他们与大学生之间宛然是两个阶级。要我陪大学教授吃饭，我真有点受宠若惊。及至见到老舍先生，他却全然不是我心目中的那种大学教授。他谈吐自然，蔼然可亲，一点架子也没有，特别是他那一口地道的京腔，铿锵有致，听他说话，简直就像是听音乐，是一种享受。从那以后，我们就算是认识了。

以后是激烈动荡的几十年。我在大学毕业以后，在济南高中教了一年国文，就到欧洲去了，一住就是十一年。中国胜利了，我才回来，在南京住了一个暑假。夜里睡在国立编译馆长之的办公桌上；白天没有地方呆，就到处云游，什么台城、玄武湖、莫愁湖等等，我游了一个遍。老舍先生好像同国立编译馆有什么联系。我常从长之口中听到他的名字。但是没有见过面。到了秋天，我也就离开了南京，乘海船绕道秦皇岛，来到北平。

以后又是更为激烈震荡的三年。用美式装备武装到牙齿的国民党反动军队，被彻底消灭。蒋介石一小撮逃到台湾去了。中国人民苦斗了一百多年,终于迎来了解放的春天。我们这一群知识分子都亲身感受到,我们确实已经站起来了。就在这样的情况下,我在当时所谓故都又会见了老舍先生,上距第一次见面已经有二十多年了。

我现在已经记不清楚我们重逢时的情景。但是我却清晰地记得起50年代初期召开的一次汉语规范化会议时的情景。当时语言学界的知名人士,以及曲艺界的名人,都被邀请参加,其中有侯宝林、马增芬姊妹等等。老舍先生、叶圣陶先生、罗常培先生、吕叔湘先生、黎锦熙先生等等都参加了。这是解放后语言学界的第一次盛会。当时还没有达到会议成灾的程度,因此大家的兴致都很高,会上的气氛也十分亲切融洽。

有一天中午,老舍先生忽然建议,要请大家吃一顿地道的北京饭。大家都知道,老舍先生是地道的北京人,他讲的地道的北京饭一定会是非常地道的,都欣然答应。老舍先生对北京人民生活之熟悉,是众所周知的。有人戏称他为"北京土地爷"。他结交的朋友,三教九流都有。他能一个人坐在大酒缸旁,同洋车夫、旧警察等旧社会的"下等人",开怀畅饮,亲密无间,宛如亲朋旧友,谁也感觉不到他是大作家、名教授、留洋的学士。能做到这一步的,并世作家中没有第二人。这样一位老北京想请大家吃北京饭,大家的兴致哪能不高涨起来呢?商议的结果是到西四砂锅居去吃白煮肉,当然是老舍先生做东。他同饭馆的经理一直到小伙计都是好朋友,因此饭菜极佳,服务周到。大家尽兴地饱餐了一顿。虽然是一顿简单的饭,然而却令人毕生难忘。当时参加宴会今天还健在的叶老、吕先生大概还都记得这一顿饭吧。

还有一件小事,也必须在这里提一提。忘记了是哪一年了,反正我还住在城里翠花胡同没有搬出城外。有一天,我到东安市场北门对门的一家著名的理发馆里去理发,猛然瞥见老舍先生也在那里,正躺在椅子上,下巴上白糊糊的一团肥皂泡沫,正让理发师刮脸。这不是谈话的好时机,只寒暄了几句,就什么也不说了。等我坐在椅子上时,从镜子里看到他跟我打招呼,告别,看到他的身影走出门去。我理完发要付钱时,理发师说:老舍先生已经替我付过了。这样芝麻绿豆的小事殊不足以见老舍先生的精神,但是,难道也不足以见他这种细心体贴人的心情吗?

老舍先生的道德文章,光如日月,巍如山斗,用不着我来细加评论,我也没有那个能力。我现在写的都是一些小事。然而小中见大,于琐细中见精神,于平凡中见伟大,豹窥一斑,鼎尝一脔,不也能反映出老舍先生整个人格的一个缩影吗?

中国有一句俗话:"好死不如赖活着。"这一句话道出了一个真理。一个人除非万不得已决不会自己抛掉自己的生命。印度梵文中"死"这个动词,变化形式同被动态一样。我一直觉得非常有趣,非常有意思。印度古代语法学家深通人情,才创造出这样一个形式。死几乎都是被动的。有几个人主动地去死呢?老舍先生走上自沉这一条道路,必有其不得已之处。有人说,人在临死前总会想到许多许多东西的,他会想到自己的一生的。可惜我还没有这个经验,只能在这里胡思乱想。当老舍先生徘徊在湖水岸边决心自沉时,眼望湖水茫茫,心里悲愤填膺,唤天天不应,唤地地不答,悠悠天地,仿佛只剩下自己孤身一人,他会想到自己的一生吧!这一生是忠诚于祖国、忠诚于人民的一生,然而到头来却落到这等地步。为什么呢?究竟是为什么呢?如果自己留在美国不回来,著书立说,优游自在,洋房、汽车、声名禄利,无一缺少,舒舒服服地过一辈子,说不定能寿登耄耋,富埒王侯。他不是为了热爱自己的祖国母亲,才毅然历尽艰辛回来的吗?是今天祖国母亲无法庇护自己那远方归来的游子了呢?还是不愿意庇护了呢?我猜想,老舍先生决不会埋怨自己的祖国母亲,祖国母亲永远是可爱的,在任何情况下都是可爱的。他也决不会后悔回来的。但是,他确实有一些问题难以理解,他只有横下一条心,一死了之。这样的问题,我们今天又有谁能够理解呢?我想,老舍先生还会想到自己院子里种的柿子树和菊花。他当然也会想到自己的亲人,想到自己的朋友。所有这一些都是十分美好可爱的。对于这一些难道他就一点也不留恋吗?绝不会的,绝不会的。但是,有一种东西梗在他的心中,像大毒蛇缠住了他,他只能纵身一跳,投入波心,让弥漫的湖水给自己带来解脱了。

两千多年以前,屈原自沉于汨罗江,他行吟泽畔,心里想的恐怕同老舍先生有类似之处吧。他想到:"蝉翼为重,千钧为轻;黄钟毁弃,瓦釜雷鸣。"他又想到:"世人皆浊我独清,众人皆醉我独醒。"难道老舍先生也这样想过吗?这样的问题,有谁能够答复我呢?恐怕到了地球末日也没有人能答复了。我在泪眼模糊中,看到老舍先生戴着眼镜,在和蔼地对我笑着;我耳朵里仿佛听到了他那铿锵有节奏的北京话。我浑身颤抖,连灵魂也在剧烈地震动。

呜呼!我欲无言。

1987年10月1日晨

为胡适说几句话

在中国近现代史上,胡适是一个起过重要作用但争议又非常多的人物。过去,在极左思想的支配下,我们曾一度把他完全抹杀,把他说得一文不值,反动透顶。十一届三中全会以后,我们看问题比较实事求是了。因此对胡适的评价也有了一些改变。但是,最近我在一份报刊上一篇文章中读到(胡适)"一生追随国民党和蒋介石",好像他是一个铁杆国民党员、蒋介石的崇拜者。根据我的了解,好像事情不完全是这个样子,因此禁不住要说几句话。

胡适不赞成共产主义,这是一个事实,是谁也否认不掉的。但是,他是不是就是死心塌地地拥护国民党和蒋介石呢?这是一个值得探讨的问题。他从来就不是国民党员,他对国民党并非一味地顺从。他服膺的是美国的实验主义,他崇拜的是美国的所谓民主制度。只要不符合这两个尺度,他就挑点小毛病,闹着独立性。对国民党也不例外。最著名的例子是他在《新月》上发表的文章:《知难行亦不易》,是针对孙中山先生的著名学说"知难行易"的。我在这里不想讨论"知难行易"的哲学奥义,也不想涉及孙中山先生之所以提出这样主张的政治目的。我只想说,胡适敢于对国民党的"国父"的重要学说提出异议,是需要一点勇气的。蒋介石从来也没有听过"国父"的话,他打出孙中山先生的牌子,其目的只在于欺骗群众。但是,有谁胆敢碰这块牌子,那是断断不能容许的。于是,文章一出,国民党蒋介石的御用党棍一下子炸开了锅,认为胡适简直是大不敬,竟敢在太岁头上动土,一犬吠影,百犬吠声,这群走狗一拥而上。但是,胡适却一笑置之,这一场风波不久也就平息下去了。

另外一个例子是胡适等新月派的人物曾一度宣扬"好人政府",他们大声疾呼,一时甚嚣尘上。这立刻又引起了一场喧闹。有人说,他们这种主张等于不说,难道还有什么人主张坏人政府吗?但是,我个人认为,在国民党统治下面提倡好人政府,其中隐含着国民党政府不是好人政府的意思。国民党之所以暴跳如雷,其原因就在这里。

这样的小例子还可以举出一些来,但是,这两个也就够了。它充分说明,胡适有时候会同国民党闹一点小别扭的。个别"诛心"的君子义正词严地昭告天下说,胡适这样做是为了向国民党讨价还价。我没有研究过"特种"心理学,对此不敢赞一辞,这里且不去说它。至于这种小别扭究竟能起什么作用,也不在我研究的范围之内,也不去说它了。我个人觉得,这起码表明胡适不是国民党蒋介石的忠顺奴才。

但是,解放以后,我们队伍中的一些人创造了一个新术语,叫做"小骂大帮忙"。胡适同国民党闹点小别扭就归入这个范畴。什么叫"小骂大帮忙"呢?理论家们说,胡适同国民党蒋介石闹点小别扭,对他们说点比较难听的话,这就叫做"小骂"。通过这样的"小骂",给自己涂上一层保护色,这种保护色是有欺骗性的,是用来迷惑人民的。到了关键时刻,他又出来为国民党讲话。于是人民都相信了他的话,天下翕然从之,国民党就"万寿无疆"了。这样的"理论"未免低估了中国老百姓的觉悟水平。难道我们的老百姓真正这样糊涂、这样低能吗?国民党反动派最后垮台的历史,也从反面证明了这种说法是不正确的,是不符合实际情况的。把胡适说得似乎比国民党的中统、军统以及其他助纣为虐的忠实走狗还要危险,还要可恶,也是不符合实际情况的。

我最近常常想到,解放以后,我们中国的知识分子学习了辩证法,对于这一件事无论怎样评价也不会过高的。但是,正如西方一句俗语所说的那样:一切闪光的不都是金子。有人把辩证法弄成了诡辩术,老百姓称之为"变戏法"。辩证法稍一过头,就成了形而上学、唯心主义、教条主义,就成了真正的变戏法。一个最著名的例子就是,在封建时代赃官比清官要好。清官能延长封建统治的寿命,而赃官则能促其衰亡。周兴、来俊臣一变而为座上宾,包拯、海瑞则成了阶下囚。当年我自己也曾大声疾呼宣扬这种荒谬绝伦的谬论,以为这才是真正的辩证法,为了自己这种进步,这种"顿悟",而心中沾沾自喜。一回想到这一点,我脸上就不禁发烧。我觉得,持"小骂大帮忙"论者的荒谬程度,与此不相上下。

上面讲的对胡适的看法,都比较抽象。我现在从回忆中举两个具体的例子。我于1946年回国后来北大工作,胡适是校长,我是系主任,在一起开会,见面讨论工作的机会是非常多的。我们俩都是国立北平图书馆的什么委员,又是北大文科研究所的导师,更增加了见面的机会。同时,印度尼赫鲁政府派来了一位访问教授师觉月博士和六七位印度留学生。胡适很关心这一批印度客人，经常要见见他们，到他们的住处去看望，还请他们吃饭。他把照顾印度朋友的任务交给了我。所有这一切都给了我更多的机会，来观察、了解胡适这样一个当时在学术界和政界都红得发紫的大人物。我写的一些文章也拿给他看，他总是连夜看完，提出评价。他这个人对任何人都是和蔼可亲的，没有一点盛气凌人的架子。这一点就是拿到今天来也是颇为难能可贵的。今天我们个别领导干部那种目中无人、天上天下唯我独尊的气势我们见到的还少吗？根据我几年的观察，胡适是一个极为矛盾的人物。要说他没有政治野心，那不是事实。但是，他又死死抓住学术研究不放。一谈到他有兴趣的学术问题，比如说《水经注》、《红楼梦》、神会和尚等等，他便眉飞色舞，忘掉了一切，颇有一些书呆子的味道。蒋介石是流氓出身，一生也没有脱掉流氓习气。他实际上是玩胡适于股掌之上。可惜胡适对于这一点似乎并不清醒。有一度传言，蒋介石要让胡适当总统。连我这个政治幼儿园的小学生也知道，这根本是不可能的，这是一场地地道道的骗局。可胡适似乎并不这样想。当时他在北平的时候不多，经常乘飞机来往于北平南京之间，仆仆风尘，极为劳累，他却似乎乐此不疲。我看他是一个异常聪明的糊涂人。这就是他留给我的总印象。

我现在谈两个小例子。首先谈胡适对学生的态度。我到北大以后，正是解放战争激烈地展开，国民党反动派垂死挣扎的时候。北大学生一向是在政治上得风气之先的，在反对国民党反动统治方面，也是如此。北大的民主广场号称北京城内的"解放区"。学生经常从这里列队出发，到大街上游行示威,反饥饿,反迫害,反内战。国民党反动派大肆镇压、逮捕学生。从小骂大帮忙的理论来看,现在应当是胡适挺身出来给国民党帮忙的时候了,是他协助国民党反动派压制学生的时候了。但是,据我所知道的,胡适并没有这样干,而是张罗着保释学生,好像有一次他还亲自找李宗仁,想利用李的势力让学生获得自由。有的情景是我亲眼目睹的,有的是听到的。恐怕与事实不会相距过远。

还有一件小事,是我亲身经历的。大约在1948年的秋天,人民解放军已经对北平形成了一个大包围圈,蒋介石集团的末日快要来临了。有一天我到校长办公室去见胡适,商谈什么问题。忽然走进来一个人——我现在忘记是谁了,告诉胡适说,解放区的广播电台昨天夜里有专门给胡适的一段广播,劝他不要跟着蒋介石集团逃跑,将来让他当北京大学校长兼北京图书馆馆长。我们在座的人听了这个消息,都非常感兴趣,都想看一看胡适怎样反应。只见他听了以后,既不激动,也不愉快,而是异常地平静,只微笑着说一句:"他们要我吗?"短短的五个字道出了他的心声。看样子他已经胸有成竹,要跟国民党逃跑。但又不能说他对共产党有刻骨的仇恨。不然,他决不会如此镇定自若,他一定会暴跳如雷,大骂一通,来表示自己的对国民党和蒋介石的忠诚。我这种推理是不是实事求是呢?我认为是的。

总之,我认为胡适是一位非常复杂的人物,他反对共产主义,但是拿他那一把美国尺子来衡量,他也不见得赞成国民党。在政治上,他有时候想下水,但又怕湿了衣裳。他一生就是在这种矛盾中度过的。他晚年决心回国定居,说明他还是热爱我们祖国大地的。因此,说他是美国帝国主义的走狗,说他"一生追随国民党和蒋介石",都不符合实际情况。

解放后,我们有过一段极左的历史,对胡适的批判不见得都正确。十一届三中全会以后,我们拨乱反正,知人论世,真正的辩证法多了,形而上学、教条主义、似是而非的伪辩证法少了。我觉得,这是了不起的成就,了不起的转变。在这种精神的鼓舞下,我为胡适说了上面这一些话,供同志们探讨时参考。

—— 1987 年 11 月 25 日

站在胡适之先生墓前

我现在站在胡适之先生墓前。他虽已长眠地下,但是他那典型的"我的朋友"式的笑容,仍宛然在目。可我最后一次见到这个笑容,却已是五十年前的事了。

1948年12月中旬,是北京大学建校五十周年的纪念日。此时,解放军已经包围了北平城,然而城内人心并不惶惶。北大同仁和学生也并不惶惶;而且,不但不惶惶,在人们的内心中,有的非常殷切,有的还有点狐疑,都在期望着迎接解放军。适逢北大校庆大喜的日子,许多教授都满面春风,聚集在沙滩子民堂中,举行庆典。记得作为校长的适之先生,作了简短的讲话,满面含笑,只有喜庆的内容,没有愁苦的调子。正在这个时候,城外忽然响起了隆隆的炮声。大家相互开玩笑说:"解放军给北大放礼炮哩!"简短的仪式完毕后,适之先生就辞别了大家,登上飞机,飞往南京去了。我忽然想到了李后主的几句词:"最是仓皇辞庙日,教坊犹唱别离歌,垂泪对宫娥。"我想改写一下,描绘当时适之先生的情景:"最是仓皇辞校日,城外礼炮声隆隆,含笑辞友朋。"我哪里知道,我们这一次会面竟是最后一次。如果我当时意识到这一点的话,这是含笑不起来的。

从此以后,我同适之先生便天各一方,分道扬镳,"世事两茫茫"了。听说,他离开北平后,曾从南京派来一架专机,点名接走几位老朋友,他亲自在南京机场恭候。飞机返回以后,机舱门开。他满怀希望地同老友会面。然而,除了一两位以外,所有他想接的人都没有走出机舱。据说——只是据说,他当时大哭一场,心中的滋味恐怕真是不足为外人道也。

适之先生在南京也没有能待多久,"百万雄师过大江"以后,他也逃往台湾。后来又到美国去住了几年,并不得志,往日的辉煌犹如春梦一场,它不复存在。后来又回到台湾,最初也不为当局所礼重。往日"总统候选人"的迷梦,也只留下了一个话柄,日子过得并不顺心。后来,不知怎样一来,他被选为中央研究院的院长,算是得到了应有的礼遇,过了几年舒适称心的日子。适之先生毕竟是一书生,一直迷恋于《水经注》的研究,如醉如痴,此时又得以从容继续下去。他的晚年可以说是差强人意的。可惜仁者不寿,猝死于宴席之间。死后哀荣备至。中央研究院为他建立了纪念馆,包括他生前的居室在内,并建立了胡适陵园,遗骨埋葬在院内的陵园。今天我们参拜的就是这个规模宏伟极为壮观的陵园。

我现在站在适之先生墓前,鞠躬之后,悲从中来,心内思潮汹涌,如惊涛骇浪,眼泪自然流出。杜甫有诗:"焉知二十载,重上君子堂。"我现在是"焉知五十载,躬亲扫陵墓"。此时,我的心情也是不足为外人道也。

我自己已经到望九之年,距离适之先生所呆的黄泉或者天堂乐园,只差几步之遥了。回忆自己八十多年的坎坷又顺利的一生,真如一部二十四史,不知从何处说起了。

积八十年之经验,我认为,一个人生在世间,如果想有所成就，必须具备三个条件：才能、勤奋、机遇。行行皆然，人人皆然，概莫能外。别的人先不说了，只谈我自己。关于才能一项，再自谦也不能说自己是白痴。但是，自己并不是什么天才，这一点自知之明，我还是有的。谈到勤奋，我自认还能差强人意，用不着有什么愧怍之感。但是，我把重点放在第三项上：机遇。如果我一生还能算得上有些微成就的话，主要是靠机遇。机遇的内涵是十分复杂的，我只谈其中恩师一项。韩愈说："古之学者必有师。师者所以传道、授业、解惑也。"根据老师这三项任务，老师对学生都是有恩的。然而，在我所知道的世界语言中，只有汉文把"恩"与"师"紧密地嵌在一起，成为一个不可分割的名词。这只能解释为中国人最懂得报师恩，为其他民族所望尘莫及的。

我在学术研究方面的机遇，就是我一生碰到了六位对我有教导之恩或者知遇之恩的恩师，我不一定都听过他们的课，但是，只读他们的书也是一种教导。我在清华大学读书时，读过陈寅恪先生所有的已经发表的著作，旁听过他的"佛经翻译文学"，从而种下了研究梵文和巴利文的种子。在当了或滥竽了一年国文教员之后，由于一个天上掉下来的机遇，我到了德国哥廷根大学。正在我入学后的第二个学期，瓦尔德施米特先生调到哥廷根大学任印度学的讲座教授。当我在教务处前看到他开基础梵文的通告时，我喜极欲狂。"踏破铁鞋无觅处，得来全不费功夫"，难道这不是天赐的机遇吗？最初两个学期，选修梵文的只有我一个外国学生。然而教授仍然照教不误，而且备课充分，讲解细致，威仪俨然，一丝不苟。几乎是我一个学生垄断课堂，受益之大，自可想见。二战爆发，瓦尔德施米特先生被征从军。已经退休的原印度讲座教授西克，虽已年逾八旬，毅然又走上讲台，教的依然是我一个中国学生。西克先生不久就告诉我，他要把自己平生的绝招全传授给我，包括《梨俱吠陀》、《大疏》、《十王子传》，还有他费了二十年的时间才解读了的吐火罗文，在吐火罗文研究领域中，他是世界最高权威。我并非天才，六七种外语早已塞满了我那渺小的脑袋瓜，我并不想再塞进吐火罗文。然而像我的祖父一般的西克先生，告诉我的是他的决定，一点征求意见的意思都没有。我唯一能走的道路就是：敬谨遵命。现在回忆起来，冬天大雪之后，在研究所上过课，天已近黄昏，积雪白皑皑地拥满十里长街。雪厚路滑，天空阴暗，地闪雪光，路上阒静无人，我搀扶着老爷子，一步高，一步低，送他到家。我没有见过自己的祖父，现在我真觉得，我身边的老人就是我的祖父。他为了学术，不惜衰朽残年，不顾自己的健康，想把衣钵传给我这个异国青年。此时我心中思绪翻腾，感激与温暖并在，担心与爱怜奔涌。我真不知道是置身何地了。

二战期间，我被困德国，一待就是十年。二战结束后，听说寅恪先生正在英国就医，我连忙给他写了一封致敬信，并附上发表在哥廷根科学院集刊上用德文写成的论文，向他汇报我十年学习的成绩。很快就收到了他的回信，问我愿不愿意到北大去任教。北大为全国最高学府，名扬全球；但是，门槛一向极高，等闲难得进入。现在竟有一个天赐的机遇落到我头上来，我焉有不愿意之理！我立即回信同意。寅恪先生把我推荐给了当时北大校长胡适之先生，代理校长傅斯年先生，文学院长汤用彤先生。寅恪先生在学术界有极高的声望，一言九鼎。北大三位领导立即接受。于是我这个三十多岁的毛头小伙子，在国内学术界尚无籍籍名，公然堂而皇之地走进了北大的大门。唐代中了进士，就"春风得意马蹄疾，一日看遍长安花"。我虽然没有一日看遍北平花，但是，身为北大正教授兼东方语言文学系主任，心中有点洋洋自得之感，不也是人之常情吗？

在此后的三年内，我在适之先生和锡予（汤用彤）先生领导下学习和工作，度过了一段毕生难忘的岁月。我同适之先生，虽然学术辈分不同，社会地位悬殊，想来接触是不会太多的。但是，实际上却不然，我们见面的机会非常多。他那一间在孑民堂前东屋里的狭窄简陋的校长办公室，我几乎是常客。作为系主任，我要向校长请示汇报工作，他主编报纸上的一个学术副刊，我又是撰稿者，所以免不了也常谈学术问题，最难能可贵的是他待人亲切和蔼，见什么人都是笑容满面，对教授是这样，对职员是这样，对学生是这样，对工友也是这样。从来没见他摆当时颇为流行的名人架子、教授架子。此外，在教授会上，在北大文科研究所的导师会上，在北京图书馆的评议会上，我们也时常有见面的机会。我作为一个年轻的后辈，在他面前，绝没有什么局促之感，经常如坐春风中。

适之先生是非常懂得幽默的，他决不老气横秋，而是活泼有趣。有一件小事，我至今难忘。有一次召开教授会，杨振声先生新收得了一幅名贵的古画，为了想让大家共同欣赏，他把画带到了会上，打开铺在一张极大的桌子上，大家都啧啧称赞。这时适之先生忽然站了起来，走到桌前，把画卷了起来，做纳入袖中状，引得满堂大笑，喜气洋洋。

这时候，印度总理尼赫鲁派印度著名学者师觉月博士来北大任访问教授，还派来了十几位印度男女学生来北大留学，这也算是中印两国间的一件大事。适之先生委托我照管印度老少学者。他多次会见他们，并设宴为他们接风。师觉月作第一次演讲时，适之先生亲自出席，并用英文致欢迎词，讲中印历史上的友好关系，介绍师觉月的学术成就，可见他对此事之重视。

适之先生在美国留学时，忙于对西方、特别是对美国哲学与文化的学习，忙于钻研中国古代先秦的典籍，对印度文化以及佛教还没有进行过系统深入的研究。据说后来由于想写完《中国哲学史》，为了弥补自己的不足，开始认真研究中国佛教禅宗以及中印文化关系。我自己在德国留学时，忙于同梵文、巴利文、吐火罗文以及佛典拼命，没有余裕来从事中印文化关系史的研究。回国以后，迫于没有书籍资料，在不得已的情况下，开始注意中印文化交流史的研究。在解放前的三年中，只写过两篇比较像样的学术论文：一篇是《浮屠与佛》，一篇是《列子与佛典》。第一篇讲的问题正是适之先生同陈援庵先生争吵到面红耳赤的问题。我根据吐火罗文解决了这个问题。两老我都不敢得罪，只采取了一个骑墙的态度。我想，适之先生不会不读到这一篇论文的。我只到清华园读给我的老师陈寅恪先生听。蒙他首肯，介绍给地位极高的《中央研究院史语所集刊》发表。第二篇文章，写成后我拿给了适之先生看，第二天他就给我写了一封信，信中说：

"《生经》一证,确凿之至!"可见他是连夜看完的。他承认了我的结论,对我无疑是一个极大的鼓舞。这一次,我来到台湾,前几天,在大会上听到主席李亦园院士的讲话,中间他讲到,适之先生晚年任中央研究院院长时,在下午饮茶的时候,他经常同年轻的研究人员坐在一起聊天。有一次,他说,做学问应该像北京大学的季羡林那样。我乍听之下,百感交集。适之先生这样说一定同上面两篇文章有关,也可能同我们分手后十几年中我写的一些文章有关。这说明,适之先生一直到晚年还关注着我的学术研究。知己之感,油然而生。在这样的情况下,我还可能有其他任何的感想吗?

在政治方面,众所周知,适之先生是不赞成共产主义的。但是,我们不应忘记,他同样也反对三民主义。我认为,在他的心目中,世界上最好的政治就是美国政治,世界上最民主的国家就是美国。这同他的个人经历和哲学信念有关。他们实验主义者不主张什么"终极真理",而世界上所有的"主义"都与"终极真理"相似,因此他反对。他同共产党并没有任何深仇大恨。他自己说,他一辈子没有写过批判共产主义的文章,而反对国民党的文章则是写过的。我可以讲两件我亲眼看到的小事。解放前夕,北平学生动不动就示威游行,比如"沈崇事件"、"反饥饿反迫害"等等,背后都有中共地下党在指挥发动,这一点是人所共知的,适之先生焉能不知!但是,每次北平国民党的宪兵和警察逮捕了学生,他都乘坐他那辆当时北平还极少见的汽车,奔走于各大衙门之间,逼迫国民党当局非释放学生不行。他还亲笔给南京驻北平的要人写信,为了同样的目的。据说这些信至今犹存。我个人觉得，这已经不能算是小事了。另外一件事是，有一天我到校长办公室去见适之先生，一个学生走进来对他说：昨夜延安广播电台曾对他专线广播，希望他不要走，北平解放后，将任命他为北大校长兼北京图书馆的馆长。他听了以后，含笑对那个学生说："人家信任我吗？"谈话到此为止。这个学生的身份他不可能不明白，但他不但没有拍案而起，怒发冲冠，态度依然亲切和蔼。小中见大，这些小事都是能够发人深思的。

适之先生以青年暴得大名，誉满士林。我觉得，他一生处在一个矛盾中，一个怪圈中：一方面是学术研究，一方面是政治活动和社会活动。他一生忙忙碌碌，倥偬奔波，作为一个"过河卒子"，勇往直前。我不知道，他自己是否意识到身陷怪圈。当局者迷，旁观者清，我认为，这个怪圈确实存在，而且十分严重。那么，我对这个问题有什么看法呢？我觉得，不管适之先生自己如何定位，他一生毕竟是一个书生，说不好听一点，就是一个书呆子。我也举一件小事。有一次，在北京图书馆开评议会，会议开始时，适之先生匆匆赶到，首先声明，还有一个重要会议，他要早退席，会议开着开着就走了题，有人忽然谈到《水经注》。一听到《水经注》，适之先生立即精神抖擞，眉飞色舞，口若悬河。一直到散会，他也没有退席，而且兴致极高，人有挑灯夜战之势。从这样一个小例子中不也可以小中见大吗？

我在上面谈到了适之先生的许多德行，现在笼统称之为"优点"。我认为，其中最令我钦佩，最使我感动的却是他毕生奖掖后进。"平生不解藏人善，到处逢人说项斯。"他正是这样一个人。这样的例子是举不胜举的。中国是一个很奇怪的国家，一方面有我上面讲到的只此一家的"恩师"；另一方面却又有老虎拜猫为师学艺，猫留下了爬树一招没教给老虎，幸免为徒弟吃掉的民间故事。二者显然是有点矛盾的。

适之先生对青年人一向鼓励提掖。40年代，他在美国哈佛大学遇到当时还是青年的学者周一良和杨联升等，对他们的天才和成就大为赞赏。后来周一良回到中国，倾向进步，参加革命，其结果是众所周知的。杨联升留在美国，在二三十年的长时间内，同适之先生通信论学，互相唱和。在学术成就上也是硕果累累，名扬海外。周的天才与功力，只能说是高于杨，虽然在学术上也有所表现，但是，格于形势，不免令人有未尽其才之感。看了二人的遭遇，难道我们能无动于衷吗？

我同适之先生在子民堂庆祝会上分别，从此云天渺茫，天各一方，再没有能见面，也没有能互通音信。我现在谈一谈我的情况和大陆方面的情况。我同绝大多数的中老年知识分子和教师一样，怀着绝对虔诚的心情，向往光明，向往进步。觉得自己真正站起来了，大有飘飘然羽化而登仙之感，有点忘乎所以了。我从一个最初喊什么人万岁都有点忸怩的低级水平，一踏上"革命"之路，便步步登高，飞驰前进；再加上天纵睿智，虔诚无垠，全心全意，投入造神运动中。常言道："众人拾柴火焰高。"大家群策群力，造出了神，又自己膜拜，完全自觉自愿，绝无半点勉强。对自己则认真进行思想改造。原来以为自己这个知识分子，虽有缺点，并无罪恶；但是，经不住社会上根红苗壮阶层的人士天天时时在你耳边聒噪："你们知识分子身躯脏，思想臭！"西方人说："谎言说上一千遍就成为真理。"此话就应在我们身上，积久而成为一种

"原罪"感，怎样改造也没有用，只有心甘情愿地居于"老九"的地位，改造，改造，再改造，直改造得懵懵懂懂，"两缦渚崖之间，不辨牛马。"然而涅槃难望，苦海无边，而自己却仍然是膜拜不息。通过无数次的运动一直到十年浩劫自己被关进牛棚被打得一佛出世二佛升天，皮开肉绽，仍然不停地膜拜，其精诚之心真可以惊天地泣鬼神了。改革开放以后，自己脑袋里才裂开了一点缝，"觉今是而昨非"，然而自己已快到耄耋之年，垂垂老矣，离开鲁迅在《过客》一文讲到的长满了百合花的地方不太远了。

至于适之先生，他离开北大后的情况，我在上面已稍有所涉及；总起来说，我是不十分清楚的，也是我无法清楚的。到了1954年，从批判俞平伯先生的《红楼梦研究》的资产阶级唯心论起，批判之火终于烧到了适之先生身上。这是一场缺席批判。适之远在重洋之外，坐山观虎斗。即使被斗的是他自己，反正伤不了他一根毫毛，他乐得怡然观战。他的名字仿佛已经成一个稻草人，浑身是箭，一个不折不扣的"箭垛"，大陆上众家豪杰，个个义形于色，争先恐后，万箭齐发，适之先生兀自巍然不动。我幻想，这一定是一个非常难得的景观。在浪费了许多纸张和笔墨、时间和精力之余，终成为"竹篮子打水，一场空"，乱哄哄一场闹剧。

适之先生于1962年猝然逝世，享年已经过了古稀，在中国历代学术史上，这已可以算是高龄了，但以今天的标准来衡量，似乎还应该活得更长一点。中国古称"仁者寿"，但适之先生只能说是"仁者不寿"。当时在大陆上"左"风犹狂，一般人大概认为胡适已经是被打倒在地的人，身上被踏上了一千只脚,永世不得翻身了。这样一个人的死去,有何值得大惊小怪!所以报纸杂志上没有一点反应。我自己当然是被蒙在鼓里,毫无所知。十几二十年以后,我脑袋里开始透进点光的时候,我越想越不是滋味,曾写了一篇短文《为胡适说几句话》,我连"先生"二字都没有勇气加上,可是还有人劝我以不发表为宜。文章终于发表了,反应还差强人意,至少没有人来追查我,我心里一块石头落了地。最近几年来,改革开放之风吹绿了中华大地,知识分子的心态有了明显的转变,身上的枷锁除掉了,原罪之感也消逝了。被泼在身上的污泥浊水逐渐清除了,再也用不着天天夹着尾巴过日子了。这种思想感情上的解放,大大地提高了他们的积极性,愿意为祖国的繁荣富强贡献自己的力量。出版界也奋起直追,出版了几部《胡适文集》。安徽教育出版社雄心最强,准备出版一部超过两千万字的《胡适全集》。我可是万万没有想到,主编这一非常重要的职位,出版社竟垂青于我。我本不是胡适研究专家,我诚惶诚恐,力辞不敢应允。但是出版社却说,现在北大曾经同适之先生共过事而过从又比较频繁的人,只剩下我一个人了。铁证如山,我只能"仰"(不是"俯")允了。我也想以此报知遇之恩于万一。我写了一篇长达17000字的总序,副标题是:还胡适以本来面目。意思也不过是想拨乱反正,以正视听而已。前不久,又有人邀我在《学林往事》中写一篇关于适之先生的文章,理由同前,我也应允而且从台湾回来后抱病写完。这一篇文章的副标题是:毕竟一书生。原因是,前一个副标题说得太满,我哪里有能力还适之先生以本来面目呢?后一个副标题是说我对适之先生的看法,是比较实事求是的。

我在上面谈了一些琐事和非琐事,俱往矣,只留下了一些可贵的记忆。我可真是万万没有想到,到了望九之年,居然还能来到宝岛,这是以前连想都没敢想的事。到了台北以后,才发现,50年前在北平结识的老朋友,比如梁实秋、袁同礼、傅斯年、毛子水、姚从吾等等,全已作古。我真是"访旧全为鬼,惊呼热中肠"了。天地之悠悠是自然规律,是人力所无法抗御的。

我现在站在适之先生墓前,心中浮想联翩,上下五十年,纵横数千里,往事如云如烟,又历历如在目前。中国古代有俞伯牙在钟子期墓前摔琴的故事,又有许多在挚友墓前焚稿的故事。按照这个旧理,我应当把我那新出齐了的《文集》搬到适之先生墓前焚掉,算是向他汇报我毕生科学研究的成果。但是,我此时虽思绪混乱,但神志还是清楚的,我没有这样做。我环顾陵园,只见石阶整洁,盘旋而上,陵墓极雄伟,上覆巨石,墓志铭为毛子水亲笔书写,墓后石墙上嵌有"德艺双隆"四个大字,连同墓志铭,都金光闪闪,炫人双目。我站在那里,蓦抬头,适之先生那有魅力的典型的"我的朋友"式的笑容,突然显现在眼前,五十年依稀缩为一刹那,历史仿佛没有移动。但是,一定神儿,忽然想到自己的年龄,历史毕竟是动了,可我一点也没有颓唐之感。我现在大有"老骥伏枥,志在万里"之感。我相信,有朝一日,我还会有机会,重来宝岛,再一次站在适之先生的墓前。

1999年5月2日写毕

后记：

文章写完了。但是对开头处所写的1948年12月在子民堂庆祝建校五十周年一事，脑袋里终究还有点疑惑。我对自己的记忆能力是颇有一点自信的，但是说它是"铁证如山"，我还没有这个胆量。怎么办呢？查书。我的日记在"文革"中被抄家时丢了几本，无巧不成书，丢的日记中正巧有1948年的。于是又托高鸿查胡适日记，没能查到。但是，从当时报纸上的记载中得知胡适于12月15日已离开北平，到了南京，并于17日在南京举行北大校庆五十周年庆祝典礼，发言时"泣不成声"云云。可见我的回忆是错了。又一个"怎么办呢"？一是改写，二是保留不变。经过考虑，我采用了后者。原因何在呢？我认为，已经发生过的事情是一个现实，我脑筋里的回忆也是一个现实，一个存在形式不同的现实。既然我有这样一段回忆，必然是因为我认为，如果适之先生当时在北平，一定会有我回忆的那种情况，因此我才决定保留原文，不加更动。但那毕竟不是事实，所以写了这一段"后记"以正视听。

1999年5月14日

悼念沈从文先生

去年有一天,老友肖离打电话告诉我,从文先生病危,已经准备好了后事。我听了大吃一惊,悲从中来。一时心血来潮,提笔写了一篇悼念文章,自诧为倚马可待,情文并茂。然而,过了几天,肖离又告诉我说,从文先生已经脱险回家。我心里一块石头落了地,又窃笑自己太性急,人还没去,就写悼文,实在非常可笑。我把那一篇"杰作"往旁边一丢,从心头抹去了那一件事,稿子也沉入书山稿海之中,从此"云深不知处"了。

到了今年,从文先生真正去世了。我本应该写点什么的,可是,由于有了上述一段公案,懒于再动笔,一直拖到今天。同时我注意到,像沈先生这样一个人,悼念文章竟如此之少,有点不太正常,我也有点不平。考虑再三,还是自己披挂上马吧。

我认识沈先生已经五十多年了。当我还是一个大学生的时候,我就喜欢读他的作品。我觉得,在所有的并世的作家中,文章有独立风格的人并不多见。除了鲁迅先生之外,就是从文先生。他的作品,只要读上几行,立刻就能辨认出来,决不含糊。他出身湘西的一个破落小官僚家庭,年轻时当过兵,没有受过多少正规的教育,他完全是自学成家。湘西那一片有点神秘的土地,其怪异的风土人情,通过沈先生的笔而大白于天下。湘西如果没有像沈先生这样的大作家和像黄永玉先生这样的大画家,恐怕一直到今天还是一片充满了神秘的 terra incognita(没有人了解的土地)。

我同沈先生打交道,是通过一件不大不小的事情。丁玲的《母亲》出版以后,我读了觉得有一些意见要说,于是写了一篇书评,刊登在郑振铎、靳以主编的《文学季刊》创刊号上。刊出以后,我听说,沈先生有一些意见。我于是立即写了一封信给他,同时请郑先生在《文学季刊》创刊号再版时,把我那一篇书评抽掉。也许就由于这一个不能算是太愉快的因缘,我们就认识了。我当时是一个穷学生,沈先生是著名的作家。社会地位,虽不能说如云泥之隔,毕竟差一大截子。可是他一点名作家的架子也不摆,这使我非常感动。他同张兆和女士结婚,在北京前门外大栅栏撷英番菜馆设盛大宴席,我居然也被邀请。当时出席的名流如云。证婚人好像是胡适之先生。

从那以后,有很长的时间,我们并没有多少接触。我到欧洲去住了将近十一年。他在抗日烽火中在昆明住了很久,在西南联大任国文系教授。彼此音问断绝,他的作品我也读不到了。但是,有时候,不知是出于什么原因,我在饥肠辘辘、机声嗡嗡中,竟会想到他。我还是非常怀念这一位可爱、可敬、淳朴、奇特的作家。

一直到 1946 年夏天,我回到祖国。这一年的深秋,我终于又回到了别离了十几年的北平。从文先生也于此时从云南复员来到北大,我们同在一个学校任职。当时我住在翠花胡同,他住在中老胡同,都离学校不远,因此我们也相距很近。见面的次数就多了起来。他曾请我吃过一顿相当别致、毕生难忘的饭,云南有名的汽锅鸡。锅是他从昆明带回来的,外表看上去像宜兴紫砂,上面雕刻着花卉书法,古色古香,虽系厨房用品,然却古朴高雅,简直可以成为案头清供,与商鼎周彝斗艳争辉。

就在这一次吃饭时,有一件小事给我留下了深刻的印象。当时要解开一个用麻绳捆得紧紧的什么东西。只需用剪子或小刀轻轻地一剪一割,就能开开。然而从文先生却抢了过去,硬是用牙把麻绳咬断。这一个小小的举动,有点粗劲,有点蛮劲,有点野劲,有点土劲,并不高雅,并不优美。然而,它却完全透露了沈先生的个性。在达官贵人、高等华人眼中,这简直非常可笑,非常可鄙。可是,我欣赏的却正是这一种劲头。我自己也许就是这样一个"土包子",虽然同那一些只会吃西餐、穿西装、半句洋话也不会讲偏又自认为是"洋包子"的人比起来,我并不觉得低他们一等。不是有一些人也认为沈先生是"土包子"吗?

还有一件小事,也使我忆念难忘。有一次我们到什么地方去游逛,可能是中山公园之类。我们要了一壶茶,我正要拿起壶来倒茶,沈先生连忙抢了过去,先斟出了一杯,又倒入壶中,说只有这样才能把茶味调得均匀。这当然是一件微不足道的小事,然而在琐细中不是更能看到沈先生的精神吗?

小事过后,来了一件大事:我们共同经历了北平的解放。在这个关键时刻,我并没有听说,从文先生有逃跑的打算。他的心情也是激动的,虽然他并不故作革命状,以达到某种目的,他仍然是朴素如常。可是厄运还是降临到他头上来。一个著名的马列主义文艺理论家,在香港出版的一个进步的文艺刊物上,发表了一篇长文,题目大概是什么《文坛一瞥》之类,前面有一段相当长的修饰语。这一位理论家视觉似乎特别发达,他在文坛上看出了许多颜色。他"一瞥"之下,就把沈先生"瞥"成了粉红色的小生。我没有资格对这一篇文章发表意见。但是,沈先生好像是当头挨了一棒,从此被"瞥"下了文坛,销声匿迹,再也不写小说了。

一个惯于舞笔弄墨的人,一旦被剥夺了写作的权利,他心里是什么滋味,我说不清;他有什么苦恼,我也说不清。然而,沈先生并没有因此而消沉下去。文学作品不能写,还可以干别的事嘛。他是一个精力旺盛的人,他是一个闲不住的人,他转而研究起中国古代的文物来,什么古纸、古代刺绣、古代衣饰等等,他都研究。凭了他那一股惊人的钻研的能力,过了没有多久,他就在新开发的领域内取得了可喜的成绩。他那一本讲中国服饰史的书,出版以后,洛阳纸贵,受到国内外一致的高度的赞扬,他成了这方面权威。他自己也写章草,又成了一个书法家。

有点讽刺意味的是,正当他手中的写小说的笔被"瞥"掉的时候,从国外沸沸扬扬传来了消息,说国外一些人士想推选他做诺贝尔文学奖金的候选人。我在这里着重声明一句,我们国内有一些人特别迷信诺贝尔奖金,迷信的劲头,非常可笑。试拿我们中国没有得奖的那几位文学巨匠同已经得奖的欧美的一些作家来比一比,其差距简直有如高山与小丘。同此辈争一日之长,有这个必要吗!推选沈先生当候选人的事是否进行过，我不得而知。沈先生怎样想，我也不得而知。我在这里提起这一件事，只不过把它当作沈先生一生中一个小小的插曲而已。

我曾在几篇文章中都讲到，我有一个很大的缺点（优点？），我不喜欢拜访人。有很多可尊敬的师友，比如我的老师朱光潜先生、董秋芳先生等等，我对他们非常敬佩，但在他们健在时，我很少去拜访。对沈先生也一样。偶尔在什么会上，甚至在公共汽车上相遇，我感到非常亲切，他好像也有同样的感情。他依然是那样温良、淳朴，时代的风风雨雨在他身上，似乎没有留下什么痕迹，说白了就是没有留下伤痕。一谈到中国古代科技、艺术等等，他就喜形于色，眉飞色舞，娓娓而谈，如数家珍，天真得像一个大孩子。这更增加了我对他的敬意。我心里曾几次动过念头：去看一看这一位可爱的老人吧！然而，我始终没有行动。现在人天隔绝，想见面再也不可能了。

有生必有死，是大自然的规律。我知道，这个规律是违抗不得的，我也从来没有想去违抗。古代许多圣君贤相，聪明一世，糊涂一时，想方设法，去与这个规律对抗，妄想什么长生不老，结果却事与愿违，空留下一场笑话。这一点我很清楚。但是，生离死别，我又不能无动于衷。古人云：太上忘情。我是一个微不足道的凡人，无论如何也做不到忘情的地步，只有把自己钉在感情的十字架上了。我自谓身体尚颇硬朗，并不服老。然而，曾几何时，宛如黄粱一梦，自己已接近耄耋之年。许多可敬可爱的师友相继离我而去。此情此景，焉能忘情？现在从文先生也加入了去者的行列。他一生安贫乐道,淡泊宁静,死而无憾矣。对我来说,忧思却着实难以排遣。像他这样一个有特殊风格的人,现在很难找到了。我只觉得大地茫茫,顿生凄凉之感。我没有别的本领,只能把自己的忧思从心头移到纸上,如此而已。

1988 年 11 月 2 日写于香港中文大学会友楼

回忆吴宓先生

雨僧先生离开我们已经十多年了。作为他的受业弟子，我同其他弟子一样，始终在忆念着他。

雨僧先生是一个奇特的人，身上也有不少的矛盾。他古貌古心，同其他教授不一样，所以奇特。他言行一致，表里如一，同其他教授不一样，所以奇特。别人写白话文，写新诗；他偏写古文、写旧诗，所以奇特。他反对白话文，但又十分推崇用白话写成的《红楼梦》，所以矛盾。他看似严肃、古板，但又颇有一些恋爱的浪漫史，所以矛盾。他能同青年学生来往，但又凛然、俨然，所以矛盾。

总之，他是一个既奇特又矛盾的人。

我这样说，不但丝毫没有贬意，而且是充满了敬意。雨僧先生在旧社会是一个不同流合污、特立独行的畸人，是一个真正的人。

当年在清华读书的时候，我听过他几门课："英国浪漫诗人"、"中西诗之比较"等。他讲课认真、严肃，有时候也用英文讲，议论时有警策之处。高兴时，他也把自己新写成的旧诗印发给听课的同学，十二首《空轩》就是其中之一。这引得编《清华周刊》的学生秀才们把他的诗译成白话，给他开了一个不大不小而又无伤大雅的玩笑。他一笑置之，不以为忤。

他的旧诗确有很深的造诣，同当今想附庸风雅的、写一些根本不像旧诗的"诗人"，决不能同日而语。他的"中西诗之比较"实际上讲的就是比较文学，当时这个名词还不像现在这样流行，他实际上是中国比较文学的奠基人之一，值得我们永远怀念的。

他坦诚率真，十分怜才。学生有一技之长，他决不掩没，对同事更是不懂得什么叫嫉妒。他在美国时，邂逅结识了陈寅恪先生。他立即驰书国内，说："合中西新旧各种学问而统论之，吾必以寅恪为全中国最博学之人。"也许就是由于这个缘故，他在清华作为西洋文学系的教授而一度兼国学研究院的主任。

他当时给天津《大公报》主编一个《文学副刊》。我们几个喜欢舞笔弄墨的青年学生，常常给副刊写点书评一类的短文，因而无形中就形成了一个小团体。我们曾多次应邀到他那在工字厅的住处：藤影荷声之馆去做客，也曾被请在工字厅的教授们的西餐餐厅去吃饭。这在当时教授与学生之间存在着一条看不见但感觉到的鸿沟的情况下，是非常难能可贵的。至今回忆起来还感到温暖。

我离开清华以后，到欧洲去住了将近十一年。回到国内时，清华和北大刚刚从云南复员回到北平。雨僧先生留在四川，没有回来。其中原因，我不清楚，也没有认真去打听。但是，我心中却有一点疑团：这难道会同他那耿直的为人有某些联系吗？是不是有人早就把他看作眼中钉了呢？在这漫长的几十年内，我只在六十年代初期，在燕东园李赋宁先生家中拜见过他。以后就再没有见过面。

在十年浩劫中，他当然不会幸免。听说，他受过惨无人道的折磨，挨了打，还摔断了什么地方，我对此丝毫也不感到奇怪。以他那种奇特的特立独行的性格，他决不会投机说谎，决不会媚俗取巧，受到折磨，倒是合乎规律的。反正知识久已不值一文钱，知识分子被视为"老九"。在黄钟毁弃，瓦釜雷鸣的时代，我们又有什么话好说呢？雨僧先生受到的苦难，我有意不去仔细打听，不知道反而能减轻良心上的负担。至于他有什么想法，我更是无从得知。现在，他终于离开我们，走了。从此人天隔离，永无相见之日了。

雨僧先生这样一个奇特的人，这样一个不同流合污特立独行的人，是会受到他的朋友们和弟子们的爱戴和怀念的。现在编集的这一本《回忆吴宓先生》就是一个充分的证明。

他的弟子和朋友都对他有自己的一份怀念之情，自己的一份回忆。这些回忆不可能完全一样，因为每一个人都有自己观察事物和人物的角度和特点，但是又不可能完全不一样。因为回忆的毕竟是同一个人——我们敬爱的雨僧先生。这一部回忆录就是这样一部既不一样又不不一样的汇合体。从这个一样又不一样的汇合体中可以反照出雨僧先生整个的性格和人格。

我是雨僧先生的弟子之一，在贡献上我自己那一份回忆之余，又应编者的邀请写了这一篇序。这两件事都是我衷心愿意去做的，也算是我献给雨僧先生的心香一瓣吧。

1989 年 3 月 22 日

怀念丁声树同志

声树同志研究的范围,我甚少通解,因而不敢赞一词。但是,对于他作为一个人,作为一个学者,我却是十分敬佩,觉得颇有一些话要说。

在初解放的一段时间内,我住在城内沙滩红楼和翠花胡同,在沙滩一个小饭铺里经常同他在一起吃饭。又有许多机会同他一起开会。他给我的印象是淳朴、诚恳,蔼然儒者气象。后来听许多人讲到,声树同志极俭,而待人极厚;对自己要求极严,处处以最高标准要求自己。这方面的事迹,如果搜集起来,可以写成一本书。他的道德水平达到了很高的境界。在今天社会上道德准则不断滑坡的情况下,他的举动真可以振聋发聩,可以给人以针砭,给人以策励。

作为一个学者,他的著述虽然不算多。但是,据真正的内行说,他的每一篇文章都是千锤百炼的产品,达到了很高的水平。在这方面,他对自己要求很严格,对别人要求也同样很严格。在今天学术道德也不见得很令人满意的情况下,他也可以给我们以针砭,给我们以策励。

总之,从为人和为学两个方面来看,声树同志都可以成为我们的楷模。他会永远活在我们心中,我们会永远向他学习。

1989 年 4 月 10 日

晚节善终大节不亏
——悼念冯芝生(友兰)先生

芝生先生离开我们,走了。对我来说,这噩耗既在意内,又出意外。约摸三四个月以前,我曾到医院去看过他,实际上含有诀别的意味。但是,过了不久,他又奇迹般的出了院。后来又听说,他又住了进去。以九十五周岁的高龄,对医院这样几出几进,最后终于永远离开了医院,也离开了我们。难道说这还不是意内之事吗?

可是芝生先生对自己的长寿是充满了信心的。他在八八自寿联中写道:

何止于米?相期以茶。
胸怀四化,寄意三松。

米寿指八十八岁,茶寿指一百〇八岁。他活到九十五岁,离茶寿还有十三年,当然不会满足的。去年,中国文化书院准备为他庆祝九十五岁诞辰,并举办国际学术讨论会。他坚持要到今年九十五周岁时举办。可见他信心之坚。他这种信心也感染了我们。我们都相信,他会创造奇迹的。今年的庆典已经安排妥帖,国内外请柬都已发出,再过一个礼拜,就要举行了。可惜他偏在此时离开了我们。使庆祝改为悼念。不说这是意外又是什么呢?

在芝生先生弟子一辈的人中,我可能是接触到冯友兰这个名字最早的人。1926年,我在济南一所高中读书。这是一所文科高中。课程中除了中外语文、历史、地理、心理、伦理、《诗经》、《书经》等等以外,还有一门人生哲学,用的课本就是芝生先生的《人生哲学》。我当时只有十五岁,既不懂人生,也不懂哲学。但是对这一门课的内容,颇感兴趣。从此芝生先生的名字,就深深地印在我的心中。我认为,他是一个高不可攀的大人物。屈指算来,现在已有六十四年了。

后来,我考进了清华大学,入西洋文学系。芝生先生是文学院长。当时清华大学规定,文科学生必须选一门理科的课,逻辑学可以代替。我本来有可能选芝生先生的课,临时改变主意,选了金岳霖先生的课。因此我一生没有上过芝生先生的课。在大学期间,同他根本没有来往,只是偶尔听他的报告或者讲话而已。

时过境迁,我大学毕业后,当了一年高中国文教员,到欧洲去漂泊了将近十一年。抗日战争后,回到了祖国。由于陈寅恪先生的介绍,到北大来工作。这时芝生先生从大后方复员回到北平,仍然在清华任教。我们没有接触的机会。只是偶尔从别人口中得知芝生先生在西南联大时的情况,也有过一些议论。这在当时是难以避免的。至于真相究竟如何,谁也不去探究了。

不久就迎来了解放。据我的推测,芝生先生本来有资格到台湾去的。然而他留下没走,同我们共同度过了一段既感到光明、又感到幸福的时刻。至于他是怎样想的,我完全不知道。不管怎样,他的朋友和弟子们从此对他有了新的认识,这却是事实。他曾给毛泽东同志写过一封信,毛主席回复了一封比较长的信。十年浩劫期间,我听他亲口读过。他当时是异常激动的。此是后话,这里暂且不表了。

不久,我国政府组成了一个文化代表团,应邀赴印度和缅甸访问。这是新中国开国后第一个比较大型的出访代表团。团员中颇有一些声誉卓著、有代表性的学者、文学家和艺术家。丁西林任团长,郑振铎、陈翰笙、钱伟长、吴作人、常书鸿、张骏祥、周小燕等等,以及芝生先生都是团员,我也滥竽其中。秘书长是刘白羽。因为这个团很重要,周总理亲自关心组团的工作,亲自审查出国展览的图片。记得是1951年整个夏天,我们都在做准备工作,最费事的是画片展览。我们到处拍摄、搜集能反映新中国新气象的图片,最后汇总在故宫里面的一个大殿里,满满的一屋子,请周总理最后批准。我们忙忙碌碌,过了一个异常紧张但又兴奋愉快的夏天。

那一年国庆节前,我们到了广州,参加了观礼活动。我们在广州又住了一段时间,将讲稿或其他文件译为英文,做好最后的准备工作。此时,广州解放时间不长,国民党的飞机有时还来骚扰,特务活动也时有所闻。我们出门,都有便衣怀藏手枪的保安人员跟随,暗中加以保护。我们一切都准备好后,便乘车赴香港,换乘轮船,驶往缅甸,开始了对印度和缅甸的长达几个月的长征……

从此以后,我们全团十几个人就马不停蹄,跋山涉水,几乎是一天换一个新地方,宛如走马灯一般,脑海里天天有新印象,眼前时时有新光景,乘船,乘汽车,乘火车,乘飞机,几乎看尽了春、夏、秋、冬四季风光,享尽了印缅人民无法形容的热情的款待。我不能忘记,我们曾在印度洋的海船上,看飞鱼飞跃。晚上在当空的皓月下,面对浩渺蔚蓝的波涛,追怀往事。我不能忘记,我们在印度闻名世界的奇迹泰姬陵上欣赏"琼楼玉宇高处不胜寒"的奇景。我不能忘记,我们在亚洲大陆最南端科摩林海角沐浴大海,晚上共同招待在黑暗中摸黑走八十里路、目的只是想看一看中国代表团的印度青年。我不能忘记,我们在佛祖释迦牟尼打坐成佛的金刚座旁流连瞻谒,我从印度空军飞机驾驶员手中接过几片菩提树叶,而芝生先生则用口袋装了一点金刚座上的黄土。我不能忘记,我们在金碧辉煌的土邦王公的天方夜谭般的宫殿里,共同享受豪华晚餐,自己也仿佛进入了童话世界。我不能忘记,在缅甸茵莱湖上,看缅甸船主独脚划船。我不能忘记,我们在加尔各答开着电风扇,啃着西瓜,度过新年。我不能忘记的事情太多太多了,怎么说也是说不完的。一想起印缅之行,我脑海里就成了万花筒,光怪陆离,五彩缤纷。中间总有芝生先生的影子在,他长须飘胸,道貌岸然。其他团员也都各具特点,令人忆念难忘。这情景,当时已道不寻常,何况现在事后追思呢?

根据解放后一些代表团出国访问的经验,在团员与团员之间的关系方面,往往可以看出三个阶段。初次聚在一起时,大家都和和睦睦,客客气气。后来逐渐混熟了,渐渐露出真面目,放言无忌。到了后期,临解散以前,往往又对某一些人心怀不满,胸有芥蒂。这个三段论法,真有点厉害,常常真能兑现。

但是，我们的团却不是这个样子。

我们自始至终，都是能和睦相处的。我们团中还产生了一对情侣，后来有情人终成了眷属。可见气氛之融洽。在所有的团员和工作人员中，最活跃的是郑振铎先生。他身躯高大魁梧，说话声音洪亮。虽然已经渐入老境，但不失其赤子之心。他同谁都谈得来，也喜欢开个玩笑，而最爱抬杠。团中爱抬杠者，大有人在。代表团成立了一个抬杠协会，简称杠协。大家想选一个会长，领袖群伦。于是月旦群雄，最后觉得郑先生喜抬杠，而不自知其为抬杠，已经达到抬杠圣境，圆融无碍。大家一致推选他为杠协会长。在他领导之下，团中杠业发达，皆大欢喜。

郑先生同芝生先生年龄相若，而风格迥异。芝生先生看上去很威严，说话有点口吃。但有时也说点笑话，足证他是一个懂得幽默的人。郑先生开玩笑的对象往往就是芝生先生。他经常喊芝生先生为"大胡子"，不时说些开玩笑的话。有一次，理发师正给芝生先生刮脸，郑先生站在旁边起哄，连声对理发师高呼："把他的络腮胡子刮掉！"理发师不知所措，一失手，真把胡子刮掉一块。这时候，郑先生大笑，旁边的人也陪着哄笑。然而芝生先生只是微微一笑，神色不变，可见先生的大度包容的气概。《世说新语》载："王子猷、子敬曾俱坐一室，上忽发火。子猷遽走避，不惶取屐。子敬神色恬然，徐唤左右，扶凭而出，不异平常。世以此定二王神宇。"芝生先生的神宇有点近似子敬。

上面举的只是一件微末小事，但是由小可以见大。总之，我们的代表团就是在这种熟悉而不亵渎、亲切而互相尊重的气氛中，共同生活了半年。我得以认识芝生先生，也是在这一段时期内的事。屈指算来，到现在也近四十年了。

对于芝生先生的专门研究领域，中国哲学史，我几乎完全是一个门外汉，不敢胡言乱语。但是他治中国哲学史的那种坚韧不拔的精神，我却是能体会到的，而且是十分敬佩的。为了这一门学问，他不知遭受了多少批判。他提倡的道德抽象继承论，也同样受到严厉的诡辩式的批判。但是，他能同时在几条战线上应战，并没有被压垮。他坚持真理，修正错误，不惜以今日之我非昨日之我，经常在修订他的《中国哲学史》，我说不清已经修订过多少次了。我相信，倘若能活到一百零八岁，他仍然是要继续修订的。只是这一点精神，难道还不值得我们认真学习吗？

芝生先生走过了九十五年的漫长的人生道路。九十五岁几乎等于一个世纪。自从公元建立后，至今还不到二十个世纪。芝生先生活了公元的二十分之一，时间够长的了。他一生经历了清代、民国、洪宪、军阀混乱、国民党统治、抗日战争，一直迎来了解放。道路并不总是平坦的，有阳关大道，也有独木小桥，曲曲折折，坎坎坷坷。然而芝生先生以他那奇特的乐观精神和适应能力，不断追求真理，追求光明，忠诚于自己的学术事业，热爱祖国，热爱祖国的传统文化，终于走完了人生长途，仰不愧于天，俯不怍于地。我们可以说他是晚节善终，大节不亏。他走了一条中国老知识分子应该走的道路。在他身上，我们是可以学习到很多东西的。

芝生先生！你完成了人生的义务，掷笔去世，把无限的怀思留给了我们。

　　芝生先生！你度过漫长疲劳的一生，现在是应该休息的时候了。你永远休息吧！

1990 年 12 月 3 日

哭冯至先生

对我来说,真像是晴空一声霹雳:冯至先生走了,永远永远地走了。

要说我一点都没有想到,也不是的。他毕竟已是达到了米寿高龄的人了。但是,仅仅在一个多月以前,我去看过他。我看他身体和精神都很好,心中暗暗欣慰。他告诉我说,他不大喜欢有一些人去拜访他,但我是例外。他再三想把我留住,情真意切,见于辞色。可是我还有别的事,下了狠心辞别。我同他约好,待到春暖花开之时,接他到燕园里住上几天,会一会老朋友,在园子里漫游一番,赏一赏他似曾相识的花草树木。我哪里会想到,这是我们长达半个多世纪的友谊的最后一次谈话。如果我当时意识到的话,就是天大的事,我也会推掉的,陪他谈上几个小时,可是我离开了他。如今一切都成为过去。晚了,晚了,悔之晚矣!我将抱恨终天了!

我认识冯至先生的过程,现在回想起来,仿佛已经成了历史。他长我六岁,我们不可能是同学,因此在国内没有见过面。当我到德国去的时候,他已经离开那里,因此在国外也没有能见面。但是,我在大学念书的时候,就读过他的抒情诗,对那一些形神俱臻绝妙的诗句,我无限向往,无比喜爱。鲁迅先生赞誉他为中国最优秀的抒情诗人,我始终认为这是至理名言。因此,对抒情诗人的冯至先生,我真是心仪已久了。

但是,一直到1946年,我们才见了面。这时,我从德国回来,在北京大学东语系任教,冯先生在西语系,两系的办公室紧挨着,见面的机会就多了。

在这期间,给我留下印象最深的,不是北大的北楼,而是中德学会所在地,一所三进或四进的大四合院。这里房屋建筑,古色古香。虽无曲径通幽之趣,但回廊重门也自有奇趣。院子很深,"庭院深深深几许",把市声都阻挡在大门外面,院子里静如古寺,一走进来,就让人觉得幽寂怡性。冯至先生同我,还有一些别的人,在这里开过许多次会。我在这里遇到了许多人,比如毕华德、张星烺、袁同礼、向达等等,现在都已作古。但是,对这一段时间的回忆,却永远不会消逝。

很快就到了1948年冬天,解放军把北京团团围住。北大一些教授,其中也有冯先生,在沙滩孑民堂里庆祝校庆,城外炮声隆隆,大家不无幽默地说,这是助庆的鞭炮。可见大家并没有身处危城中的恐慌感,反而有所期望,有所寄托。校长胡适乘飞机仓皇逃走,只有几个教授与他同命运,共进退。其余的都留下了,等待解放军进城。冯先生就是其中之一。

过去,我常常想,也常常说,对中国旧社会的知识分子来说,解放是一场严峻的考验,是大节亏与不亏的考验。在这一点上说,冯至先生是大节不亏的。但是,我想做一点补充或者修正。由于政治信念不同,当时离开大陆的也不见得都是大节有亏的。在这里,标准只有一个,就是看他爱不爱国。只要爱我们伟大的祖国,待在哪里,都无亏大节。爱国无分先后,革命不计迟早。这是我现在的想法。

总之,在这考验的关头,冯至先生留下来了,我也留下来了,许许多多的教授都留下来了。我们共同度过一段欢喜、激动、兴奋、甜美的日子。

跟着来的是长达四十年的漫长的开会时期。记得五十年代在一次会上,周扬同志笑着对我们说:"国民党的税多,共产党的会多。"冯至先生也套李后主的词说:"春花秋月何时了?开会知多少!"他们二位并没有什么恶意,但是从他们的苦笑中也可以体会出一点苦味,难道不是这样吗?

幸乎?不幸乎?他们两位的话并没有错,在我同冯至先生长达四十多年的友谊中,我对他的回忆,几乎都同开会联在一起。

常言道:"时势造英雄。"解放这一个时势,不久就把冯至先生和我都造成了"英雄"。不知怎样一来,我们俩都成了"社会活动家",甚至"国际活动家",都成了奔走于国内外的开会的"英雄"。我是一个性格内向的人,最怕同别人打交道。我看,冯先生同我也是"伯仲之间见伊吕",他根本不是一个交际家。如果他真正乐此不疲的话,他就不会套用李后主的词来说"怪话",这一点是用不着怀疑的。

开会之所以多,就是因为解放后集会结社,名目繁多。什么这学会,那协会;这理事会,那委员会;这人民代表大会,那政治协商会议,种种称号,不一而足。冯先生和我既然都是"社会活动家",那就必须"活动"。又因为我们两个的行当有点接近,在社会上所处的地位,又有点相似,因此就经常"活动"到一起来了。我有时候胡思乱想:冯先生和我如果不是"社会活动家"的话,我们见面的机会就会减少百分之八九十,我们的友谊就会向另外一个方向发展了。仅仅为了这一点,我也要感谢"会多"。

我们俩共同参加的会,无法一一列举,仅举其荦荦大者,就有《世界文学》编委会,中国作家协会,全国人民代表大会,国务院学位委员会,《中国大百科全书·外国文学卷》编委会,中国外国文学研究会,中国社会科学院文学研究所学术委员会,外国文学研究所学术委员会,等等,等等。我们的友谊就贯串在这些五花八门的会中,我的回忆也贯串在这些五花八门的会中。

我不能忘记那奇妙的莫干山。有一年,《中国大百科全书·外国文学卷》编委会在这里召开。冯先生是这一卷的主编,我是副主编,我们俩都参加了。莫干山以竹名,声震神州。我这个向来不作诗的"非诗人",忽然得到了灵感,居然写了四句所谓"诗":"莫干竹世界,遍山绿琅玕。仰观添个个,俯视唯团团。"可见竹子给我的印象之深。在紧张地审稿之余,我同冯先生有时候也到山上去走走。白天踏着浓密的竹影,月夜走到仿佛能摸出绿色的幽篁里;有时候在细雨中,有时候在夕阳下。我们随意谈着话,有的与审稿有关,有的是上天下地,无所不谈。

这一段回忆是美妙绝伦的,终生难忘。

我不能忘记那令人发思古之幽情的西安丈八沟国宾馆。

西安是中国古代几个朝代的都会,到了唐代,西安简直成了全世界的文化、政治和经济的中心,大量的外国人住在那里。唐代诗歌又是中国文学史上的一个黄金时期的产品。今天到了西安,只要稍一留意,就会看到到处都是唐诗的遗迹。谁到了灞桥,到了渭水,到了那一些什么"原",不会立刻就联想到唐代许多脍炙人口的诗句呢?西安简直是一座诗歌的城市,一座历史传说的城市,一座立即让人发思古之幽情的城市。丈八沟这地方,杜甫诗中曾提到过。冯至先生个人是诗人,又是研究杜甫诗歌的专家。他到了西安,特别是到了丈八沟,大概体会和感受应该比别人更多吧。我们这一次是来参加中国外国文学研究会的年会的。工作也是颇为紧张的。但是,同在莫干山一样,在紧张之余,我们也间或在这秀丽幽静的宾馆里散一散步。这里也有茂林修竹,荷塘小溪。林中,池畔,修竹下,繁花旁,留下了我们的足踪。

这一段回忆是美妙绝伦的,终生难忘。

够了,够了。往事如云如烟。像这样不能忘记的回忆,真是太多太多了。像这些不能忘记的地方和事情,也真是太多太多了,多到我的脑袋好像就要爆裂的程度。现在,对我来说,每一个这样的回忆,每一件这样的事情,都仿佛成了一首耐人寻味的抒情诗。

所有这一些抒情诗都是围绕着一个人而展现的,这个人就是冯至先生。

在长达半个多世纪的友谊中,我们虽为朋友,我心中始终把他当老师来看待。借用先师陈寅恪先生的一句诗,就是"风义平生师友间"。经过这样长时间的亲身感受,我发现冯先生是一个非常可爱,非常可亲近的人。他淳朴,诚恳,不会说谎,不会虚伪,不会吹牛,不会拍马,待人以诚,同他相处,使人如坐春风中。我从来没有见他发过脾气。前几天,我到医院去看他的时候,他女儿姚平告诉我说,有时候她爸爸在胸中郁积了一腔悲愤,一腔不悦。女儿说:"你发一发脾气嘛!一发不就舒服了吗?"他苦笑着说:"你叫我怎样学会发脾气呢?"

冯至先生就是这样一个平凡而又奇特,这样一个貌似平凡实为不平凡的人。

古人说:"人生得一知己,足矣。"我生性内向,懒于应对进退,怯于待人接物。但是,在八十多年的生命中,也有几个知己。我个人认为,冯至先生就是其中之一。在漫长的开会历程中,有多次我们住在一间屋中。我们几乎是无话不谈,对时事,对人物,对社会风习,对艺坛奇闻,我们的意见完全一致,几乎没有丝毫分歧。我们谈话,从来用不着设防。我们直抒胸臆,尽兴而谈。自以为人生幸福,莫大于此。我们的友谊之所以历久不衰,而且与时俱增,原因当然就在这里。

两年前,我的朋友和学生一定要为我庆祝八十诞辰。我提出来了一个条件:凡是年长于我的师友,一律不通知,不邀请。冯先生当然是在这范围以内的。然而,到了开会的那一天,大会就要开始时,冯先生却以耄耋之年,跋涉长途,从东郊来到西郊,来向我表示祝贺。我坐在主席台上,瞥见他由人搀扶着走进会场,我一时目瞪口呆,万感交集,我连忙跳下台阶,双手扶他上来。他讲了许多鼓励的话,优美得像一首抒情诗。全场四五百人掌声雷动,可见他的话拨动了听众的心弦。此情此景,我终生难忘。那一次会上,还来了许多年长于我或少幼于我的老朋友,比如吴组缃(他是坐着轮椅赶来的)、许国璋等等,情谊深重,连同所有的到会的友人,包括我家乡聊城和临清的四雨新交,我都终生难忘。我是一个拙于表达但在内心深处极重感情的人。我所有的朋友对我这样情深意厚的表示,在我这貌似花样繁多而实单调、貌似顺畅而实坎坷的生命上,涂上了一层富有生机,富于情谊的色彩,我哪里能够忘记呢?

近几年来,我运交华盖,连遭家属和好友的丧事。人到老年,旧戚老友,宛如三秋树叶,删繁就简,是自然的事。但是,就我个人来说,几年之内,连遭大故,造物主——如果真有的话——不也太残酷了吗?我哭过我们全家敬爱的老祖,我哭过我的亲生骨肉婉如,我哭过从清华大学就开始成为朋友的乔木。我哪里会想到,现在又轮到我来哭冯至先生!"白发人哭黑发人"固然是人生之至痛。但"白发人哭白发人",不也是同样地惨痛吗?我觉得,人们的眼泪不可能像江上之清风与山间之明月,取之不尽用之不竭。几年下来,我的泪库已经干涸了,再没有眼泪供我提取了。

然而,事实上却不是这样,完全不是这样。前几天,在医院里,我见了冯先生最后一面。他虽然还活着,然而已经不能睁眼,不能说话。我顿感,毕生知己又弱一个。我坐在会客室里,泪如泉涌,我准备放声一哭。他的女儿姚平连声说:"季伯伯!你不要难过!"我调动起来了自己所有剩余的理智力量,硬是把痛哭压了下去。脸上还装出笑容,甚至在泪光中做出笑脸。只有我一个人知道:我的泪都流到肚子里去了。为了冯至先生,我愿意把自己泪库中的泪一次提光,使它成为我一生中最后的一次痛哭。

呜呼!今生已矣。如果真有一个来生,那会有多么好。

1993 年 2 月 24 日

也谈叶公超先生二三事

读了本报1993年8月11日《文学》王辛笛师弟(恕我狂妄,以兄自居,辛笛在清华确实比我晚一级)的《叶公超先生二三事》,顿有所感,也想来凑凑热闹,谈点公超先生的事儿。

但是,我对公超先生的看法,同辛笛颇有不同,因此,必须先说明几句。在背后,甚至在死后议论老师的长短,有悖于中国传统的尊师之道。不过,我个人觉得,我的议论,尽管难免有点苛求,却完全是善意的,甚至是充满了感情的。我为什么这样说呢?这里要交代一点时代背景。

老清华人都知道,在三十年代,清华大学同别的大学稍有不同,用通俗的话来说,就是有点"洋气",学生在校刊上常常同老师开点小玩笑,饶有风趣而无伤大雅。师不以为忤,生以此为乐。这样做,不但没有伤害了师生关系,好像更缩短了师生的距离,感情更融洽。

这样说,有点空洞。我举两个例子。第一个是吴雨僧(宓)先生。他为人正直,古貌古心,但颇有一些"绯闻"。他有一首诗,一开始两句是:"吴宓苦爱×××(原文如此),三洲人士共惊闻。"当时不能写出真姓名,但是从押韵上来看,真是呼之欲出。×××者,毛彦文也。雨僧先生还有一组诗,名曰《空轩十二首》,最初是在"中西诗之比较"课堂上发

给我们的。据说每一首影射一位女子,真假无所考。校刊上把第一首今译为:

> 一见亚北貌似花,
> 顺着秫秸往上爬。
> 单独进攻忽失利,
> 跟踪盯梢也挨刷。

下面三句忘了。最后一句是:

> 椎心泣血叫妈妈。

"亚北"者,欧阳也,是外文系一位女生的姓。这一个今译本在学生中传诵,所以时隔六十年,我仍然能回忆起来。然而雨僧先生却泰然处之。

第二个例子是俞平伯先生。他是著名的诗人、散文家、红学专家。在清华时,我曾旁听过他讲唐宋诗词的课。大家都知道,他家学渊源,是国学大师俞樾的孙子或曾孙,自己能写诗,善填词。他讲诗词当然很有吸引力。在课堂上他选出一些诗词,自己摇头晃脑而朗诵之。有时闭上了眼睛,仿佛完全沉浸于诗词的境界中,遗世而独立。他蓦地睁大了眼睛,连声说:"好!好!好!就是好!"学生正在等他解释好在何处,他却已朗诵起第二首诗词来了。昔者晋人见好山水,便连声唤"奈何!奈何!"仔细想来,这是最好的赞美方式。因为,一落言筌,便失本意,反不如说上几句"奈何!"更具有启发意义。平伯先生的"就是好!"可以与此等量齐观。就是这位平伯先生,有一天忽然剃光了脑袋,这在当时学生和教授中都是从来没有见过的。于是轰动了全校。校刊上立即出现了俞先生出家当和尚的特大新闻。在众目睽睽之下,平伯先生怡然自得,泰然处之。他光着个脑袋,仍然在课堂上高喊:"好!好!就是好!"

举完了两个例子,现在再谈叶公超先生。

我在清华读的是外国语言文学系。虽然专门化(secialized)是德文,不过表示我读了一至四年德文;实际上仍以英文为主,教授不分中西讲课都用英语,连德文也不例外。第一年英文,教授就是叶公超先生,用的课本是英国女作家Jane Austen 的 Pride and Prejudice。公超先生教学法非常奇特。他几乎从不讲解,一上堂,就让坐在前排的学生,由左到右,依次朗读原文,到了一定段落,他大声一喊:"Stop!"问大家有问题没有。没人回答,就让学生依次朗读下去,一直到下课。学生摸出了这个规律,谁愿意朗读,就坐在前排,否则往后坐。有人偶尔提一个问题,他断喝一声:"查字典去!"这一声狮子吼有大威力,从此天下太平,宇域宁静,相安无事,转瞬过了一年。

公超先生很少着西装,总是绸子长衫,冬天则是绸缎长袍或皮袍,下面是绸子棉裤,裤腿用丝带系紧,丝带的颜色与裤子不同,往往是颇为鲜艳的,作蝴蝶结状,随着步履微微抖动翅膀,用现在的话来说,就是非常"潇洒"。先生的头发,有的时候梳得光可鉴人;有的时候又蓬松似秋后枯草。他顾盼自嬉,怡然自得,学生们窃窃私议:先生是在那里学名士。

谈到名士,中国分为真假两类。"是真名士自风流",什么叫"真名士"呢?什么又叫假名士呢?理论上不容易说清楚。我想,只要拿前面说到的俞平伯先生同叶公超先生一比,泾渭立即分明。大家一致的意见是,俞是真名士,而叶是假装的名士。前者直率天成,一任自然;后者则难免有想引起"轰动效应"之嫌。《世说新语》常以一句话或一件事,定人们的高下优劣。我们现在也从这一件事定二位的高下。

我想就以此为起点来谈公超先生的从政问题。辛笛说:"在旧日师友之间,我们常常为公超先生在抗战期间由西南联大弃教从政,深致惋叹,既为他一肚皮学问可惜,也都认为他哪里是个旧社会中做官的材料,却就此断送了他十三年教学的苜蓿生涯,这真是一个时代错误。"我的看法同辛笛大异其趣。根据我个人在同俞平伯先生对比中所得到的印象,我觉得,公超先生确是一个做官的材料。你能够想象俞平伯先生做官的样子吗?

说到学问,公超先生是有一肚皮的。他人很聪明,英文非常好。在清华四年中,我同他接触比较多。我早年的那一篇散文《年》就是得到了他的垂青,推荐到《学文》上去发表的。他品评这篇文章时说:"你写的不仅仅是个人的感受,而是'普遍的意识'(这是他的原话)。"我这篇散文的最后一句话是:"一切都交给命运去安排吧!"这就被当时的左派刊物抓住了辫子,大大地嘲笑了一通没落的教授阶级垂死的哀鸣。我当时是一个穷学生,每月六元的伙食费还要靠故乡县衙门津贴,我哪里有资格代表什么没落的教授阶级呢?

不管怎样,我是非常感激公超先生的。我一生喜好舞笔弄墨,年届耄耋,仍乐此不疲。这给我平淡枯燥的生活抹上了一点颜色,增添了点情趣,难道我能够忘记吗?在这里我要感谢两位老师:一个高中时期的董秋芳(冬芬)先生,一个就是叶公超先生。如果再加上一位的话,那就是郑振铎先生。

我继承了"清华精神"写了这篇短文。虽对公超先生似有不恭,实则我是满怀深情地讲出了六十年前的感觉。想公超先生在天之灵必不以为忤,而辛笛师弟更不会介意的。

1993 年 10 月 3 日

怀念乔木

乔木同志离开我们已经一年多了。我曾多次想提笔写点怀念的文字,但都因循未果。难道是因为自己对这一位青年时代的朋友感情不深、怀念不切吗?不,不,绝不是的。正因为我怀念真,感情深,我才迟迟不敢动笔,生怕亵渎了这一份怀念之情。到了今天,悲思已经逐步让位于怀念,正是非动笔不行的时候了。

我认识乔木是在清华大学。当时我不到二十岁,他小我一年,年纪更轻。我念外语系而他读历史系。我们究竟是怎样认识的,现在已经回忆不起来。总之我们认识了。当时他正在从事反国民党的地下活动(后来他告诉我,他当时还不是党员)。他创办了一个工友子弟夜校,约我去上课,我确实也去上了课,就在那一座门外嵌着"清华学堂"的高大的楼房内。有一天夜里,他摸黑坐在我的床头上,劝我参加革命活动。我虽然痛恶国民党,但是我觉悟低,又怕担风险。所以,尽管他苦口婆心,反复劝说,我这一块顽石愣是不点头。我仿佛看到他的眼睛在黑暗中闪光。最后,听他叹了一口气,离开了我的房间。早晨,在盥洗室中我们的脸盆里,往往能发现革命的传单,是手抄油印的。我们心里都明白,这是从哪里来的。但是没有一个人向学校领导去报告。从此相安无事，一直到一两年后，乔木为了躲避国民党的迫害，逃往南方。

此后，我在清华毕业后教了一年书，同另一个乔木（乔冠华，后来号"南乔木"，胡乔木号"北乔木"）一起到了德国，一住就是十年。此时，乔木早已到延安，开始他那众所周知的生涯。我们完全走了两条路，恍如云天相隔，"世事两茫茫"了。

等到我于1946年回国的时候，解放战争正在激烈进行。到了1949年，解放军终于开进了北京城。就在这一年的春夏之交，我忽然接到一封从中南海寄出来的信。信开头就说："你还记得当年在清华时的一个叫胡鼎新的同志吗？那就是我，今天的胡乔木。"我当然记得的，一缕怀旧之情蓦地萦上了我的心头。他在信中告诉我说，现在形势顿变，国家需要大量的研究东方问题、通东方语文的人才。他问我是否同意把南京东方语专、中央大学边政系一部分和边疆学院合并到北大来。我同意了。于是有一段时间，东语系是全北大最大的系。原来只有几个人的系，现在顿时熙熙攘攘，车马盈门，热闹非凡。

记得也就是在这之后不久，乔木到我住的翠花胡同来看我。一进门就说："东语系马坚教授写的几篇文章：《穆罕默德的宝剑》、《回教徒为什么不吃猪肉》等，毛先生很喜欢，请转告马教授。"他大概知道，我们不习惯于说"毛主席"，所以用了"毛先生"这一个词儿。我当时就觉得很新鲜，所以至今不忘。

到了1951年，我国政府派出了建国后第一个大型的出国代表团:赴印缅文化代表团。乔木问我愿不愿参加,我当然非常愿意。我研究印度古代文化,却没有到过印度,这无疑是一件憾事。现在天上掉下来一个良机,可以弥补这个缺憾了。于是我畅游了印度和缅甸,留下了毕生难忘的印象,这当然要感谢乔木。

但是,我是一个上不得台盘的人,我很怕见官。两个乔木都是我的朋友,现在都当了大官。我本来就不喜欢拜访人,特别是官,不管是多熟的朋友,也不例外。解放初期,我曾请南乔木乔冠华给北大学生作过一次报告。记得送他出来的时候,路上遇到艾思奇。他们俩显然很熟识。艾说:"你也到北大来老王卖瓜了!"乔说:"只许你卖,就不许我卖吗?"彼此哈哈大笑。从此我就再没有同乔冠华打交道。同北乔木也过从甚少。

说句老实话,我这两个朋友,南北二乔木都没有官架子。我最讨厌人摆官架子,然而偏偏有人爱摆。这是一种极端的低级趣味的表现。我的政策是:先礼后兵。不管你是多么大的官,初见面时,我总是彬彬有礼。如果你对我稍摆官谱,从此我就不再理你,见了面也不打招呼。知识分子一向是又臭又硬的,反正我绝不想往上爬,我完全无求于你,你对我绝对无可奈何。官架子是抬轿子的人抬出来的。如果没有人抬轿子,架子何来。因此我憎恶抬轿子者胜于坐轿子者。如果有人说这是狂狷,我也只当秋风过耳边。

但是,乔木却绝不属于这一类的官。他的官越做越大,地位越来越高,被誉为"党内的才子"、"大手笔",俨然执掌意识形态大权,名满天下。然而他并没有忘掉故人。特别是

"文化大革命"以后,我们都有各自的经历。我们虽然没有当面谈过,但彼此心照不宣。他到我家来看过我。他的家我却是一次也没有去过。什么人送给他上好的大米了,他也要送给我一份。他到北戴河去休养,带回来了许多个儿极大的海螃蟹,也不忘记送我一筐。他并非百万富翁,这些可能都是他自己出钱买的。按照中国老规矩:来而不往,非礼也。投桃报李,我本来应该回报点东西的,可我什么吃的东西也没有送给乔木过。这是一种什么心理?我自己并不清楚。难道是中国旧知识分子、优秀的知识分子那种传统心理在作怪吗?

  1986年冬天,北大的学生有一些爱国活动,有一点"不稳"。乔木大概有点着急。有一天他让我的儿子告诉我,他想找我谈一谈,了解一下真实的情况。但他不敢到北大来,怕学生们对他有什么行动,甚至包围他的汽车,问我愿不愿意到他那里去。我答应了。于是他把自己的车派来,接我和儿子、孙女到中南海他住的地方去。外面刚下过雪,天寒地冻。他住的房子极高极大,里面温暖如春。他全家人都出来作陪。他请他们和我的儿子、孙女到另外的屋子里去玩。只留我们两人,促膝而坐。开宗明义,他先声明:"今天我们是老友会面。你眼前不是政治局委员、书记处书记,而是六十年来的老朋友。"我当然完全理解他的意思,把我对青年学生的看法,竹筒倒豆子,和盘倒出,毫不隐讳。我们谈了一个上午,只是我一个人说话。我说的要旨其实非常简明:青年学生是爱国的。在上者和年长者唯一正确的态度是理解与爱护,诱导与教育。个别人过激的言行可以置之不理。最后,乔木说话了：他完全同意我的看法，说是要把我的意见带到政治局去。能得到乔木的同意，我心里非常痛快。他请我吃午饭。他们全家以夫人谷羽同志为首和我们祖孙三代围坐在一张非常大的圆桌旁。让我吃惊的是，他们吃得竟是这样菲薄，与一般人想象的什么山珍海味、燕窝、鱼翅，毫不沾边儿。乔木是一个什么样的官儿，也就一清二楚了。

有一次，乔木想约我同他一起到甘肃敦煌去参观。我委婉地回绝了。并不是我不高兴同他一起出去，我是很高兴的。但是，一想到下面对中央大员那种逢迎招待、曲尽恭谨之能事的情景，一想到那种高楼大厦、扈从如云的盛况，我那种上不得台盘的老毛病又发作了，我感到厌恶，感到腻味，感到不能忍受。眼不见为净，还是老老实实地待在家里为好。

最近几年以来，乔木的怀旧之情好像愈加浓烈。他曾几次对我说："老朋友见一面少一面了！"我真是有点惊讶。我比他长一岁，还没有这样的想法哩。但是，我似乎能了解他的心情。有一天，他来北大参加一个什么展览会。散会后，我特意陪他到燕南园去看清华老同学林庚。从那里打电话给吴组缃，电话总是没有人接。乔木告诉我，在清华时，他俩曾共同参加了一个地下革命组织，很想见组缃一面，竟不能如愿，言下极为怏怏。我心里想：这次不行，下次再见嘛。焉知下次竟没有出现。乔木同组缃终于没能见上一面，就离开了人间。这也可以说是抱恨终天吧。难道当时乔木已经有了什么预感吗？

他最后一次到我家来，是老伴谷羽同志陪他来的。我的儿子也来了。后来谷羽和我的儿子到楼外同秘书和司机去闲聊。屋里只剩下了我同乔木两人。我一下回忆起几年前在中南海的会面。同一会面,环境迥异。那一次是在极为高大宽敞、富丽堂皇的大厅里。这一次却是在低矮窄小,又脏又乱的书堆中。乔木仍然用他那缓慢低沉的声调说着话。我感谢他签名送给我诗集和文集。他赞扬我在学术研究中取得的成就,用了几个比较夸张的词儿。我顿时感到惶恐,觳觫不安。我说:"你取得的成就比我大得多而又多呀!"对此,他没有多说什么话,只是轻微地叹了一口气,慢声细语地说:"那是另外一码事儿。"我不好再说什么了。谈话时间不短了,话好像是还没有说完。他终于起身告辞。我目送他的车转过小湖,才慢慢回家。我哪里会想到,这竟是乔木最后一次到我家里来呢!

大概是在前年,我忽然听说:乔木患了不治之症。我大吃一惊,仿佛当头挨了一棍。"斯人也,而有斯疾也。"难道天道真就是这个样子吗?我没有别的办法,只能寄希望于万一。这一次,我真想破例,主动到他家去看望他。但是,儿子告诉我,乔木无论如何也不让我去看他。我只好服从他的安排。要说心里不惦念他,那是根本不可能的。六十多年的老友,世上没有几个了。

时间也就这样过去。去年八九月间,他委托他的老伴告诉我的儿子,要我到医院里去看他。我十分了解他的心情:这是要同我最后诀别了。我怀着沉重的心情,同儿子到了他住的医院里。病房同中南海他的住房同样宽敞高大,但我的心情却无论如何也不能同那一次进中南海相比,我这一次是来同老友诀别的。乔木仰面躺在病床上,嘴里吸着氧气。床旁还有一些点滴用的器械。他看到我来了,显得有点激动,抓住我的手,久久不松开。看来他知道,这是最后一次握老友的手了。但是,他神态是安详的,神志是清明的,一点没有痛苦的表情。他仍然同平常一样慢声慢气地说着话。他曾在《人物》杂志上读过我那《留德十年》的一些篇章。不知道为什么他现在又忽然想了起来,连声说:"写得好!写得好!"我此时此刻百感交集,我答应他全书出版后,一定送他一本。我明知道这只不过是空洞的谎言。这种空洞萦绕在我耳旁,使我自己都毛骨悚然。然而我不说这个又能说些什么呢?

这是我同乔木最后一次见面。过了不久,他就离开了人间。按照中国古代一些知识分子的做法,《留德十年》出版以后,我应当到他的坟上焚烧一本,算是送给他那在天之灵。然而,遵照乔木的遗嘱,他的骨灰都已撒到他革命的地方了,连一个骨灰盒都没有留下。他是"赤条条来去无牵挂"。然而,对我这后死者来说,却是极难排遣的。我面对这一本小书,泪眼模糊,魂断神销。

平心而论,乔木虽然表面上很严肃,不苟言笑,他实则是一个正直的人,一个正派的人,一个感情异常丰富的人,一个脱离了低级趣味的人。六十年的宦海风波,他不能无所感受,但是他对我半点也没有流露过。他大概知道,我根本不是此道中人。说了也是白说。在他生前,大陆和香港都有一些人把他封为"左王",另外一位同志同他并列,称为"左后"。我觉得,乔木是冤枉的。他哪里是那种有意害人的人呢?

我同乔木相交六十年。在他生前,对他我有意回避,绝少主动同他接近。这是我的生性使然,无法改变。他逝世后这一年多以来,不知道是为什么,我倒常常想到他。我像老牛反刍一样,回味我们六十年交往的过程,顿生知己之感。这是我以前从来没有感到过的。现在我越来越觉得,乔木是了解我的。有知己之感是件好事,然而它却加浓了我的怀念和悲哀。这就难说是好是坏了。

　　随着自己年龄的增长,我现在越来越觉得,在人世间,后死者的处境是并不美妙的。年岁越大,先他而走的亲友越多,怀念与悲思在他心中的积淀也就越来越厚,厚到令人难以承担的程度。何况我又是一个感情常常超过需要的人,我心里这一份负担就显得更重。乔木的死,无疑又在我心灵中增加了一份极为沉重的负担。我有没有办法摆脱这一份负担呢?我自己说不出。我怅望窗外皑皑的白雪,我想得很远,很远。

1993 年 11 月 28 日凌晨

悼组缃

组缃毕竟还是离开我们走了,永远永远地走了。最近几年来,他曾几次进出医院。有时候十分危险。然而他都逢凶化吉,走出了医院。我又能在池塘边上看到一个戴儿童遮阳帽的老人,坐在木头椅子上,欣赏湖光树影。

他前不久又进了医院。我仍然做着同样的梦,希望他能再一次化险为夷,等到春暖花开时,再一次坐在木椅子上,为朗润园增添一景。然而,这一次我的希望落了空。组缃离开了我们走了,永远永远地走了。对我个人来说,我失掉了一个有六十多年友谊的老友。偌大一个风光旖旎的朗润园,杨柳如故,湖水如故,众多的贤俊依然灿如列星,为我国的文教事业增添光彩。然而却少了一个人,一个平凡又不平凡的老人。我感到空虚寂寞,名园有灵,也会感到空虚与寂寞的。

距今六十四年以前,在三十年代的第一年,我就认识了组缃,当时我们都在清华大学读书。岁数相差三岁,级别相差两级,又不是一个系。然而,不知怎么一来,我们竟认识了,而且成了好友。当时同我们在一起的还有林庚和李长之,可以说是清华园"四剑客"。大概我们都是所谓"文学青年",都爱好舞笔弄墨,共同的爱好把我们聚拢在一起来了。我读的虽然是外国语文系,但曾旁听过朱自清先生和俞平伯先生的课。我们"四剑客"大概都偷听过当时名噪一时的女作家谢冰心先生的课和燕京大学教授郑振铎先生的课。结果被冰心先生板着面孔赶了出来。和郑振铎先生我们却交上了朋友。他同巴金和靳以共同创办了《文学季刊》，我们都成了编委或特约撰稿人，我们的名字堂而皇之地赫然印在杂志的封面上。郑先生这种没有一点教授架子，决不歧视小字辈的高风亮节，我曾在纪念他的文章中谈到。我们曾联袂到今天北京大学小东门里他的住处访问过他，对他那插架的宝书曾狠狠地羡慕过一阵。先生之风，山高水长，可惜长之和组缃已先后谢世，能够回忆的只剩下我同林庚两人了。

我们"四剑客"是常常会面的，有时候在荷花池旁，有时候在林阴道上，更多的时候是在某一个人的宿舍里。那时我们都很年轻，我的岁数最小，还不到二十岁，正是幻想特多，不知天高地厚，仿佛前面的路上全铺满了玫瑰花的年龄。我们放言高论，无话不谈，"语不惊人死不休"。个个都吹自己的文章写得好，不是梦笔生花，就是神来之笔。林庚早晨初醒，看到风吹帐动，立即写了两句话：

　　破晓时天旁的水声
　　深林中老虎的眼睛

当天就念给我们听，眉飞色舞，极为得意。他的一篇诗稿上有一个"袭"字，看上去像是"聋"字。长之立即把这个"聋"字据为己有。原诗是"袭来了什么什么"，现在成了"聋来了什么什么"。他认为，有此一个"聋"字而境界全出了。

我们会面的地方，留给我印象最深的还是工字厅。这是一座老式建筑，里面回廊曲径，花木葱郁，后临荷塘，那一个有名的写着"水木清华"四个大字的匾,就挂在工字厅后面。这里房间很多,数也数不清。中间有一座大厅,按现在的标准来说,也不算太大。厅里旧木家具,在薄暗中有时闪出一点光芒。这是一个非常清静的地方,平常很少有人到这里来。对我们"四剑客"来说,这里却是侃大山(当时还没有这个词儿)的理想的地方。我记得茅盾《子夜》出版的时候,我们四个人又凑到一起,来到这里,大侃《子夜》。意见大体上分为两派:否定与肯定。我属于前者,组缃属于后者。我觉得,茅盾的文章死板、机械,没有鲁迅那种灵气。组缃则说,《子夜》结构闳大,气象万千。这样的辩论向来不会有结果的。不过是每个人淋漓尽致地发表了意见以后,你好,我好,大家都好,又谈起别的问题来了。

  组缃上中学时就结了婚。家境大概颇为富裕,上清华时,把家眷也带了来。现在听说中国留学生可以带夫人出国,名曰伴读。当时是没有这个说法的。然而组缃的所作所为不正是"伴读"吗?组缃真可谓"超前"了。有了家眷,就不能住在校内学生宿舍里。他在清华附近西柳村租了几间房子,全家住在那里。我曾同林庚和长之去看过他。除了夫人以外,还有一个三四岁的女孩,小名叫小鸠子,是非常聪慧可爱的孩子。去年下半年,我去看组缃,小鸠子正从四川赶回北京来陪伴父亲。她现在也已六十多岁,非复当日的小女孩了。我叫了一声:"小鸠子!"组缃笑着说:"现在已经是老鸠子了。"相对一笑,时间流逝得竟是如此迅速,我也不禁"惊呼热中肠"了。

  清华毕业后,我们"四剑客",天南海北,在茫茫的赤县神州,在更茫茫的番邦异域,各奔前程,为了糊口,为了养家,在花花世界中,摸爬滚打,历尽苦难,在心灵上留下了累累伤痕。我们各自怀着对对方的忆念,在寂寞中,在沉默中,等待着,等待着。一直等到五十年代初的院系调整,组缃和林庚又都来到了北大,我们这"三剑客"在暌离二十年后又在燕园聚首了。此时我们都已成了中年人,家事、校事、国事,事事萦心。当年的少年锐气已经磨掉了不少,非复昔日之狂纵。燕园虽秀美,但独缺少一个工字厅,缺少一个水木清华。我们平常难得见一次面,见面大都是在校内外召开的花样繁多的会议上。一见面,大家哈哈一笑,个中滋味,不足为外人道也。

时光是超乎物外的,它根本不管人世间的悲欢离合,从无始至无终,始终是狂奔不息。一转瞬间,已经过去了四十年。其间风风雨雨,坎坎坷坷,中国的老知识分子无不有切肤之痛,大家心照不宣,用不着再说了。我同组缃在牛棚中做过"棚友",更别有一番滋味在心头。我们终于都离开了中年,转入老年,进而进入耄耋之年。不但青年的锐气消磨精光,中年的什么气也所余无几,只剩下了一团暮气了。幸好我们这清华园"三剑客"(长之早已离开了人间)并没有颓唐不振,仍然在各自的领域里辛勤耕耘,虽非"志在千里",却也还能"日暮行雨,春深著花",多少都有所建树,差堪自慰而已。

前几年,我同组缃的共同的清华老友胡乔木,曾几次对我说:"老朋友见一面少一面了!"我颇讶其伤感。前年他来北大参加一个什么会。会结束后,我陪他去看了林庚。他执意要看一看组缃,说他俩在清华时曾共同搞过地下革命活动。我于是从林庚家打电话给组缃,打了好久,没有人接。并非离家外出,想是高卧未起。不管怎样,组缃和乔木至终也没能再见上一面。乔木先离开了人间,现在组缃也走了。回思乔木说的那一句话,字字是真理,哪里是什么感伤!我却是乐观得有点可笑了。

我默默地接受了这个教训,赶在组缃去世之前,想亡羊补牢一番。去年我邀集了几个最老的朋友:组缃、恭三(邓广铭)、林庚、周一良等小聚了一次。大家都一致认为,老友们的兴致极高,难得浮生一夕乐。但在觥筹交错中,我不禁想到了两个人:一是长之,一是乔木,清华"剑客"于今飘零成广陵散矣。我本来想今年再聚一次,被邀请者范围再扩大一点。哪里想到,如果再相聚的话,又少了一个人:组缃。暮年老友见一面真也不容易呀!

不管我还能活上多少年,我现在走的反正是人生最后一段路程。最近若干年来,我以忧患余生,渐渐地成了陶渊明的信徒。他那形神相赠的诗,我深深服膺。我想努力做到"纵浪大化中,不喜亦不惧"。我想努力做到宋人词中所说的"悲欢离合总无情"。我觉得,自己的努力并没有白费。我对这花花世界确已看透,名缰利索对我的控制已经微乎其微。然而一遇到伤心之事,我还不能"总无情",而是深深动情,组缃之死就是一个例子。生而为人,孰能无情,一个"情"字不就是人之所异于禽兽者的那一点"几稀"吗?

有一件事却让我触目惊心。我舞笔弄墨之十多年于兹矣。前期和中期写的东西,不管内容如何,不管技巧如何,悼念的文章是极为稀见的。然而最近几年来,这类文章却逐渐多了起来。最初我没有理会。一旦理会到了,不禁心惊胆战。一个人到了老年,如果能活得长一点,当然不能说是坏事。但是,身旁的老友一个接一个地离开了自己,宛如郑板桥诗所说的"删繁就简三秋树",如果"简"到只剩下自己这一个老枝,岂不大可哀哉!一个常常要写悼念文章的人,距离别人为自己写悼念文章,大概也为期不远了。一想到这一点,即使自己真能"不喜亦不惧",难道就能无动于衷吗?

但是,眼前我并不消极,也不颓唐,我决不会自寻"安乐死"的。看样子我还能活上若干年的,我耳不聋,眼稍昏,抬腿就是十里八里。王济夫同志说我是"奇迹",他的话有点道理。我计划要做的事,其数量和繁重程度,连一些青年或中年人都会望而却步,借用冯友兰先生的话,我是"欲罢不能"。天生是辛劳的命,奈之何哉!看来悼念文章我还是要写下去的。我并没有老友臧克家要活到一百二十岁那样的雄心壮志,退而求其次,活到九十多,大概不成问题。我还有多少悼念文章要写呀,恐怕没有人敢说了。

1994年2月2日

| 北京记忆

我的朋友臧克家

　　我只是克家同志的最老的老朋友之一,我们的友谊已经有六十多年了。我们中国评论一个人总是说道德文章,把道德摆在前边,这是我们中华民族优秀文化的表现之一,跟西方不一样。那么我就根据这个标准,把过去六十多年中间克家给我的印象讲一讲。

　　第一个讲道德。克家曾在一首诗里说过,一个叫责任感,一个叫是非感,我觉得道德应该从这地方来谈谈。是非、责任,不是小是小非,而是大是大非。什么叫大是大非呢?大是大非就是关系到我们祖国,关系到我们人民,关系到世界,也就是要拥护社会主义,拥护共产主义,这是大是大非。我觉得责任也在这个地方,克家在过去七十多年中间,尽管我们国内的局势变化万千,可是克家始终没有落伍,能够跟得上我们时代的步伐,我觉得这是非常难得的。这就是大是大非,就是重大的责任。我觉得从这地方来看,克家是一个真正的人。至于个人,他给我的印象是一个像火一样热情的诗人,对朋友忠诚可靠,终生不渝,这也是非常难得的。关于道德,我就讲这么几句。

　　关于文章呢,这就讲外行话了。当年我在清华大学念书,就读到克家的《烙印》、《罪恶的黑手》。我不是搞中国文学的,但我有个感觉就是克家做诗受了闻一多先生的影响。我一直到今天,作为一个诗的外行来讲,我觉得做诗、写诗,既然叫诗,就应该有形式。那种没形式的诗,愧我不才,不敢苟同。克家一直重视诗,我觉得这里边有我们中国文化的传统。我们中国的语言有一个特点,就是讲炼字、炼句,这个问题,在欧洲也不能说没有,不过不能像中国这么普遍这样深刻。过去文学史上传来许多佳话,像"云破月来花弄影"那个"弄"字,"红杏枝头春意闹"那个"闹"字,"春风又绿江南岸"那个"绿"字。可惜的是炼字这种功夫现在好像一些年轻人不大注意了。文字是我们写作的工具。我们写诗、写文章必须知道我们使用的工具的特点,莎士比亚用英文写作,英文就是他的工具。歌德用德文写作,德文就是他的工具。我们使用汉字,汉字就是我们的工具。可现在有些作家,特别是诗人,忘记了他的工具是汉字。是汉字,就有炼字、炼句的问题,这一点不能不注意。克家呢,我觉得他一生在这方面倾注了很多的心血,而且获得了很大的成功。克家的诗我都看过,可是我不敢赞一词,我只想从艺术性来讲。我觉得克家对这方面非常重视。这个问题非常重要。我因此就想到一个问题,可这个问题太大了,但我还想讲一讲。我觉得我们过去多少年来研究中国文学史,特别是古典文学,好像我们对政治性重视,这个应该。可是对艺术性呢,我觉得重视得很不够。大家打开今天的文学史看看,讲政治性,讲得好像最初也不是那么深刻,一看见"人民"这样的词、类似"人民"这样的词,就如获至宝;对艺术性,则三言两语带过,我觉得这是很不妥当的。一篇作品,不管是诗歌还是小说,艺术性跟思想性总是辩证统一的,强调一方面,丢掉另外一方面是不全面的。因此我想到,是不是我们今天研究文学的,特别是研究古典文学的,应该在艺术性方面更重视一点。我甚至想建议:重写我们的文学史。现在流行的许多文学史都存在着我说的这个毛病。我觉得,真正的文学史不应该是这个样子。

我祝我的老朋友克家九十、一百、一百多、一百二十,他的目的是一百二十,所以我想祝他长寿!健康!

1994 年 10 月 18 日

我眼中的张中行

接到韩小蕙小姐的约稿信,命我说说张中行先生与沙滩北大红楼。这个题目出得正是时候。好久以来,我就想写点有关中行先生的文章了。只是因循未果。小蕙好像未卜先知,下了这一阵及时雨,滋润了我的心,我心花怒放,灵感在我心中躁动。我又焉得不感恩图报,欣然接受呢?

中行先生是高人、逸人、至人、超人。淡泊宁静,不慕荣利,淳朴无华,待人以诚。以八十七岁的高龄,每周还到工作单位去上几天班。难怪英文《中国日报》发表了一篇长文,颂赞中行先生。通过英文这个实为世界语的媒介,他已扬名寰宇了。我认为,他代表了中国知识分子,特别是老年知识分子的风貌,为我们扬了眉,吐了气。我们知识分子都应该感谢他。

但是,现在回想起来,却不能不承认这是一件怪事:我与中行先生同居北京大学朗润园二三十年,直到他离开这里迁入新居以前的几年,我们才认识,这个"认识"指的是见面认识,他的文章我早就认识了。有很长一段时间,亡友蔡超尘先生时不时地到燕园来看我。我们是济南高中同学,很谈得来。每次我留他吃饭,他总说,到一位朋友家去吃,他就住在附近。现在推测起来,这"一位朋友"恐怕就是中行先生,他们俩是同事。愧我钝根,未能早慧。不然的话,我早个十年八年认识了中行先生,不是能更早得一些多得一些潜移默化的享受,早得一些多得一些智慧,撬开我的愚钝吗?佛家讲因缘,因缘这东西是任何人任何事物都无法抗御的。我没有什么话好说。

但是,也是由于因缘和合,不知道是怎样一来,我认识了中行先生。早晨起来,在门前湖边散步时,有时会碰上他。我们俩有时候只是抱拳一揖,算是打招呼,这是"土法"。还有"土法"是"见了兄弟媳妇叫嫂子,无话说三声",说一声:"吃饭了吗?"这就等于舶来品"早安"。我常想中国礼仪之邦,竟然缺少几句见面问安的话,像西洋的"早安"、"午安"、"晚安"等等。我们好像挨饿挨了一千年,见面问候,先问"吃了没有?"我同中行先生还没有饥饿到这个程度,所以不关心对方是否吃了饭,只是抱拳一揖,然后各行其路。

有时候,我们站下来谈一谈。我们不说:"今天天气,哈,哈,哈!"我们谈一点学术界的情况,谈一谈读了什么有趣的书。有一次,我把他请进我的书房,送了他一本《陈寅恪诗集》。不意他竟然说我题写的书名字写得好。我是颇有自知之明的,我的"书法"是无法见人的。只在迫不得已时,才泡开毛笔,一阵涂鸦。现在受到了他的赞誉,不禁脸红。他有时也敲门,把自己的著作亲手递给我。这是我最高兴的时候。有一次,好像就是去年春夏之交,我们早晨散步,走到一起了,就站在小土山下,荷塘边上,谈了相当长的时间。此时,垂柳浓绿,微风乍起,鸟语花香,四周寂静。谈话的内容已经记不清楚。但是此情此景,时时如在眼前,亦人生一乐也。可惜在大约半年以前,他乔迁新居。对他来说,也许是件喜事。但是,对我来说,却是无限惆怅。朗润园辉煌如故,青松翠柳,"依然烟笼一里堤"。北大文星依然荟萃,我却觉得人去园空。每天早晨,独缺一个耄耋而却健壮的老人,荷塘为之减色,碧草为之憔悴。"此情可待成追忆,只是当时已惘然。"

中行先生是"老北大"。同他比起来,我虽在燕园已经待了将近半个世纪,却仍然只能算是"新北大"。他在沙滩吃过饭,在红楼念过书。我也在沙滩吃过饭,却是在红楼教过书。一"念"一"教",一字之差,时间却相差了二十年,于是"新""老"判然分明了。即使是"新北大"吧,我在红楼和沙滩毕竟吃住过六年之久,到了今天,又哪能不回忆呢?

中行先生在文章中,曾讲过当年北大的入学考试。因为我自己是考过北大的,所以倍感亲切。1930年,当时山东唯一的一个高中——省立济南高中毕业生八十余人,来北平赶考。我们的水平不是很高。有人报了七八个大学,最后,几乎都名落孙山。到了穷途末日,朝阳大学,大概为了收报名费和学费吧,又招考了一次,一网打尽,都录取了。我当时尚缺自知之明,颇有点傲气,只报了北大和清华两校,居然都考取了。我正做着留洋镀金的梦,觉得清华圆梦的可能性大,所以就进了清华。清华入学考试没有什么特异之处,北大则给我留下了难忘的印象。先说国文题就非常奇特:"何谓科学方法?试分析详论之。"这哪里像是一般的国文试题呢?英文更加奇特,除了一般的作文和语法方面的试题以外,还另加一段汉译英,据说年年如此。那一年的汉文是:"别来春半,触目愁肠断。砌下落梅如雪乱,拂了一身还满。"这也是一个很难啃的核桃。最后,出所有考生的意料,在公布的考试科目以外,又奉赠了一盘小菜,搞了一次突然袭击:加试英文听写。我们在山东济南高中时,从来没有搞过这玩意儿。这当头一棒,把我们都打蒙了。我因为英文基础比较牢固,应付过去了。可怜我那些同考的举子,恐怕没有几人听懂的。结果在山东来的举子中,只有三人榜上有名。我侥幸是其中之一。

至于沙滩的吃和住,当我在1946年深秋回到北平来的时候,斗换星移,时异事迁,相隔二十年,早已无复中行先生文中讲的情况了。他讲到的那几个饭铺早已不在。红楼对面有一个小饭铺,极为狭窄,只有四五张桌子。然而老板手艺极高,待客又特别和气。好多北大的教员都到那里去吃饭,我也成了座上常客。马神庙则有两个极小但却著名的饭铺,一个叫"菜根香",只有一味主菜:清炖鸡,然而却是宾客盈门,川流不息,其中颇有些知名人物。我在那里就见到过马连良、杜近芳等著名京剧艺术家。路南有一个四川饭铺,门面更小,然而名声更大,我曾看到过外交官的汽车停在门口。顺便说一句:那时北平汽车是极为稀见的,北大只有胡适校长一辆。这两个饭铺,对我来说是"山川信美非吾土",价钱较贵。当时通货膨胀骇人听闻,纸币上每天加一个0,也还不够。我吃不起,只是偶尔去一次而已。我有时竟坐在红楼前马路旁的长条板凳上,同"引车卖浆者流"挤在一起,一碗豆腐脑,两个火烧,既廉且美,舒畅难言。当时有所谓"教授架子"这个名词,存在决定意识,在抗日战争前的黄金时期，大学教授社会地位高，工资又极为优厚，于是满腹经纶外化而为"架子"。到了我当教授的时候，已经今非昔比，工资一天毛似一天，虽欲摆"架子"，焉可得哉？而我又是天生的"土包子"，虽留洋十余年，而"土"性难改。于是以大学教授之"尊"而竟在光天化日之下，端坐在街头饭摊的长板凳上却又怡然自得，旁人谓之斯文扫地，我则称之源于天性。是是非非，由别人去钻研讨论吧。

中行先生至今虽已到了望九之年，他上班的地方仍距红楼沙滩不远，可谓与之终生有缘了。因此，在他的生花妙笔下，其实并不怎样美妙的红楼沙滩，却仿佛活了起来，有了形貌，有了感情，能说话，会微笑。中行先生怀着浓烈的"思古之幽情"，信笔写来，娓娓动听。他笔下那一些当年学术界的风云人物，虽墓木久拱，却又起死回生，出入红楼，形象历历如在眼前。我也住沙滩红楼颇久。一旦读到中行先生妙文，也引起了我的"思古之幽情"。我的拙文，不敢望中行先生项背，但倘能借他的光，有人读上一读，则予愿足矣。

中行先生的文章，我不敢说全部读过，但是读的确也不少。这几篇谈红楼沙滩的文章，信笔写来，舒卷自如，宛如行云流水，毫无斧凿痕迹，而情趣盎然，间有幽默，令人会心一笑。读这样的文章，简直是一种享受。他文中谈到的老北大的几种传统，我基本上都是同意的。特别是其中的容忍，更合吾意。蔡子民先生的"兼容并包"，到了今天，有人颇有微词。夷考其实，中外历史都证明了，哪一个国家能兼容并包，哪一个时代能兼容并包，那里和那时文化学术就昌盛，经济就发展。反之，如闭关锁国，独断专行，则文化就僵化，经济就衰颓。历史事实和教训是无法抗御的。文中讲到外面的人可以随时随意来校旁听,这是传播文化的最好的办法。可惜到了今天,北大之门固若金汤。门外的人如想来旁听,必须得到许多批准,可能还要交点束脩。对某些人来说,北大宛若蓬莱三山,可望而不可即了。对北大,对我们社会,这样做究竟是一件好事,还是一件坏事,请读者诸君自己来下结论吧!我不敢越俎代庖了。

中行先生的文章是极富有特色的。他行文节奏短促,思想跳跃迅速;气韵生动,天趣盎然;文从字顺,但绝不板滞,有时宛如大珠小珠落玉盘,仿佛能听到节奏的声音。中行先生学富五车,腹笥丰盈。他负暄闲坐,冷眼静观大千世界的众生相,谈禅论佛,评儒论道,信手拈来,皆成文章。这个境界对别人来说是颇难达到的。我常常想,在现代作家中,人们读他们的文章,只需读上几段而能认出作者是谁的人,极为稀见。在我眼中,也不过几个人。鲁迅是一个,沈从文是一个,中行先生也是其中之一。

在许多评论家眼中,中行先生的作品被列入"学者散文"中。这个名称妥当与否,姑置不论。光说"学者",就有多种多样。用最简单的分法,可以分为"真""伪"二类。现在商品有假冒伪劣,学界我看也差不多。确有真学者。这种人往往是默默耕耘,晦迹韬光,与世无忤,不事张扬。但他们并不效法中国古代的禅宗,主张"不立文字",他们也写文章。顺便说上一句,主张"不立文字"的禅宗,后来也大立而特立。可见不管你怎样说,文字还是非立不行的。中行先生也写文章,他属于真学者这一个范畴。与之对立的当然就是伪学者。这种人会抢镜头,爱讲排场,不管耕耘,专事张扬。他们当然会写文章的。可惜他们的文章晦涩难懂,不知所云。有的则塞满了后现代主义的词语,同样是不知所云。我看,实际上都是以艰深文浅陋,以"摩登"文浅陋。称这样的学者为"伪学者",恐怕是不算过分的吧。他们的文章我不敢读,不愿读,读也读不懂。

读者可千万不要推断,我一概反对"学者散文"。对于散文,我有自己的偏见:散文应以抒情叙事为正宗。我既然自称"偏见",可见我不想强加于人。学者散文,古已有之。即以传世数百年的《古文观止》而论,其中有不少可以归入"学者散文"这一类的文章。最古的不必说了,专以唐宋而论,唐代韩愈的《原道》、《师说》、《进学解》等篇都是"学者散文",柳宗元的《桐叶封弟辨》也可以归入此类。宋代苏轼的《范增论》、《留侯论》、《贾谊论》、《晁错论》等等,都是上乘的"学者散文"。我认为,上面所举的这些篇"学者散文",有一个共同的特点,就是文采斐然,换句话说,也就是艺术性强。我又有一个偏见:凡没有艺术性的文章,不能算是文学作品。

拿这个标准来衡量中行先生的文章,称之为"学者散文",它是决不含糊的,它是完全够格的。它融会思想性与艺术性,融会到天衣无缝的水平。在当今"学者散文"中堪称独树一帜,可为我们的文坛和学坛增光添彩。

1995 年 8 月

回忆陈寅恪先生

别人奇怪，我自己也奇怪：我写了这样多的回忆师友的文章，独独遗漏了陈寅恪先生。这究竟是为什么呢？对我来说，这是事出有因，查亦有据的。我一直到今天还经常读陈先生的文章，而且协助出版社出先生的全集。我当然会时时想到寅恪先生的。我是一个颇为喜欢舞笔弄墨的人，想写一篇回忆文章，自是意中事。但是，我对先生的回忆，我认为是异常珍贵的，超乎寻常的神圣的。我希望自己的文章不要玷污了这一点神圣性，故而迟迟不敢下笔。到了今天，北大出版社要出版我的《怀旧集》，已经到了非写不行的时候了。

要论我同寅恪先生的关系，应该从六十五年前的清华大学算起。我于1930年考入国立清华大学，入西洋文学系（不知道从什么时候起改名为外国语文系）。西洋文学系有一套完整的教学计划，必修课规定得有条有理，完完整整，但是给选修课留下的时间却是很富裕的，除了选修课以外，还可以旁听或者偷听，教师不以为忤，学生各得其乐。我曾旁听过朱自清、俞平伯、郑振铎等先生的课，都安然无恙，而且因此同郑振铎先生建立了终生的友谊。但也并不是一切都一帆风顺。我同一群学生去旁听冰心先生的课。她当时极年轻，而名满天下。我们是慕名而去的。冰心先生满脸庄严，不苟言笑,看到课堂上挤满了这样多学生,知道其中有"诈",于是威仪俨然地下了"逐客令":"凡非选修此课者,下一堂不许再来!"我们悚然而听,憬然而退,从此不敢再进她讲课的教室。四十多年以后,我同冰心重逢,她已经变成了一个慈祥和蔼的老人,由怒目金刚一变而为慈眉菩萨。我向她谈起她当年"逐客"的事情,她已经完全忘记,我们相视而笑,有会于心。

就在这个时候,我旁听了寅恪先生的"佛经翻译文学"。参考书用的是《六祖坛经》,我曾到城里一个大庙里去买过此书。寅恪师讲课,同他写文章一样,先把必要的材料写在黑板上,然后再根据材料进行解释、考证、分析、综合,对地名和人名更是特别注意。他的分析细入毫发,如剥蕉叶,愈剥愈细愈剥愈深,然而一本实事求是的精神,不武断,不夸大,不歪曲,不断章取义,他仿佛引导我们走在山阴道上,盘旋曲折,山重水复,柳暗花明,最终豁然开朗,把我们引上阳关大道。读他的文章,听他的课,简直是一种享受,无法比拟的享受。在中外众多学者中,能给我这种享受的,国外只有亨利希·吕德斯(Heinrich Lüders),在国内只有陈师一人,他被海内外学人公推为考证大师,是完全应该的,这种学风,同后来滋害流毒的"以论代史"的学风,相差不可以道里计。然而,茫茫士林,难得解人,一些鼓其如簧之舌惑学人的所谓"学者",骄纵跋扈,不禁令人浩叹矣。寅恪师这种学风,影响了我的一生。后来到德国,读了吕德斯教授的书,并且受到了他的嫡传弟子瓦尔德施米特(Waldschmidt)教授的教导和熏陶,可谓三生有幸。可惜自己的学殖瘠茫,又限于天赋,虽还不能说无所收获,然而犹如细流比沧海,空怀仰止之心,徒增效颦之恨。这只怪我自己,怪不得别人。

总之,我在清华四年,读完了西洋文学系所有的必修课程,得到了一个学士头衔,现在回想起来,说一句不客气的话:我从这些课程中收获不大,欧洲著名的作家,什么莎士比亚、歌德、塞万提斯、莫里哀、但丁等等的著作都读过,连现在忽然时髦起来的《尤利西斯》和《追忆似水年华》等等也都读过,然而大都是浮光掠影,并不深入,给我留下深远影响的课反而是一门旁听课和一门选修课。前者就是在上面谈到寅恪师的"佛经翻译文学";后者是朱光潜先生的"文艺心理学",也就是美学。关于后者,我在别的地方已经谈过,这里就不再赘述了。

在清华时,除了上课以外,同陈师的接触并不太多。我没到他家去过一次。有时候,在校内林荫道上,在熙往攘来的学生人流中,有时会见到陈师去上课,身着长袍,朴素无华,肘下夹着一个布包,里面装满了讲课时用的书籍和资料。不认识他的人,恐怕大都把他看成是琉璃厂某一个书店的到清华来送书的老板,决不会知道,他就是名扬海内外的大学者,他同当时清华留洋归来的大多数西装革履、发光鉴人的教授,迥乎不同,在这一方面,他也给我留下了毕生难忘的印象,令我受益无穷。

离开了水木清华,我同寅恪先生有一个长期的别离。我在济南教了一年国文,就到了德国哥廷根大学。到了这里,我才开始学习梵文、巴利文和吐火罗文。在我一生治学的道路上,这是一个至关重要的转折点。我从此告别了歌德和莎士比亚,同释迦牟尼和弥勒佛打起交道来。不用说,这个转变来自寅恪先生的影响。真是无巧不成书,我的德国老师瓦尔德施米特教授同寅恪先生在柏林大学是同学,同为吕德斯教授的学生。这样一来,我的中德两位老师同出一个老师的门下。有人说:"名师出高徒。"我的老师和太老师们不可谓不"名"矣,可我这个徒却太不"高"了。忝列门墙,言之汗颜。但不管怎样说,这总算是一个中德学坛上的佳话吧。

我在哥廷根十年,正值二战,是我一生精神上最痛苦然而在学术上收获却是最丰富的十年。国家为外寇侵入,家人数年无消息,上有飞机轰炸,下无食品果腹,然而读书却无任何干扰。教授和学生多被征从军。偌大的两个研究所:印度学研究所和汉学研究所,都归我一个人掌管。插架数万册珍贵图书,任我翻阅。在汉学研究所深深的院落里,高大阴沉的书库中,在梵学研究所古老的研究室中,阒无一人。天上飞机的嗡嗡声与我腹中的饥肠辘辘声相应和。闭目则浮想联翩,神驰万里,看到我的国,看到我的家。张目则梵典在前,有许多疑难问题,需要我来发覆。我此时恍如遗世独立,苦欤?乐欤?我自己也回答不上来了。

经过了轰炸的炼狱,又经过了饥饿,到了一九四五年,在我来到哥廷根十年之后,我终于盼来了光明,东西法西斯垮台了。美国兵先攻占哥廷根,后来英国人来接管。此时,我得知寅恪先生在英国医目疾。我连忙写了一封长信,向他汇报我十年来学习的情况,并将自己在哥廷根科学院院刊及其他刊物上发表的一些论文寄呈。出乎我意料地迅速,我得了先生的复信,也是一封长信,告诉我他的近况,并说不久将回国。信中最重要的事情是说,他想向北大校长胡适,代校长傅斯年，文学院长汤用彤几位先生介绍我到北大任教。我真是喜出望外，谁听到能到最高学府任教而会不引以为荣呢？我于是立即回信，表示同意和感谢。

这一年深秋，我终于告别了住了整整十年的哥廷根，怀着"客树回看成故乡"的心情，一步三回首地到了瑞士。在这个山明水秀的世界公园里住了几个月，一九四六年春天，经过法国和越南的西贡，又经过香港，回到了上海。在克家的榻榻米上住了一段时间。从上海到了南京，又睡到了长之的办公桌上。这时候，寅恪先生也已从英国回到南京。我曾谒见先生于俞大维官邸中。谈了谈阔别十多年以来的详细情况，先生十分高兴，叮嘱我到鸡鸣寺下中央研究院去拜见北大代校长傅斯年先生，特别嘱咐我带上我用德文写的论文，可见先生对我爱护之深以及用心之细。

这一年的深秋，我从南京回到上海，乘轮船到了秦皇岛，又从秦皇岛乘火车回到了阔别十二年的北京（当时叫北平）。由于战争关系，津浦路早已不通，回北京只能走海路，从那里到北京的铁路由美国少爷兵把守，所以还能通车。到了北京以后，一片"落叶满长安"的悲凉气象。我先在沙滩红楼暂住，随即拜见了汤用彤先生。按北大当时的规定，从海外得到了博士学位回国的人，只能任副教授，在清华叫做专任讲师，经过几年的时间，才能转向正教授。

我当然不能例外，而且心悦诚服，没有半点非分之想。然而过了大约一周的光景，汤先生告诉我，我已被聘为正教授，兼东方语言文学系的系主任。这真是石破天惊，大大地出我意料。我这个当一周副教授的纪录，大概也可以进入吉尼斯世界纪录了吧。说自己不高兴，那是谎言，那是矫情。由此也可以看出老一辈学者对后辈的提携和爱护。

不记得是在什么时候，寅恪师也来到北京，仍然住在清华园。我立即到清华去拜见。当时从北京城到清华是要费一些周折的，宛如一次短途旅行。沿途几十里路全是农田。秋天青纱帐起，还真有绿林人士拦路抢劫的。现在的年轻人很难想象了。但是，有寅恪先生在，我绝不会惮于这样的旅行。在三年之内，我颇到清华园去过多次。我知道先生年老体弱，最喜欢当年住北京的天主教外国神甫亲手酿造的栅栏红葡萄酒。我曾到今天市委党校所在地当年神甫们的静修院的地下室中去买过几次栅栏红葡萄酒，又长途跋涉送到清华园，送到先生手中，心里颇觉安慰。几瓶酒在现在不算什么，但是在当时通货膨胀已经达到了钞票上每天加一个0还跟不上物价飞速提高的速度的情况下，几瓶酒已经非同小可了。

有一年的春天，中山公园的藤萝开满了紫色的花朵，累累垂垂，紫气弥漫，招来了众多的游人和蜜蜂。我们一群弟子们，记得有周一良、王永兴、汪篯等，知道先生爱花。现在虽患目疾，迹近失明；但据先生自己说，有些东西还能影影绰绰看到一团影子。大片藤萝花的紫光，先生或还能看到。而且在那种兵荒马乱、物价飞涨、人命危浅、朝不虑夕的情况下，我们想请先生散一散心，征询先生的意见，他怡然应允。我们真是大喜过望，在来今雨轩藤萝深处，找到一个茶桌，侍先生观赏紫藤。先生显然兴致极高。我们谈笑风生，尽欢而散。我想，这也许是先生在那样的年头里最愉快的时刻。

还有一件事,也给我留下了毕生难忘的回忆。在解放前夕,政府经济实已完全崩溃。从法币改为银元券,又从银元券改为金圆券,越改越乱,到了后来,到粮店买几斤粮食,携带的这币那券的重量有时要超过粮食本身。学术界的泰斗、德高望重、被著名的史学家郑天挺先生称之为"教授的教授"的陈寅恪先生也不能例外。到了冬天,他连买煤取暖的钱都没有,我把这情况告诉了已经回国的北大校长胡适之先生。胡先生最尊重爱护确有成就的知识分子。当年他介绍王静庵先生到清华国学研究院去任教,一时传为佳话。寅恪先生在《王观堂先生挽词》中有几句诗:"鲁连黄鹞绩溪胡,独为神州惜大儒。学院遂闻传绝业,园林差喜适幽居。"讲的就是这一件事。现在却轮到适之先生再一次"独为神州惜大儒"了,而这个"大儒"不是别人,竟是寅恪先生本人。适之先生想赠寅恪先生一笔数目颇大的美元。但是,寅恪先生拒不接受。最后寅恪先生决定用卖掉藏书的办法来取得适之先生的美元。于是适之先生就派他自己的汽车——顺便说一句,当时北京汽车极为罕见,北大只有校长的一辆——让我到清华陈先生家装了一车关于佛教和中亚古代语言的极为珍贵的西文书。陈先生只肯收两千美元。这个数目在当时虽不算少,然而同书比起来,还是微不足道的。在这一批书中,仅一部《圣彼得堡梵德大词典》的市价就远远超过这个数目了。这一批书实际上带有捐赠的性质。而寅恪师对于金钱的一介不取的狷介性格,由此也可见一斑了。

在这三年内,我同寅恪师往来颇频繁。我写了一篇论文:《浮屠与佛》,首先读给他听,想听听他的批评意见。不意竟得到他的赞赏。他把此文介绍给《中央研究院史语所集刊》发表。这个刊物在当时是最具权威性的刊物,简直有点"一登龙门,身价十倍"的威风。我自然感到受宠若惊。差幸我的结论并没有瞎说八道,几十年以后,我又写了一篇《再谈浮屠与佛》,用大量的新材料,重申前说,颇得到学界同行们的赞许。

在我同先生来往的几年中,我们当然会谈到很多话题。谈治学时最多,政治也并非不谈但极少。寅恪先生绝不是一个"闭门只读圣贤书"的书呆子。他继承了中国"士"的优良传统:天下兴亡,匹夫有责。从他的著作中也可以看出,他非常关心政治。他研究隋唐史,表面上似乎是满篇考证,骨子里谈的都是成败兴衰的政治问题,可惜难得解人。我们谈到当代学术,他当然会对每一个学者都有自己的看法。但是,除了对一位明史专家外,他没有对任何人说过贬低的话。对青年学人,只谈优点,一片爱护青年学者的热忱。真令人肃然起敬。就连那一位由于误会而对他专门攻击,甚至说些难听的话的学者,陈师也从来没有说过半句褒贬的话。先生的盛德由此可见。鲁迅先生从来不攻击年轻人,差堪媲美。

时光如电,人事沧桑,转眼就到了一九四八年年底。解放军把北京城团团包围住。胡适校长从南京派来了专机,想接几个教授到南京去。有一个名单,名单上有名的人,大多数都没有走,陈寅恪先生走了。这又成了某些人探讨研究的题目:陈先生是否对共产党有看法?他是否对国民党留恋?根据后来出版的浦江清先生的日记,寅恪先生并不反对共产主义,他反对的仅是苏联牌的共产主义。在当时,这也许是一个怪想法，甚至是一个大逆不道的想法。然而到了今天，真相已大白于天下，难道不应该对先生的睿智表示敬佩吗？至于对国民党的态度，最明显地表现在他对蒋介石的态度上。一九四〇年，他在《庚辰暮春重庆夜宴归作》这一首诗中写道："食蛤哪知天下事，看花愁近最高楼。"吴宓先生对此诗作注说："寅恪赴渝，出席中央研究院会议，寓俞大维妹丈宅。已而蒋公宴请中央研究院到会诸先生。寅恪于座中初次见蒋公，深觉其人不足为，有负厥职，故有此诗第六句。"按即"看花愁近最高楼"这一句。寅恪师对蒋介石，也可以说是对国民党的态度表达得不能再清楚明白了。然而，几年前，一位台湾学者偏偏寻章摘句，说寅恪先生早有意到台湾去。这真是天下一大怪事。

到了南京以后，寅恪先生又辗转到了广州，从此就留在那里没有动。他在台湾有很多亲友，动员他去台湾者，恐怕大有人在，然而他却岿然不为所动。其中详细情况，我不得而知。我们国家许多领导人，包括周恩来、陈毅、陶铸、郭沫若等等，对陈师礼敬备至。他同陶铸和老革命家兼学者的杜国庠，成了私交极深的朋友。在他晚年的诗中，不能说没有欢快之情，然而更多的却是抑郁之感。现在回想起来，他这种抑郁之感能说没有根据吗？能说不是查实有据吗？我们这一批老知识分子，到了今天，都已成了过来人。如果不昧良心说句真话，同陈师比较起来，只能说我们愚钝，我们麻木，此外还有什么话好说呢？

一九五一年，我奉命随中国文化代表团，访问印度和缅甸。在广州停留了相当长的时间，准备将所有的重要发言稿都译为英文。我当然不会放过这个机会的。我到岭南大学寅恪先生家中去拜谒。相见极欢,陈师母也殷勤招待。陈师此时目疾虽日益严重,仍能看到眼前的白色的东西。有关领导,据说就是陈毅和陶铸,命人在先生楼前草地上铺成了一条白色的路,路旁全是绿草,碧绿与雪白相映照,供先生散步之用。从这一件小事中,也可以看到我们国家对陈师尊敬之真诚了。陈师是极富于感情的人,他对此能无所感吗?

然而,世事如白云苍狗,变幻莫测。解放后不久,正当众多的老知识分子兴高采烈、激情未熄的时候,华盖运便临到头上。运动一个接着一个,针对的全是知识分子。批完了《武训传》,批俞平伯,批完了俞平伯,批胡适,一路批,批,批,斗,斗,斗,最后批判到了陈寅恪头上。此时极大规模的、遍及全国的反右斗争还没有开始。老年反思,我在政治上是个蠢才。对这一系列的批和斗,我是心悦诚服的,一点没有感到其中有什么问题。我虽然没有明确地意识到,在我灵魂深处,我真认为中国老知识分子就是"原罪"的化身,批是天经地义的。但是,一旦批到了陈寅恪先生头上,我心里却感到不是味。虽然经人再三动员,我却始终没有参加到这一场闹剧式的大合唱中去。我不愿意厚着面皮,充当事后的诸葛亮,我当时的认识也是十分模糊的;但是,我毕竟没有行动。现在时过境迁,在四十年之后,想到我没有出卖我的良心,差堪自慰,能够对得起老师在天之灵了。

可是,从那以后,直到老师于一九六九年在空前浩劫中被折磨得离开了人世,将近二十年中,我没能再见到他。现在我的年龄已经超过了他在世的年龄五年,算是寿登耄耋了。现在我时常翻读先生的诗文。每读一次,都觉得有新的收获。我明确意识到,我还未能登他的堂奥。哲人其萎,空余著述。我却是进取有心,请益无人,因此更增加了对他的怀念。我们虽非亲属,我却时有风木之悲。这恐怕也是非常自然的吧。

我已经到了望九之年,虽然看样子离开为自己的生命画句号的时候还会有一段距离,现在还不能就作总结,但是,自己毕竟已经到了日薄西山、人命危浅之际,不想到这一点也是不可能的。我身历几个朝代,忍受过千辛万苦。现在只觉得身后的路漫长无边,眼前的路却是越来越短,已经是很有限了。我并没有倚老卖老,苟且偷安;然而我却明确地意识到,我成了一个"悲剧"人物。我的悲剧不在于我不想"不用扬鞭自奋蹄",不想"老骥伏枥,志在千里",而是在"老骥伏枥,志在万里"。自己现在承担的或者被迫承担的工作,头绪繁多,五花八门,纷纭复杂,有时还矛盾重重,早已远远超过了自己的负荷量,超过了自己的年龄。这里面,有外在原因,但主要是内在原因。清夜扪心自问:自己患了老来疯了吗?你眼前还有一百年的寿命吗?可是,一到了白天,一接触实际,件件事情都想推掉,但是件件事情都推不掉,真仿佛京剧中的一句话:"马行在夹道内,难以回马。"此中滋味,只有自己一人能了解,实不足为外人道也。

在这样的情况下,我有时会情不自禁地回想自己的一生。自己究竟应怎样来评价自己的一生呢?我虽遭逢过大大小小的灾难,像十年浩劫那样中国人民空前地愚蠢到野蛮到令人无法理解的灾难,我也不幸——也可以说是有"幸"躬逢其盛,几乎把一条老命搭上;然而我仍然觉得自己是幸运的,自己赶上了许多意外的机遇。我只举一个小例子。自从盘古开天地,不知从哪里吹来了一股神风,吹出了知识分子这个特殊的族类。知识分子有很多特点。在经济和物质方面是一个"穷"字,自古已然,于今为烈。在精神方面,是考试多如牛毛。在这里也是自古已然,于今为烈。例子俯拾即是,不必多论。我自己考了一辈子,自小学、中学、大学,一直到留学,月有月考,季有季考,还有什么全国统考,考得一塌糊涂。可是我自己在上百场国内外的考试中,从来没有名落孙山。你能说这不是机遇好吗?

但是,俗话说:"一个篱笆三个桩,一个好汉三个帮。"如果没有人帮助,一个人会是一事无成的。在这方面,我也遇到了极幸运的机遇。生平帮过我的人无虑数百。要我举出人名的话,我首先要举出的,在国外有两个人,一个是我的博士论文导师瓦尔德施米特教授,另一个是教吐火罗语的老师西克教授。在国内的有四个人:一个是冯友兰先生,如果没有他同德国签订德国清华交换研究生的话,我根本到不了德国。一个是胡适之先生,一个是汤用彤先生,如果没有他们提携的话,我根本来不到北大。最后但不是最少,是陈寅恪先生。如果没有他的影响的话,我不会走上现在走的这一条治学的道路,也同样是来不了北大。至于他为什么不把我介绍给我的母校清华,而介绍给北大,我从来没有问过他,至今恐怕永远也是一个谜,我们不去谈它了。

我不是一个忘恩负义的人。我一向认为,感恩图报是做人的根本准则之一。但是,我对他们四位,以及许许多多帮助过我的师友怎样"报"呢？专就寅恪师而论，我只有努力学习他的著作，努力宣扬他的学术成就，努力帮助出版社把他的全集出全，出好。我深深地感激广州中山大学的校领导和历史系的领导，他们再三举办寅恪先生学术研讨会，包括国外学者在内，群贤毕至。中大还特别创办了陈寅恪纪念馆。所有这一切，我这个寅恪师的弟子都看在眼中，感在心中，感到很大的慰藉。国内外研究陈寅恪先生的学者日益增多。先生的道德文章必将日益发扬光大，这是毫无问题的。这是我在垂暮之年所能得到的最大的愉快。

然而，我仍然有我个人的思想问题和感情问题。我现在是"后已见来者"，然而却是"前不见古人"，再也不会见到寅恪先生了。我心中感到无限的空漠，这个空漠是无论如何也填充不起来了。掷笔长叹，不禁老泪纵横矣。

1995年12月1日

悼念邓广铭先生

我认识恭三（邓先生之字）已经很有些年头了。因为同是山东老乡，我们本应该在 20 年代前期就在济南认识的。但因他长我 4 岁，中学又不在一个学校，所以在那里竟交臂失之，一直到了 30 年代前期才在北京相识，仍然没有多少来往。紧接着，我又远适异域，彼此不相闻者十余年。1946 年，我从欧洲回国，来北大任教。当时恭三是胡适之校长的秘书。我每每到沙滩旧北大孑民堂前院东屋校长办公室去找胡先生，当然都会见到恭三，从此便有了比较多的来往，成了算是能够知心的朋友了。

恭三是历史学家，专门治宋史，卓有建树，腾誉国内外士林，为此道权威。先师陈寅恪先生有一个颇为独特的见解。他在《邓广铭宋史职官志考证序》中写道："华夏民族之文化，历数千载之演进，造极于赵宋之世，后渐衰微，终必复振。"而"复振"的希望有一部分他就寄托在恭三身上。他接着写道："宋代之史事，乃今日历亟应致力者。"然而这一件工作邓并不容易做，因为《宋史》阙误特多，而在诸正史中，卷帙最为繁多，由此可见，欲治《宋史》，必须有勇气，有学力。"数百年来，真能熟读之者，实无几人。"恭三就属于这仅有的"几人"之列。对于《宋史职官志考证》一书，陈先生的评价是："其用力之勤,持论之慎,并世治宋史者,未能或之先也。"这是极高的评价。熟悉陈先生之为人者,都知道,陈先生从不轻易月旦人物,对学人也从未给予廉价的赞美之词。他对恭三的学术评价,实在值得我们注意和深思的。

近些年来,由于众所周知的原因,国内大学及科研机构中,从事人文社会科学研究事业者,大都有后继乏人之慨叹。实际情况也确实是这样,确实值得人们担忧。阻止或延缓这种危机的办法,目前还没有见到。有个别据要津者,本应亡羊补牢,但也迟迟不见行动,徒托空言,无济于事。这绝非杞人忧天的想法,而是迫在眉睫的灾难。我辈这一批手无缚鸡之力的知识分子,虽然知之甚急,忧之极切,也只能"惊呼热中肠"而已。

在这样的危机中,宋史研究当然也不会例外。但是,恭三是有福的。他的最小的女儿邓小南,女承父业,接过了恭三研究宋史的衣钵,走上了研究宋史的道路,虽然年纪还轻,却已发表了一些颇见水平的论文,崭露头角,将来大成可期。恭三不出家门,就已后继有人,他可以含笑于九泉之下或九天之上了。我也为老友感到由衷的高兴。

恭三离开我们时,已经达到九十岁高龄。在中国几千年的学术史上,我还想不起,哪一个学者曾活到这般年纪。但是,从他的身体状态,特别是心理状态上来看,他本来是还能活下去的。他虽身患绝症——他自己并不知道——但在病床上还讲到要回家来写他的《岳飞传》。我们也都希望,他真能够"岂止于米,相期以茶"。即使达不到一百零八岁的茶寿,但是九十九岁的白寿,或者一百岁的期颐,努一把力,还是有希望的。可是死生之事大矣，是不能由我们自己来决定的。我们含恨同他告别了。

回忆我们长达半个世纪的交谊，让我时有凄凉寂寞之感。解放前在沙滩时，我们时常在一起闲聊，上天下地，无所不聊，但是聊得最热烈的却是胡校长竞选国民党的国大代表和传说蒋介石放出风来有意推胡为总统的事。我们当时政治觉悟都不够高，但是，以我们那种很低的水平，也能够知道蒋介石之心是路人皆知。可笑或可悲的是，聪明如胡先生者竟颇有相信之意。我们共同的结论是，胡毕竟是一个书生，说不好听的，是一个书呆子。

以后不久，我同恭三等一批也是书呆子的人，迎来了解放，一时心情极为振奋。1962年以后，朗润园六幢公寓楼落成，我们相继搬了进来。在风光旖旎的燕园中，此地更是特别秀丽幽静。虽然没有"四时不谢之花，八节长春之草"，却也有茂林修竹，翠湖青山。夏天红荷映日，冬日雪压苍松。这些当然都能令人赏心悦目，这已极为难得。但是，光有好风景，对一些书呆子如不佞者，还是不够的，我需要老朋友，需要素心人。陶渊明诗："闻多素心人，乐与数晨夕。"这正是我所要求的，而我也确实得到了。当年全盛时期，张中行先生住在这里，虽然来往不多，但是早晨散步时，有时会不期而遇，双方相向拱手合十，聊上几句，就各奔前程了。这一早晨我胸中就暖融融的，其乐无穷。组缃是清华老友，也曾在这里住过。常见一个戴儿童遮阳帽的老头儿，独自坐在湖边木椅上，面对半湖朝日，西天红霞。我顾而乐之，认为这应当归入朗润几景之中。"素心人"中，当然有恭三在。我多次讲过,我是最不喜欢拜访人的人,我同恭三,除了在校内外开会时见面外,平常往还也不多。四五年前,我为写《糖史》查资料,每天到北大图书馆去。回家时,常在路上碰到恭三,他每天上午11点前必到历史系办公室去取《参考消息》。他说,他故意把《参考消息》订在系里,以便每天往还,借以散步,锻炼身体。两耄耋老人每天在湖边相遇,这也可算是燕园后湖一景吧。

然而,光阴荏苒,时移世异,曾几何时,中行先生在校外找到房子,乔迁新居。虽然还时通音问,究亦不能在清晨湖畔,合十微笑了。我心头感到空荡荡的,大发思古之幽情。但是,中行先生还健在,同在一城中,楼多无阻拦,因此,心中尚能忍受得住。至于组缃和恭三,则情况迥乎不同。他们已相继走到了那一个长满了野百合花的地方,永远,永远地再也不回来了。此时,朗润园湖光依旧潋滟,山色依旧秀丽,车辆依旧奔驰,人物依旧喧闹。可是在我的心中,我却感到空虚、荒寒、寂寞、凄清,大有"前不见古人,后不见来者"之慨,真想"独怆然而涕下"了。默诵东坡词:"人有悲欢离合,月有阴晴圆缺,此事古难全。"聊以排遣忧思而已。

中华民族毕竟是一个伟大的民族。四大发明,震撼寰宇、辉耀千古,我们在这里暂且不谈。我只谈一个词儿:"后死者。"在这世界上其他语言中还没有碰到过。从表面上来看,这只是一个非常普通的词儿。但仔细一探究,却觉其含义深刻,令人回味无穷。对已死的人来说,每一个活着的人都是一个"后死者"。可这个词儿里面蕴含着哀思、回忆、抚今追昔,还有责任、信托。已死者活在后死者的记忆中,后者有时还要完成前者未竟之业,接过他们手中曾握过的接力棒,继续飞驰,奔向前方,直到自己不得不把接力棒递给自己的"后死者",自己又活到别人回忆里了。人生就是如此,无所用其愧恨。现在我自己成了一个"后死者",感情中要承担所有沉重的负担。我愿意摆脱掉这种沉重的负担吗?我扪心自问。还不想摆脱,一点摆脱的计划都没有。我愿意背着这个沉重的"后死者"的十字架,一直背下去,直到非摆脱不行的时候。但愿那一天晚一点来,阿门!

1998 年 2 月 22 日

记张岱年先生

我认识张岱年先生,已有将近七十年的历史了。30年代初,我在清华念书,他在那里教书。但是,由于行当不同,因而没有相识的机会。只是不时读到他用"张季同"这个名字发表的文章,在我脑海留下了一个青年有为的学者的印象,一留就是二十年。

时移世变,沧海桑田,再见面时已是1952年院系调整以后了。当时全国大学的哲学系都合并到北大来,张先生也因而来到了北大。我们当年是清华校友,而今又是北大同事了。仍然由于行当不同,平常没有多少来往。1957年反右,张先生受到了牵连。这使我对他更增加了一种特殊的敬意。我有一个自己认为是正确的意见:凡被划为"右派"者都是好人,都是正直的人,敢讲真话的人,真正热爱党的人。但是,我绝不是说,凡没有被划者都不是好人,好人没有被划者遍天下,只是没有得到被划的"幸福"而已。至于我自己,我蹲过牛棚,说明我还不是坏人,是我毕生的骄傲。独有没有被划为右派,说明我还不够好,我认为这是一生憾事,永远再没有机会来补课了。

张先生是哲学家,对于中国哲学史的研究有湛深的造诣,这是学术界的公论。愧我禀性愚鲁,不善于作邃密深奥的哲学思维。因此对先生的学术成就不敢赞一词。独对于先生的为人,则心仪已久。他奖掖后学,爱护学生,极有正义感,对任何人都不阿谀奉承,凛然一身正气,又绝不装腔作势,总是平等对人。这样多的优秀品质集中到一个人的身上,再加上真正淡泊名利,唯学是务,在当今士林中,真堪为楷模了。

《论语》中说:"仁者寿。"岱年先生是仁者,也是寿者。我读书有一个习惯:不管是读学术史,还是读文学史,我首先注意的是中外学者和文学家生年卒月。我吃惊地发现,古代中外著名学者或文学家中,寿登耄耋者极为稀少。像泰戈尔的八十,歌德的八十三,托尔斯泰的八十二,真如凤毛麟角。许多名震古今的大学问家和大文学家,多半是活到五六十岁。现在,我们已经"换了人间",许多学者活得年龄都很大,像冯友兰先生、梁漱溟先生等等都活过了九十。冯先生有两句话:"岂止于米,相期以茶。""米"是八十八岁,"茶"是一百零八岁。现在张先生已经过米寿二年,距茶寿十八年。从他眼前的健康情况来看,冯先生没有完成的遗愿,张先生一定能完成的。张先生如果能达到茶寿,是我们大家的幸福。"碧章夜奏通明殿,乞赐张老十八春。"

1999 年 1 月 10 日

国学大师汤用彤先生

国学大师汤锡予（用彤）先生离开我们已经二十多年了。国内外学者翘首以盼先生全集的出版，如大旱之望云霓。现在河北人民出版社慨赐巨资，出版先生全集，此真学坛之盛事，艺林之佳话，杜甫诗"好雨知时节"，出版者当之无愧矣。此举必能赢得国内外学者的普遍赞誉，可无疑也。

一介兄让我给全集写个序。初颇惶恐：我何人哉！敢于佛头着粪耶！继思有理。我虽不是锡予先生的及门弟子，但自己认为是他的私淑弟子。从上大学起，他的著作就哺育了我，终生受用不尽。来北大工作，又有知遇之感。现在，值《全集》出版之际，难道我真的就无话可说，无话能说，无话要说吗？

我是有话要说的，而且是非说不行的。我并不想，也不敢涉及锡予先生的道德文章。在这方面，我只有学习的责任，而无置喙之余地。我所要说的与锡予先生有关，但又不限于他一个人。我所要谈的是我考虑已久，别人也多有所论列的一个问题：学术大师能不能够超越？理科的我不谈，只谈人文社会科学方面的真正的大师。我的重点是"真正的"三个字。那一些自命为"大师"或者想让别人把自己捧成大师的人，不在我谈论的范围内。

俗话说："长江后浪推前浪，世上新人换旧人。"又说："青出于蓝而胜于蓝。"还有什么"雏凤清于老凤声"。类似的俗话和诗句,多得无法一一列举。意思只有一个,就是后人胜于前人,超越前人。从一般意义上来看,这个意思并没有错。随着人类社会的发展前进,总会不断有新的发明创造出现,总会不断有新鲜事物产生,你能说这不是后人胜于前人吗?至于中国古代的儒者和非儒者迷信尧舜禹汤文武周孔,陶渊明迷信"羲皇上人",恐怕主要是从伦理道德方面着眼的。我想,谈到伦理道德,人类恐怕是越来越差劲,这是题外的话了,这里且不再谈。

我过去对新胜于旧的说法一向深信不疑。使我的信念动摇的是一次偶然的事件。我读马克思的一篇文章,其中说:希腊神话具有永恒的魅力。"魅力"而又"永恒",不能不逼我深思。我理解的马克思主义总是主张新胜于旧的,主张人类总是前进的。希腊神话当然是旧东西,它怎么能永恒又有魅力呢?

我对这个问题反复思考,但自己的悟性不高,终于达不到很高的水平。我觉得,在地球上突出一些高山,仅仅一次出现;但它们将永恒存在,而且是不可超越的。在人类文学史和学术史中,不论中外,有时候会出现一些伟大诗人和学者,他们也仅仅一次出现;但他们也将永恒存在,而且不可超越。论高山,比如喜马拉雅山、泰山、华山等等都是。论诗人和学者,中国的屈原、李白、杜甫等等;西方的但丁、莎士比亚、歌德等等都是诗人。中国的孔子、司马迁、司马光以及明清两代的黄宗羲、顾炎武、戴震、王念孙、王引之父子、钱大昕等等都是学者或思想家。画家、书法家、音乐家也可以举出一些来。他们都是仅仅一次出现的,拿他们同高山相比,也是不可超越的。赵瓯北的诗："江山代有才人出,各领风骚数百年。"历史已经证明了,这个说法是站不住脚的。

我在上面强调了仅仅出现一次和不可超越。希腊神话就符合这个条件。但是仅仅出现一次还不行,仅仅出现一次必须是伟大的精粹的东西,才能不可超越。那些低矮庸陋的人物和事件,也都是仅仅出现一次的。但是他们和它们有什么值得超越的价值呢？他们和它们自己就会化为尘埃,销迹得无影无踪。

专就人物而论,他们之所以不可超越,是由于他们的伟大。若就对大自然,对人类社会,对人类自身的了解而论,古人不管多么伟大也比不上现代的人。李白、杜甫、王羲之、贝多芬、达·芬奇等等,不但不懂电子计算机,他们连原始的火车都没有见过,他们的伟大决不是靠这些东西,而是靠他们的天才。现在,在即将进入21世纪之际,连一个小学生知道的东西,特别是科技方面的东西,都比古代中外大师、大诗人、大学者、大音乐家、大画家等等要多得多。但是,除非他们是一群疯子,有谁敢称超过了李白、杜甫等的诗歌,孔子的思想,贝多芬的音乐,达·芬奇的绘画呢？我的意思并不是说,今后不会再有不可超越的大师出现了。大师还会出现的。我想改一改赵瓯北的诗："江山代有大师出,各领风骚无数秋。"

我在上面绕了很大一个弯子,刺刺不休地说了些别人可能认为是梦呓而我自己则认为是真理的话。这些都是楔子,我的目的是在讨论中国近现代学术大师的问题。自清末以来,中国学术界由于种种原因,陆续出现了一些国学大师。我个人认为,最主要的原因是西方文化、西方学术思想和哲学思想,以排山倒海之势涌入中国,中国学坛上的少数先进人物,接受了西方的影响,同时又忠诚地继承和发展了中国古代优秀的学术传统,于是就开出了与以前不同的鲜丽的花朵,出现了少数大师,都是一次出现而又不可超越的。我想以章太炎划界,他同他的老师俞曲园代表了两个时代。章太炎是不可超越的,王国维是不可超越的,陈寅恪是不可超越的,汤用彤也同样是不可超越的。

我在上面多次讲到"不可超越",是不是指的是学术到了这些大师手里就达到了极巅,达到了终点,不能再发展下去了呢?完全不是这个意思。学术会永远存在的,学术会永远发展下去的,只要地球存在,就有学术存在。但是,学术发展的道路不是平坦的,不是永远一样的,不是均衡的。在这一条大路上,不时会有崇山峻岭出现,这种情况往往出现在有新材料被发现,有新观点出现,于时夤缘时会,少数奇才异能之士就会脱颖而出,这就是大师。大师也并不能一下子把所有的问题都能看到,又都能解决。大师解决的问题并不见得都能彻底。这就给后人留下了进一步探讨的余地。就这样,大师一代接一代地传下去。旧问题解决了,新问题又出现,永远有问题,永远有大师。每一个大师都是不可超越的,每一个大师都是一座丰碑。这一些丰碑就代表着学术的进步,是学术发展的道路上的一座座里程碑。

汤锡予先生就是这样一座丰碑,一个里程碑,他是不可超越的。

1999 年 7 月 24 日

赵元任先生

赵元任先生是国际上公认的语言学大师。他是当年清华国学研究院的四大导师之一,另有一位讲师李济先生,后来也被认为是考古学大师。在中国现代教育史上,清华国学研究院是一个十分独特的现象。在全国都按照西方模式办学的情况下,国学研究院却带有浓厚的中国旧式的书院色彩。学生与导师直接打交道,真正做到了因材施教。其结果是,培养出来的学生后来几乎都成了大学教授,而且还都是学有成就的学者,而不是一般的教授。这一个研究院只办了几年,倏然而至,戛然而止,有如一颗火焰万丈的彗星,使人永远怀念。教授阵容之强,前无古人,后无来者。赵元任先生也给研究院增添了光彩。

我虽然也出身清华,但是,予生也晚,没能赶得上国学研究院时期;又因为行当不同,终于缘悭一面,毕生没能见到过元任先生,没有受过他的教诲,只留下了高山仰止之情,至老未泯。

我虽然同元任先生没有见过面,但是对他的情况从我读大学时起就比较感兴趣,比较熟悉。我最早读他的著作是他同于道泉先生合译的《仓洋嘉措情歌》。后来,在建国前后,我和于先生在北大共事,我常从他的口中和其他一些朋友的口中听到了许多关于赵先生的情况。他们一致认为,元任先生是一个天生的语言天才。他那审音辨音的能力远远超过常人。他学说各地方言的本领也使闻者惊叹不止。他学什么像什么,连相声大师也望尘莫及。我个人认为,赵先生在从事科学研究方面,还有一个很突出的特点或者优势,是其他语言学家所难以望其项背的,这就是,他是研究数学和物理学出身,这对他以后转向语言学的研究有极明显的有利条件。

赵元任先生一生的学术活动,范围很广,方面很多,一一介绍,为我能力所不逮,这也不是我的任务。这一点将由语言学功底远远超过我们的陈原先生去完成,我现在在这里只想谈一下我对元任先生一生学术活动的一点印象。

大家都会知道,一个学者,特别是已经达到大师级的学者,非常重视自己的科学研究工作,理论越钻越细,越钻越深,而对于一般人能否理解,能否有利,则往往注意不够,换句话说就是,只讲阳春白雪,不顾下里巴人;只讲雕龙,不讲雕虫。能龙虫并雕者大家都知道有一个王力先生——顺便说一句,了一先生是元任先生的弟子——他把自己的一本文集命名为《龙虫并雕集》,可见他的用心之所在。元任先生也是龙虫并雕的。讲理论,他有极高深坚实的理论。讲普及,他对国内、对世界都做出了卓有成效的贡献。在国内,他努力推进国语统一运动。在国外,他教外国人,主要是美国人汉语。两方面都取得了极大的成功。当今之世,中国国际地位日益提高,世界上许多国家学习汉语的势头日益增强,元任先生留给我们的关于学习汉语的著作,以及他的教学方法,将会重放光芒,将会在新形势下取得新的成果,这是可以预卜的。

限于能力,介绍只能到此为止了。

而今,大师往矣,留下我们这一辈后学,我们应当怎样办呢?我想每一个人都会说:学习大师的风范,发扬大师的学术传统。这些话一点也没有错。但是,一谈到如何发扬,恐怕就言人人殊了。窃不自量力,斗胆提出几点看法,供大家参照。大类井蛙窥天,颇似野狐参禅,聊备一格而已。

话得说得远一点。语言是思想的外化,谈语言不谈思想是搔不着痒处的。言意之辨一向是中国哲学史上的一个重要命题,其原因就在这里。我现在先离正文声明几句,我从来不是什么哲学家,对哲学我是一无能力,二无兴趣。我的脑袋机械木讷,不像哲学家那样圆融无碍。我还算是有点自知之明的,从来不作哲学思辨。但是,近几年来,我忽然不安分守己起来,竟考虑了一些类似哲学的问题,岂非咄咄怪事。

现在再转入正文,谈我的"哲学"。首先经过多年的思考和观察,我觉得东西文化是不同的,这个不同表现在各个方面,只要稍稍用点脑筋,就不难看出。我认为,东西文化的不同扎根于东西思维模式的不同。西方的思维模式的主要特点是分析,而东方则是综合。我并不是说,西方一点综合也没有,东方一点分析也没有,都是有的,天底下决没有泾渭绝对分明的事物,起码是常识这样告诉我们的。我只是就其主体而言,西方分析而东方综合而已。这不是"哲学"分析推论的结果,而是有点近乎直观。此论一出,颇引起了一点骚动,赞同和反对者都有,前者寥若晨星,而后者则阵容颇大。我一向不相信真理愈辩愈明的。这些反对或赞成的意见,对我只等秋风过耳边。我编辑了两大册《东西文化议论集》,把我的文章和反对者以及赞同者的文章都收在里面,不加一点个人意见,让读者自己去明辨吧。

什么叫分析？什么又叫综合呢？我在《东西文化议论集》中有详尽的阐述,我无法在这里重述。简捷了当地说一说,我认为,西方自古希腊起走的就是一条分析的道路,可以三段论法为代表,其结果是,只见树木,不见森林；头痛医头,脚痛医脚。东方的综合,我概括为八个字：整体概念,普遍联系。有点模糊,而我却认为,妙就妙在模糊。上个世纪末,西方兴起的模糊学,极能发人深思。

真是十分出我意料,前不久我竟在西方找到了"同志"。《参考消息》2000年8月19日刊登了一篇文章,题目是：《东西方人的思维差异》,是从美国《国际先驱论坛报》8月10日刊登的一篇文章翻译过来的,是记者埃丽卡·古德撰写的。文章说：一个多世纪以来,西方哲学家和心理学家将他们对精神生活的探讨建立在一种重要的推断上,人类思想的基本过程是一样的。西方学者曾认为,思考问题的习惯,即人们在认识周围世界时所采取的策略都是一样的。但是,最近密歇根大学的一名社会心理学家进行的研究已在彻底改变人们长期以来对精神所持的这种观点。这位学者名叫理查德·尼斯比特。本文的提要把他的观点归纳如下：

东方人似乎更"全面"地思考问题,更关注背景和关系,更多借助经验,而不是抽象的逻辑,更能容忍反驳意见。西方人更具"分析性",倾向于使事物本身脱离背景,避开矛盾,更多地依赖逻辑。两种思想习惯各有利弊。

这些话简直好像是从我嘴里说出来似的。这里绝不会有什么抄袭的嫌疑,我的意见好多年前就发表了,美国学者也决不会读到我的文章。而且结论虽同,得到的方法却大异其趣,我是凭观察,凭思考,凭直观,而美国学者则是凭"分析",再加上美国式的社会调查方法。

以上就是我的"哲学"的最概括的具体内容。听说一位受过西方哲学训练的真正的哲学家说,季羡林只有结论,却没有分析论证。此言说到了点子上;但是,这位哲学家却根本不可能知道,我最头痛的正是西方哲学家们的那一套自命不凡的分析,分析,再分析的论证方法。

这些都是闲话,且不去管它。总之一句话,我认为,文化和语言的基础或者源头就是思维模式,至于这一套思维模式是怎样产生出来的,我在这里先不讨论,我只说一句话:天生的可能必须首先要排除。专就语言而论,只有西方那一种分析的思维模式才能产生以梵文、古希腊文、拉丁文等为首的具有词类、变格、变位等一系列明显特征的印欧语系的语言。这种语言容易分析、组合,因而产生了现在的比较语言学,实际上应该称之为印欧语系比较语言学的这一门学问。反之,汉语等和藏缅语系的语言则不容易分析、组合。词类、变格、变位等语法现象,都有点模糊不定。这种语言是以综合的思维模式为源头或基础的,自有它的特异之处和优越之处。过去,某一些西方自命为天之骄子的语言学者努力贬低汉语,说汉语是初级的、低级的、粗糙的语言。现在看来,真不能不使人嗤之以鼻了。

现在,我想转一个方向谈一个离题似远而实近的问题:科学方法问题。我主要根据的是一本书和一篇文章。书是《李政道文录》(浙江文艺出版社,1999年),文章是金吾伦《李政道、季羡林和物质是否无限可分》(《书与人》杂志,1999年第五期,页41—46)。

先谈书。李政道先生在本书中一篇文章《水、鱼、鱼市场》写了一节叫做"对21世纪科技发展前景的展望"。为了方便说明问题,引文可能要长一点:

> 一百年前,英国物理学家汤姆孙(J. Thomson 1856—1940)发现了电子。这极大地影响了20世纪的物理思想,即大的物质是由小的物质组成的,小的是由更小的组成的,找到最基本的粒子就能知道最大的构造。(下略)
>
> 以为知道了基本粒子,就知道了真空,这种观念是不对的。(中略)我觉得,基因组也是这样,一个个地认识了基因,并不意味着解开了生命之谜。生命是宏观的。20世纪的文明是微观的。我认为,到了21世纪,微观和宏观会结合成一体。(页89)

我在这里只想补充几句:微观的分析不仅仅是20世纪的特征,而是自古希腊以来西方的特征,20世纪也许最明显,最突出而已。

我还想从李政道先生书中另一篇文章《科学的发展:从古代的中国到现在》中引几段话:

> 整个科学的发展与全人类的文化是分不开的。在

西方是这样,在中国也是如此。可是,科学的发展在西方与中国并不完全一样。在西方,尤其是如果把希腊文化也算作西方文化的话,可以说,近代西方科学的发展和古希腊有更密切的联系。在古希腊时也和现代的想法基本相似,即觉得要了解宇宙的构造,就要追问最后的元素是什么。大的物质是由小的元素构造,小的元素是由更小的粒子构造,所以是从大到小,小到更小。这个观念是从希腊时就有的(atom 就是希腊字),一直到近代。可是,中华民族的文化略有不同。我们是从开始时就感觉到,微观的元素与宏观的天体是分不开的,所以中国人从开始就把五行与天体联系起来。

李政道先生的书就引用这样多。不难看出,他的一些想法与我的想法颇有能相通之处。他讲的微观与宏观相结合,用我的话来说就是,分析与综合相结合。这一点我过去想得不多,强调得不够。

现在来谈金吾伦先生的文章。金先生立论也与上引李政道先生的那一部书有关。我最感兴趣的是他在文章开头时引的大哲学家怀德海的一段话,我现在转引在这里:

> 19 世纪最大的发明是发明了发明的方法。一种新方法进入人类生活中来了。如果我们要理解我们这个时代,有许多的细节,如铁路、电报、无线电、纺织机、综合染料等等,都可以不必谈,我们的注意力必须集中在方法的本身。这才是震撼古老文明基础的真正的新鲜事物。(页 41)

金先生说，李政道先生十分重视科学方法，金先生自己也一样。他这篇文章的重点是说明，物质不是永远可分的。他同意李政道的意见，就是说，当前科学的发展不能再用以前那种"无限可分"的方法论，从事"越来越小"的研究路子，而应改变方略，从整体去研究，把宏观和微观联系起来进行研究。

李政道先生和金吾伦先生的文章就引征到这里为止。他们的文章中还有很多极为精彩的意见，读之如入七宝楼台，美不胜收，我无法再征引了。我倒是希望，不管是研究人文社会科学的学者，还是研究自然科学的学者，都来读一下，思考一下，定能使目光远大，胸襟开阔，研究成果必能焕然一新。这一点我是敢肯定的。

我在上面离开了为《赵元任全集》写序的本题，跑开了野马，野马已经跑得够远的了。我从我的"哲学"讲起，讲到东西文化的不同；讲到东西思维模式的差异：东方的特点是综合，也就是"整体概念，普遍联系"，西方的特点是分析；讲到语言和文化的源头或者基础；讲到西方的分析的思维模式产生出分析色彩极浓的印欧语系的语言，东方的综合的思维模式产生出汉语这种难以用西方方法分析的语言；讲到20世纪是微观分析的世纪，21世纪应当是微观与宏观相结合的世纪；讲到科学方法的重要性，等等。所有这一切看上去都似乎与《赵元任全集》风马牛不相及。其实，我一点也没有离题，一点也没有跑野马，所有这些看法都是我全面立论的根据。如果不讲这些看法，则我在下面的立论就成了无根之草，成了无本之木。

我们不是要继承和发扬赵元任先生的治学传统吗？想

要做到这一点,不出两途:一是忠实地、完整地、亦步亦趋地跟着先生的足迹走,不敢越雷池一步。从表面看上去,这似乎是真正忠诚于自己的老师了。其实,结果将会适得其反。古今真正有远见卓识的大师们都不愿意自己的学生这样做。依稀记得一位国画大师(齐白石?)说过一句话:"学我者死。""死",不是生死的"死",而是僵死,没有前途。这一句话对我们发扬元任先生的学术传统也很有意义。我们不能完全走元任先生走过的道路,不能完全应用元任先生应用过的方法,那样就会"死"。

第二条道路就是根据元任先生的基本精神,另辟蹊径,这样才能"活"。这里我必须多说上几句。首先我要说,既然20世纪的科学方法是分析的,是微观的,而且这种科学方法决不是只限于西方。20世纪是西方文化,其中也包括科学方法等等,垄断了全世界的时代。不管哪个国家的学者都必然要受到这种科学方法的影响,在任何科学领域内使用的都是分析的方法,微观的方法。不管科学家们自己是否已经意识到这一点,反正结果是一样的。我没有能读元任先生的全部著作,但是,根据我个人的推断,即使元任先生是东方语言大师,毕生研究的主要是汉语,他也很难逃脱掉这一个全世界都流行的分析的思潮。他使用的方法也只能是微观的分析的方法。他那谁也不能否认的辉煌的成绩,是他使用这种方法达到尽善尽美的结果。就是有人想要跟踪他的足迹,使用他的方法,成绩也决不会超越他。在这个意义上来说,赵元任先生是不可超越的。

我闲时常思考汉语历史发展的问题。我觉得,在过去二三千年中，汉语不断发展演变，这首先是由内因所决定的。外因的影响也决不容忽视。在历史上，汉语受到了两次外来语言的冲击。第一次是始于汉末的佛经翻译。佛经原文是西域一些民族的语言，梵文、巴利文，以及梵文俗语，都是印欧语系的语言。这次冲击对中国思想以及文学的影响既深且远，而对汉语本身则影响不甚显著。第二次冲击是从清末民初起直至"五四"运动的西方文化，其中也包括语言的影响。这次冲击来势凶猛，力量极大，几乎改变了中国社会整个面貌。"五四"以来流行的白话文中西方影响也颇显著。人们只要细心把《儒林外史》和《红楼梦》等书的白话文拿来和"五四"以后流行的白话文一对照，就能够看出其间的差异。按照西方标准，后者确实显得更严密了，更合乎逻辑了，也就是更接近西方语言了。然而，在"五四"运动中和稍后，还有人——这些人是当时最有头脑的人——认为，中国语言还不够"科学"，还有点模糊，而语言模糊又是脑筋糊涂的表现。他们想进行改革，不是改革文字而是改造语言。当年曾流行过"的"、"底"、"地"三个字，现在只能当作笑话来看了。至于极少数人要废除汉字，汉字似乎成了万恶之本，就更为可笑可叹了。

　　赵元任先生和我们所面对的汉语，就是这样一种汉语。研究这种汉语，赵先生用的是微观分析的方法。我在上面已经说到，再用这种方法已经过时了，必须另辟蹊径，把微观与宏观结合起来。这话说起来似乎极为容易，然而做起来却真万分困难。目前不但还没有人认真尝试过，连同意我这种看法的人恐怕都不会有很多。也许有人认为我的想法是异想天开，是痴人说梦，是无事生非。"不识庐山真面目，只缘身在此山中。"大家还都处在庐山之中,何能窥见真面目呢?

依我的拙见,大家先不妨做一件工作。将近七十年前,陈寅恪先生提出了一个意见,我先把他的文章抄几段:

> 若就此义言之,在今日学术界,藏缅语系比较研究之学未发展,真正中国语文文法未成立之前,似无过于对对子之一方法。(中略)今日印欧语系化之文法,即马氏文通"格义"式之文法,既不宜施之于不同语系之中国语文,而与汉语同系之语言比较研究,又在草昧时期,中国语文真正文法,尚未能成立,此其所以甚难也。夫所谓某种语言之文法者,其中一小部分,符于世界语言之公律,除此之外,其大部分皆由研究此种语言之特殊现象,归纳为若干通则,成立一有独立个性之系统学说,定为此特种语言之规律,并非根据某一特种语言之规律,即能推之概括万族,放诸四海而准者也。假使能之,亦已变为普通语言学音韵学,名学,或文法哲学等等,而不复成为某特种语言之文法矣。(中略)迄乎近世,比较语言之学兴,旧日谬误之观念得以革除。因其能取同系语言,如梵语波斯语等,互相比较研究,于是系内各种语言之特性逐渐发见。印欧系语言学,遂有今日之发达。故欲详知确证一种语言之特殊现象及其性质如何,非综合分析,互相比较,以研究之,不能为功。而所与互相比较者,又必须属于同系中大同而小异之语言。盖不如此,则不独不能确定,且常错认其特性之所在,而成一非驴非马,穿凿附会之混沌怪物。因同系之语言,必先假定其同出一源,以演绎递变隔离分化之关系,乃各自成为

大同而小异之言语。故分析之，综合之，于纵贯之方面，剖别其源流，于横通之方面，比较其差异。由是言之，从事比较语言之学，必具一历史观念，而具有历史观念者，必不能认贼作父，自乱其宗胤也。（《与刘叔雅论国文试题书》，见《金明馆丛稿二编》）

引文确实太长了一点，但是有谁认为是不必要的呢？寅恪先生之远见卓识真能令人折服。但是，我个人认为，七十年前的寅恪先生的狮子吼，并没能起到振聋发聩的作用，好像是对着虚空放了一阵空炮，没有人能理解，当然更没有人认真去尝试。整个20世纪，在分析的微观的科学方法垄断世界学坛的情况下，你纵有孙悟空的神通，也难以跳出如来佛的手心。中外研究汉语语法的学者又焉能例外！他们或多或少地走上了分析微观的道路，这是毫不足奇的。更可怕的是，他们面对的研究对象是与以分析的思维模式为基础的印欧语系的语言迥异其趣的以综合的思维模式为源头的汉语，其结果必然是用寅恪先生的话来说"非驴非马"、"认贼作父"。陈先生的言语重了一点，但却是说到了点子上。到了21世纪，我们必须改弦更张，把微观与宏观结合起来。除此之外，还必须认真分辨出汉语的特点，认真进行藏缅语系语言的比较研究。只有这样，才庶几能发多年未发之覆，揭发出汉语结构的特点，建立真正的汉语语言学。

归根结底一句话，我认为这是继承发扬赵元任先生汉语研究传统的唯一正确的办法。是为序。

2000年8月30日写毕于雷雨大风声中

悼念周一良

最近两个月来,我接连接到老友逝世的噩耗,内心震动,悲从中来。但是,最出我意料的最使我哀痛的还是一良兄的远行。

九月十六日中国文化书院在友谊宾馆友谊宫为书院导师庆祝九十华诞和米寿举行宴会。一良属于米寿的范畴,是寿星老中最年轻的。他虽已乘坐轮椅多年,但在那天的宴会上,虽称不上神采奕奕,却也面色红润,应对自如。我心里想,他还会活上若干年的。就在几天前,在十月二十日,任继愈先生宴请香港饶宗颐先生,请一良和我作陪。他因身体不适,未能赴宴,亲笔签了一本书,送给饶先生。饶先生也在自己的画册上签上了名送给他。但在两天后,杨锐想把这一本书送到他家时,他已经离开了人世。多么突然的消息!据说,他是在睡梦中一个人悄没声地走掉的。江淹说:"自古皆有死,莫不饮恨而吞声。"一良的逝去,既不饮恨,也不吞声。据老百姓的说法,这是前生修来的。鲁迅先生也说,死大概会有点痛苦的;但一个人一生只能有一次,是会过得去的。一良的死却毫无痛苦,这对我们这些后死者也总算是一种安慰了。

一良小我两岁,在大学时至少应该同学二年的。但是,他当时在燕京读书,我则在清华。我们读的不是一个行当。即使相见,也不会有深交的。可以说,我们俩在大学时期是并不认识的。一直到1946年,我在去国十一年之后回到北平,在北大任教,他在当时在清华任教。此时我们所从事的研究工作已经有一部分相同了。因为我在德国读梵文,他在美国也学了梵文。既然有了共同语言,订交自是意中事。我曾在翠花胡同寓舍中发起了一个类似读书会一类的组织,邀请研究领域相同或相近的一些青年学者定期聚会,互通信息,讨论一些大家都有兴趣的学术问题,参加者有一良、翁独健等人。开过几次会,大家都认为有所收获。从此以后,一良同我之间的相互了解加深了,友谊增强了,一直到现在,五十余年间并未减退。

一良出自名门世家,家学渊源,年幼时读书条件好到无法再好的水平。因此,他对中国古典文献,特别是史籍,都有很深的造诣。他曾赴日本和美国留学,熟练掌握英日两国语言,兼又天资聪颖,个人勤奋,最终成为一代学人,良有以也。中年后他专治魏晋南北朝史,旁及敦煌文献,佛教研究,多所创获,巍然大师,海内无出其右者。至于他的学术风格,我可以引汤用彤先生两句话。有一天,汤先生对我说:"周一良的文章,有点像陈寅恪先生。"可见锡予先生对他评价之高。在那一段非常时期,他曾同人合编过一部《世界通史》。这恐怕是一部"应制"之作,并非他之所长。但是统观全书,并不落俗人窠臼,也可见他对史学工底之深厚。可惜由于各种各样的原因,他长才未展。他留下的几部专著,决不能说是已尽其所长,我只能引用唐人诗句"长使英雄泪满襟"了。

　　一良虽然自称"毕竟一书生";但是据我看,即使他是一个书生,他是一个有骨气有正义感的书生,决不是山东土话所称的"孬种"。在十年浩劫中,他跳出来反对北大那一位倒行逆施、炙手可热的"老佛爷"。当时北大大权全掌握在"老佛爷"手中,一良的命运可想而知。他同我一样,一跳就跳进了牛棚,我们成了"棚友"。我们住在棚中时,新北大公社的广播经常鬼哭神嚎地喊出了周一良、侯仁之、季羡林的名字,连成了一串,仿佛我们是三位一体似的。有一次,忘记了是批斗什么人,我们三个都是"陪斗"。我们被赶进了原大饭厅台下的一间小屋里,像达摩老祖一样,面壁而立。我忽然听到几声巴掌打脸或脊梁的声音,清脆"悦"耳,是从周一良和侯仁之身上传过来的。我想,下面该轮到我了。我肃穆恭候,然而巴掌竟没有打过来,我顿时颇有"失望"之感。忽听台上一声狮子吼:"把侯仁之、周一良、季羡林押上来!"我们就被两个壮汉反剪双臂押上台去,口号声震天动地。这种阵势我已经经受了多次,已经驾轻就熟,竟不心慌意乱,熟练地自己弯腰低头,坐上了喷气式。至于那些野狗狂叫般的批判发言,我却充耳不闻了。这一段十分残酷然而却又十分光荣的回忆,拉近了我同侯仁之和周一良的关系。

　　一良是十分爱国的。当年他在美国读书时,曾同另一位也是学历史的中国学者共同受到了胡适之先生的器重。据知情人说,在胡先生心目中,一良的地位超过那一位学者。如果他选择移民的道路,拿一个终身教授,搞一个名利双收,直如探囊取物,唾手可得。然而他却选择了回国的道路,至今已五十余年矣。在这长达半个多世纪的时间中,他走过的道路,有时顺顺利利,满地繁花似锦;有时又坎坎坷坷,宛如黑云压城。当他暂时飞黄腾达时,他并不骄矜;当他暂时堕入泥潭时,他也并不哀叹。他始终无怨无悔地爱着我们这个国家。我从没有听到过他发过任何牢骚,说过任何怪话。在这一点上,我虽驽钝,也愿意成为他的"同志"。因此,半个多世纪以来,我们始终维持着可喜的友谊。见面时,握手一谈,双方都感到极大的快慰。然而,一转瞬间,这一切都顿时成了过去。"当时只道是寻常",我在心里不禁又默诵起这一句我非常喜爱的词。回首前尘,已如海上蓬莱三山,可望而不可即了。

我已经年逾九旬。我在任何方面都是一个胸无大志的人,包括年龄在内,能活到这样高的年龄,极出我意料和计划。世人都认为长寿是福,我也不敢否认。但是,看到比自己年轻的老友一个个先我离去。他们成了被哀悼者,我却成了哀悼者。被哀悼者对哀悼这种事情大概是不知不觉的。我这哀悼者却是一个活生生的人,七情六欲,件件不缺。而我又偏偏是一个极重感情的人,我内心的悲哀实在不足为外人道也。鲁迅笔下那一个小女孩看到的开满了野百合花的地方,是人人都必须到的,问题只在先后。按中国序齿的办法,我在北大教授中虽然还没有达到前三甲的水平,但早已排到了前列。到那个地方去,我是持有优待证的。那个地方早已洒扫庭除,等待我的光临了。我已下定决心,决不抢先使用优待证,但是这种事情能由我自己来决定吗?我想什么都是没有用的,我索性不再去想它,停笔凝望窗外,不久前还是绿盖擎天的荷塘,现在已经是一片惨黄。我想套用英国诗人雪莱的两句诗:"如果秋天到了,冬天还会远吗?"闭目凝思,若有所悟。

2001.10.26

痛悼钟敬文先生

昨天早晨,突然听说,钟敬文先生走了。我非常哀痛,但是并不震惊。钟老身患绝症,住院已半年多,我们早有思想准备。但是听说,钟老在病房中一向精神极好,关心国事、校事,关心自己十二名研究生的学业,关心老朋友的情况。我心中暗暗地期望,他能闯过百岁大关,把病魔闯个落花流水,闯向茶寿,为我们老知识分子创造一个奇迹。然而,事实证明,我的期望落了空。岂不大可哀哉!

钟老长我八岁,如果在学坛上论资排辈的话,他是我的前辈。想让我说出认识钟老的过程,开始阶段有点难说。我在读大学的时候,他已经在民俗学的研究上颇有名气。虽然由于行当不同,没有读过他的书,但是大名却已是久仰了。这时是我认识他,他并不认识我。此后,从 30 年代一直到 90 年代六十来年的漫长的时期内,我们各走各的路,每个人都有自己的一亩三分地,都在勤恳地耕耘着,不相闻问,事实上也没有互相闻问的因缘。除了大概是在 50 年代他有什么事到北大外文楼系主任办公室找过我一次之外,再无音讯。

1957 年那一场政治大风暴,来势迅猛,钟老也没有能逃过。我一直到现在也不明白,像钟老这样谨言慎行的人,从来不胡说八道,怎样竟也不能逃脱"阳谋"的圈套,堕入陷阱中。自我们相交以来,他对此事没有说过半句抱怨的话,使我在心中暗暗地钦佩。我一向认为,中国知识分子,由几千年历史环境所决定,爱国成性。祖国是我们的母亲。不管受到多么不公平的待遇,母亲总是母亲,我们总是无怨无悔,爱国如故。我觉得,这是中国知识分子最可宝贵的品质,一直到今天,不但没有失去其意义,而且更应当发扬光大。在这方面,钟老是我们的表率。

为什么钟老对我产生了兴趣呢?我有点说不清楚。这大概同我的研究工作有关。我曾用了数年之力翻译了印度两大史诗之一的《罗摩衍那》,也曾对几个民间故事和几种民间习俗,从影响研究的角度上追踪其发展、传播和演变的过程。钟老是民俗学家,所以就发生了兴趣。他曾让我到北师大做过一次有关《罗摩衍那》的学术报告。他也曾让我复印我几篇关于民间故事传播过程的论文。做什么用,我不清楚。对于比较文学,我是浅尝辄止,没有深入钻研。但是,我却倾向于法国学派的影响研究。这种研究摸得着,看得清,是踏踏实实的学问。不像美国学派提倡的平行研究,恍兮惚兮,给许多不学无术之辈提供了藏身洞。钟老可能是倾向于影响研究的,否则他不会复印我的论文。

不管怎样,这样一来,我们就成了朋友,而且是忠诚真挚的朋友。陈寅恪先生《王观堂先生挽词》中说:"风义平生师友间。"我同钟老的关系颇有类似之处,我对他尊敬如师长。他为人正直宽厚,蔼然仁者,每次晤对,如坐春风。由于钟老的缘故,我对北师大的事情也积极起来。每次有会,招之即来,来之必说。主要原因是想见上钟老一面。一面之晤,让我像充了电一般,回校后久久兴奋不已,读书写作更加勤奋。我常常自己想,像钟老这样的老人,忠贞爱国,毕生不贰;百岁敬业,举世无双。他是我们中国知识分子的优秀代表,又是我们学习的楷模。中国人民是永远不会忘记他的。

去年,2001年,是我的九十岁生日。一些机关、团体和个人变着花样为我祝寿。我常常自嘲是"祝寿专业户"。每次祝寿活动,我总忘不了钟老,只要有借口,我必设法请他参加,他也是每请必到。至于他自己却缺少官样的借口来祝寿,米寿已过,九十也被他甩在后面,离开白寿(九十九岁)最近,可也还有一些距离。去年年初,我们想了一个主意,把接近九十或九十以上的老朋友六七位邀请到一起,来一个联合祝寿,林庚、侯仁之、张岱年等等都参加了。大家都不会忘记钟老,钟老也来参加了。大家尽欢而散,成为一次难能可贵的盛会。可是走出勺园七号楼的大门时,我看到大红布标仍然写着"庆祝季羡林先生九十华诞",我心中十分愧怍。9月29日,我又以给钟老祝寿的名义,在勺园举办了一次有将近二百人参加的大会,群贤毕至,发言热烈。

去年下半年,钟老因病住院,我曾几次心血来潮,要到医院里去看他。但是,他正在医生的严密的"控制"下,不许会见老朋友,怕他兴奋激动。到了今年年初,我也因病进了医院,也处在大夫的严密"控制"下。可我还梦想,在预定本月中旬中央几个机构为钟老庆祝百岁华诞时说不定能见他一面。然而他却匆匆忙忙地不辞而别。我见他一面的梦想永远化为幻影了。现在他的面影时时在我眼前晃动,然而面影毕竟代替不了真正的面孔,而真正的面孔却永远一去不复返了,奈之何哉!奈之何哉!

　　写这篇短文,几次泫然泪下。回想同钟老几年的交往,"许我忘年为气类,北海今知有刘备。"而今而后,哪里再找这样的人啊!茫茫苍天,此恨曷极!

2002 年 2 月 12 日

悼巴老

巴金老人离开我们,走了,永远永远地走了。此事本在意内,因为他因病卧床不起有年矣。但又极出意外,因为,只要他还有一口气活着,一盏明灯就会照亮中国的文坛。鼓励人们前进,鼓励人们向上。

论资排辈,巴老是我的师辈,同我的老师郑振铎是一辈人。我在清华读书时,就已经读过他的作品,并且认识了他本人。当时,他是一个大作家,我是一个穷学生。然而他却一点架子都没有,不多言多语,给人一个老实巴交的印象。这更引起了我的敬重。

我觉得,一个作家最重要的品德是爱祖国,爱人民,爱人类。在这三爱的基础上,那些皇皇巨著才能有益于人,无愧于己。

巴老一生创作了大量的作品,在国内外广泛流传。特别是他晚年那些随笔,爱国爱民的激情,炽燃心中,而笔锋又足以力透纸背,更引起了广泛的注意和反响。

巴老!你永远永远地走了。你的作品和人格却会永远永远地留下来。在学习你的作品时,有一个人决不会掉队,这就是九十五岁的季羡林。

2005年10月